U0899864

同心战疫 侨在行动

《同心战疫　侨在行动》编写组　编

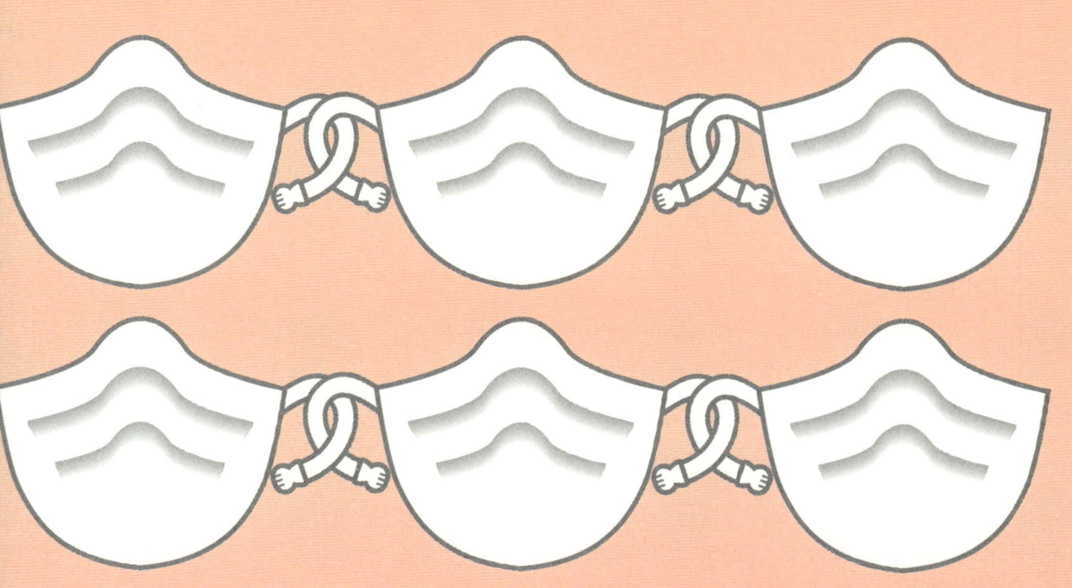

中国华侨出版社

·北京·

图书在版编目（CIP）数据

同心战疫　侨在行动 /《同心战疫　侨在行动》编写组编. — 北京：中国华侨出版社, 2021. 1

ISBN 978-7-5113-8316-7

Ⅰ. ①同… Ⅱ. ①同… Ⅲ. ①新闻报道—作品集—中国—当代 Ⅳ. ①I253

中国版本图书馆CIP数据核字（2020）第 244305 号

●同心战疫　侨在行动

编　　者 /《同心战疫　侨在行动》编写组

责任编辑 / 王　委　桑梦娟

封面设计 / 薛冰焰

开　　本 / 710毫米 × 1000 毫米　1/16　印张/21.5　字数/260 千字

印　　刷 / 北京天正元印务有限公司

版　　次 / 2021 年 1 月第 1 版　2021 年 1 月第 1 次印刷

书　　号 / ISBN 978-7-5113-8316-7

定　　价 / 58. 00元

中国华侨出版社　北京市朝阳区西坝河东里77号楼底商5号　邮编：100028

法律顾问：陈鹰律师事务所

发 行 部：（010）64443051　传　真：（010）64439708

网　址：www.oveaschin.com　E-mail：oveaschin@sina.com

序　言

新冠肺炎疫情发生后，党中央高度重视，迅速作出部署，全面加强对疫情防控的集中统一领导。习近平总书记亲自指挥、亲自部署，作出一系列重要批示指示，明确要求把人民群众生命安全和身体健康放在第一位，按照坚定信心、同舟共济、科学防治、精准施策的总要求，紧紧依靠人民群众，全面开展疫情防控工作。在党中央坚强领导下，全国上下众志成城、英勇奋战，凝聚起共抗疫情的强大力量。经过艰苦努力，疫情防控工作取得重大战略成果。

岁寒知松柏，患难见真情。为抗击新冠肺炎疫情出力鼓劲，是海内外华侨华人共同的心愿。为坚决响应党中央决策部署，顺应侨界支援祖（籍）国共抗疫情的迫切愿望，1 月 26 日，中国侨联发出《关于号召海内外侨胞为打赢“新型冠状病毒感染的肺炎”防控阻击战捐赠款物的倡议书》，得到海内外侨界的热烈响应。金光集团、世纪金源集团、正大集团、世茂集团、福耀集团、益海嘉里集团、新希望集团等侨资企业纷纷为抗击疫情捐赠款物。遍布世界各地的海外侨胞心系祖（籍）国，迅速动员力量捐款捐物，支援祖（籍）国和家乡抗击疫情。中国侨联机关党员干部职工在直属机关党委的倡议下，踊跃捐款，以实际行动支援湖北，为抗击疫情尽一份绵薄之力。

面对疫情，广大侨资企业也用实际行动体现了责任与担当。有的侨企第一时间向疫区送去了自动核酸提取仪、新型冠状病毒核酸检测试剂；有的侨企除夕夜清点库存，将数千套治疗车、ICU 探视系统、无线移动医疗车等设备运往武汉；有的侨企大年初一动员全体员工回厂复工，夜以继日生产口罩支援疫区；还有的侨企彻夜不休，援建武汉火神山医院……

面对疫情，归侨侨眷、海外侨胞、侨务工作者以多种方式积极参与防疫工作，以自己的方式为抗击疫情贡献力量。他们中有主动请缨，赴一线救死扶伤的侨界医务工作者；有默默奉献，参与基层疫情防控工作的归侨侨眷；有加班加点，协助海外侨胞运送物资的侨联干部；有四处奔走，只为再多筹集一箱口罩的华侨华人；还有捐出压岁钱的“侨二代”“侨三代”小朋友……

病毒无情，人间有爱。在这场疫情大考中，我们看到了在以习近平同志为核心的党中央坚强领导下，中国人民众志成城、共克时艰的伟大精神；我们看到了“全国一盘棋”释放出的无穷的战斗力和“集中力量办大事”的显著制度优势；我们也看到了海内外侨胞心系祖（籍）国、情牵桑梓的赤子情怀和大爱之光。全球抗疫还在进行，祖（籍）国与海外侨胞息息相通，海内外侨界守望相助的篇章正在演绎。本书从侨界共同抗击疫情的感人事迹中精选有代表性的故事，结集出版，以期更好地凝聚侨心侨力，为统筹推进疫情防控和经济社会发展，实现决胜全面建成小康社会、决战脱贫攻坚目标任务，为支持全球抗疫、推动构建人类命运共同体发挥应有的作用。

中国侨联党组书记、主席

万立骏

2020 年 5 月

目  录

第一篇　爱心无时差

第二篇 同心而共济

第三篇 逆行报国家

第四篇 乡心五处同

第五篇　有国才有家

第六篇 抗疫无国界

第一篇

爱心无时差

1 中国侨联关于号召海内外侨界为打赢“新型冠状病毒感染的肺炎”防控阻击战捐赠款物的倡议书

近日，湖北武汉等地陆续发生“新型冠状病毒感染的肺炎”疫情。武汉以及全国各地医务人员为打赢这场防疫防控战正奋斗在一线。疫情的发展和同胞的安危牵动着海内外侨胞的心！一方有难，八方支援。为坚决响应党中央决策部署，支持武汉地区抗击疫情，打赢疫情防控阻击战，中国侨联倡议海内外侨界捐赠款物，特别是医用耗材、防护用品，包括口罩（N95 口罩、医用外科口罩、一次性医用口罩）、防护帽、防护服、防护眼镜、一次性乳胶手套等。捐赠具体工作由湖北省侨联、中国华侨公益基金会协同武汉红十字会等相关单位落实。

1. 境外物资捐赠：捐赠人可登录武汉海关网站了解捐赠流程，根据《武汉海关关于用于新型冠状病毒肺炎疫情防控和治疗的进口捐赠物资办理通关手续的公告》的规定，办理捐赠事宜，捐赠接受单位为湖北省红十字会或武汉红十字会。中国海关热线电话：12360；武汉海关热线电话：027-82210181。在捐赠物资申报前，可联系武汉海关通关服务热线，咨询相关事宜。其中，通关事宜请联系徐菁 13886026767，减免税事宜请联系王玲 13995597170。

2. 国内物资捐赠，请联系武汉红十字会，24 小时值班电话：027-82788599，027-82210181，027-82812604，027-82858499，027-

82856122。如有特殊需要咨询的事情可以联系骆钢强 13297963117。

3. 海内外捐款，可汇入中国华侨公益基金会账户，我们将根据疫情防控的需要专款专用，并及时公布捐赠和资助的项目明细，以便社会监督。

华侨基金会接收捐赠账号：

开户名称：中国华侨公益基金会

开户银行：中国银行 北京市分行 东城支行

账　　号：3233 5601 8574

开户行号：1041 0000 4747

银行地址：北京市东城区交道口东大街 81 号

备　　注：请在汇款附言中注明“抗击疫情”

党有号召，侨有行动。中国侨联愿与海内外侨胞、社会各界一道同武汉人民同舟共济、共渡难关。我们期望国内归侨侨眷和海外侨胞行动起来，为抗击“新型冠状病毒感染肺炎”疫情，打赢疫情防控阻击战，奉献海内外侨界的爱心和力量。

联系人：贾素颖（华侨基金会）电话：13651086110

矫江莉（华侨基金会）电话：13501360665

汪国平（湖北省侨联）电话：13627289890

中国侨联

2020 年 1 月 25 日

（2020 年 1 月 26 日，来源：中国侨联官网）

2 中国侨联全体党员干部职工“众志成城、共抗疫情”踊跃为湖北疫情防控捐款

生命重于泰山，疫情就是命令，防控就是责任！在全国上下、海内外侨界万众一心、同舟共济，全力以赴打赢新型冠状病毒感染的肺炎疫情防控阻击战之际，为全力支持湖北疫情防控工作，中国侨联直属机关党委2月4日在全机关发出“众志成城、共抗疫情”捐款倡议，号召全体党员干部职工充分发扬社会大爱和守望相助精神，众志成城、共克时艰，为疫情防控第一线湖北贡献自己的一份爱心。活动中，大家纷纷踊跃捐款，以实际行动驰援湖北，为抗击疫情尽一份力。

目前，中国侨联机关、企事业单位全体党员干部职工的7万余元捐款已交至中国华侨公益基金会，并按照有关规定由基金会统一捐往湖北黄冈。

中国侨联部门函件

直属机关党委:

在2020年抗击新冠病毒疫情期间，响应权益保障部、法顾委号召，张岩、退休干部姜凤岩、郭阳（三位均是党员），分别捐款400元、200元、200元，支持中国侨联定点扶贫地江西省上饶广信区抗击疫情工作。

我部干部、党员蔺轩同志通过“文话童心”公众号组织的针对湖北医护人员捐赠防护服的专项募捐活动，捐赠500元。

特此说明。

权益保障部

2020年3月12日

直属机关党委：

中企公司党委老干部党支部，积极响应会党组和机关党委“守望相助，积极伸出援助之手，为疫情防控第一线湖北捐献爱心、尽一份力。”的倡议，为奋战在武汉抗疫一线的工作人员，尽一些微薄之力。

捐款党员名单及捐款数额如下：

李惟成：6000 元；王洪春：200 元；刘景波：500 元。

中国企业经营咨询公司党委

2020 年 3 月 4 日

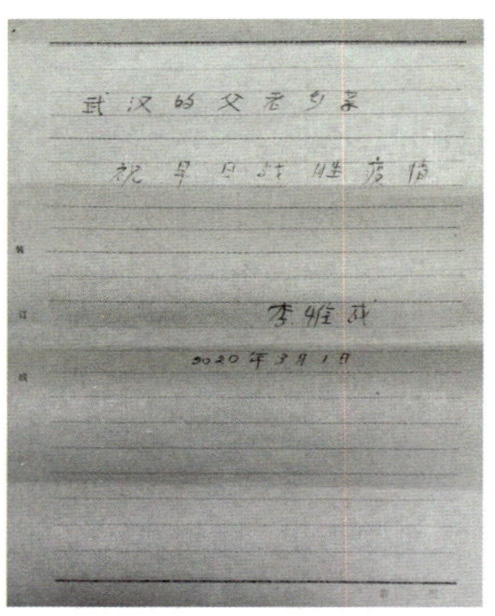

武汉的父老乡亲

祝早日战胜疫情

李惟成

2020年3月1日

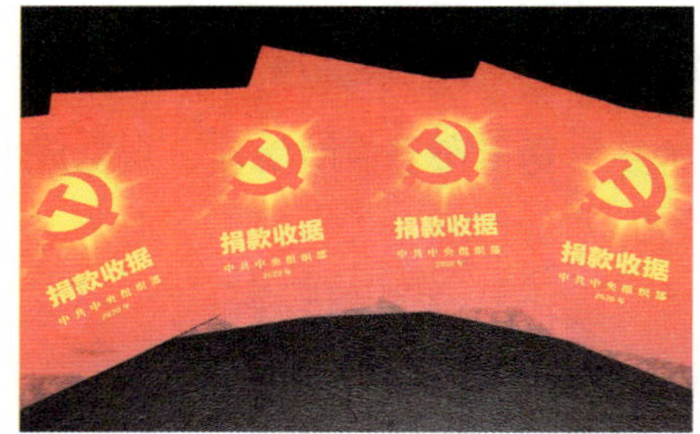

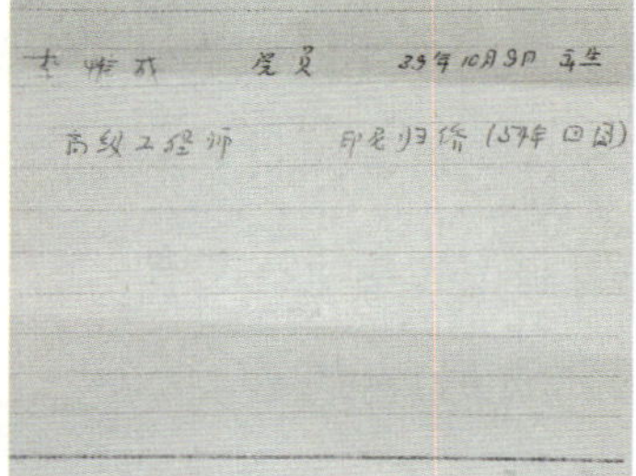

李惟成　党员　33年10月9日出生

高级工程师　印尼归侨（57年回国）

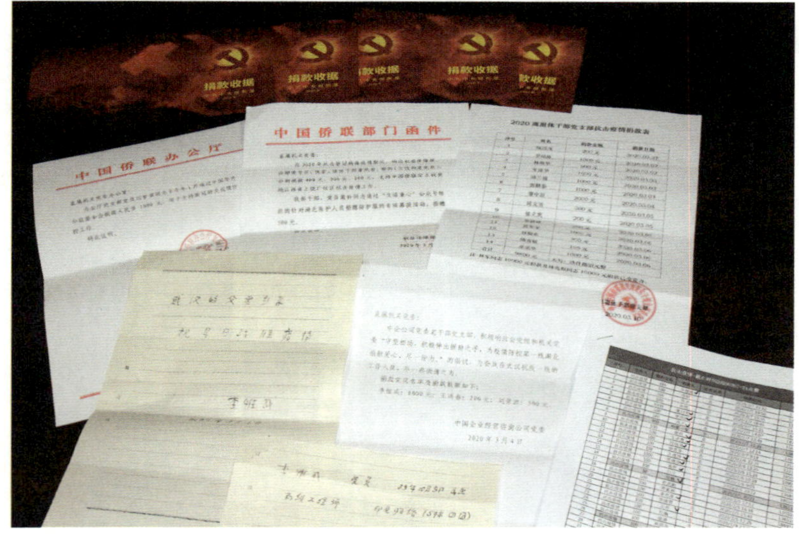

（2020 年 2 月 7 日，来源：中国侨联官网）

3 万立骏等在北京看望慰问抗疫一线侨界医护工作者家属

中国侨联会领导在北京看望慰问抗疫一线侨界医护工作者家属，代表中国侨联向他们的默默付出表示衷心的感谢，并通过他们向奋战在抗疫一线的侨界医护工作者表示崇高的敬意和诚挚的问候。

3 月 12 日上午，中国侨联党组书记、主席万立骏（左五）、副主席隋军（左三）到北京大学医学部看望慰问抗疫一线侨界医护工作者家属代表和所在科室人员代表

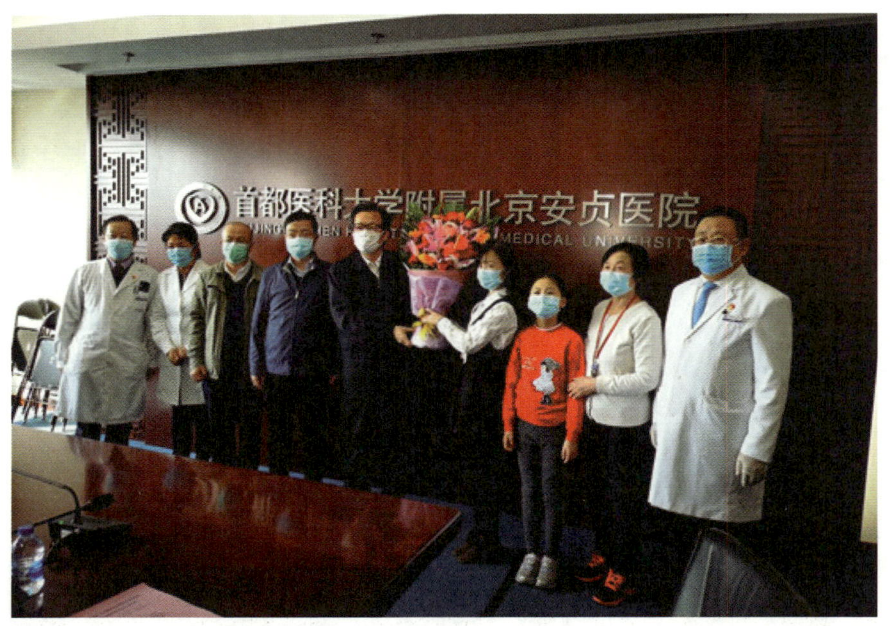

3 月 11 日下午，中国侨联副主席李卓彬（右五）、副主席齐全胜（左四）到北京安贞医院看望慰问北京援鄂医疗队谢江医生家属

万立骏说，在习近平总书记亲自部署、亲自指挥下，在党中央坚强领导下，全国人民共抗疫情，湖北和武汉疫情防控形势积极向好，取得阶段性重要成果。3 月 10 日，习近平总书记亲赴武汉考察、慰问，给湖北和武汉人民送去了温暖和关怀，给全国人民和海外侨胞以巨大的鼓舞和坚定的信心。

万立骏表示，在这场抗疫斗争中，广大海外侨胞和归侨侨眷积极行动，捐款捐物，奉献爱心，驰援湖北武汉和家乡疫情防控工作，展现了侨界的爱国心、凝聚力和同舟共济的深厚情怀。习近平总书记在统筹推进新冠疫情防控和经济社会发展工作会议上对侨界发挥的作用给予充分肯定，让广大海外侨胞和归侨侨眷备受鼓舞和激励。

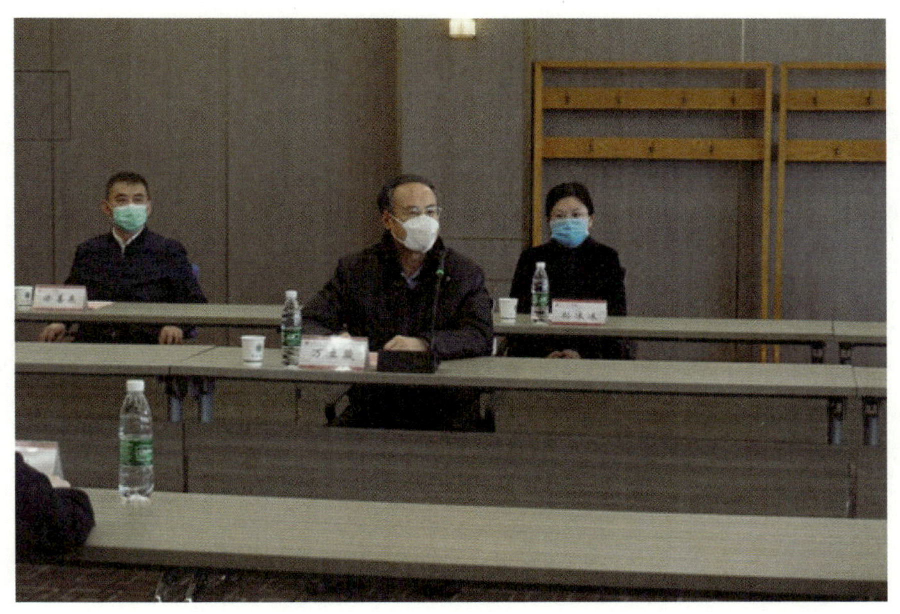

3 月 12 日上午，中国侨联党组书记、主席万立骏（前排中）在北京大学医学部

万立骏说，疫情突如其来，广大医护工作者和援鄂医疗队员逆行出征，勇于担当，毫不畏惧，顽强拼搏，为湖北和武汉疫情防控工作做出了重要贡献。在抗疫一线的医护人员当中，有不少归侨侨眷医务工作者。他们真正做到了医者仁心、大爱无疆，是白衣天使，是新时代最可爱的人。他们充分展现了侨界爱国奉献的传统，是侨界的光荣，我们为之深深感动。你们是他们的家属，全力支持他们在抗疫前线工作，军功章也有你们的一半。

万立骏说，当前，疫情防控工作仍然不能放松，对疫情警惕性不能降低。我们要认真学习贯彻习近平总书记重要讲话精神和党中央决策部署，立足岗位，守土负责，切实把各项防控工作抓细抓实。希望广大侨界医护工作者和家属保重身体，做好防护，发挥更大的作用。侨联会一如既往关注大家，为大家做好服务。

北京大学党委副书记、医学部党委书记刘玉村，北京市卫生健康委员会二级巡视员郑晋普，北京安贞医院党委副书记、院长魏永祥，中国侨联基层建设部部长张毅、信息传播部副部长郭启华，北京市侨联党组书记赵宏生、副主席李冬娟，北京市朝阳区委常委、统战部部长暴剑等分别参加有关活动。

（2020 年 3 月 12 日，来源：中国侨联官网）

4 钟南山、周琪等中国侨联特聘专家以多种方式积极参与抗疫工作

“新型冠状病毒感染的肺炎”疫情发生后，中国侨联发布了《关于号召海内外侨胞为打赢“新型冠状病毒感染的肺炎”防控阻击战捐赠款物的倡议书》，中国侨联特聘专家纷纷响应，结合自身实际，发挥自身优势，积极参与到抗疫防疫工作中（以下为不完全收录，名单还在更新中，排名不分先后）。

“侨界十杰”、中国工程院院士、中国侨联特聘专家钟南山作为国家呼吸系统疾病临床医学研究中心主任、高级别专家组组长，以84岁高龄奔赴前线，实地了解疫情，研究防控方案，上发布会、接受专访，解读疫情最新情况。

“中国侨界杰出人物”、中国侨联特聘专家委员会主任、中国科学院党组成员、副秘书长周琪院士带领干细胞与再生医学创新研究院开展了应对新型冠状病毒感染的肺炎疫情应急科研攻关项目，该院自主研发的CAStem新型细胞药物正在进行临床观察和评价。

中科院院士、中国侨联特聘专家、中国疾病预防控制中心主任高福与中国疾控中心的同志们严阵以待，迎接疫情挑战。他们派出专家组赴武汉支援疫情防控，并及时向民众通报防控工作进展情况，制作了健康宣传材料和专业的预防技术指南，向民众普及科学防控知识。

中国侨联特聘专家、中国政法大学研究生院院长李曙光、澳大利亚精算师协会荣誉主席郭生祥、青岛科而泰环境控制技术有限公司董事长尹学军、德国汉堡大学教授张建伟、厦门大学信息学院副院长姚俊峰、中科院心理所研究员李纾、中国科学院大学教授吴德胜等针对疫情防控提交了多篇建议书，相关建议已作为侨情专报素材上报。

中国侨联特聘专家、信达生物制药公司创始人、董事长兼总裁俞德超向武汉市红十字会捐赠人民币200万元现金，用于支持武汉疫区前线抗击、防控疫情工作。

中国侨联特聘专家、中国科学院北京纳米能源与系统研究所所长王中林虽出差在美国，仍密切关注国内疫情，联系研究所与孵化企业——中科纳清股份有限公司，第一时间向武汉疫区捐助1万个摩擦电防护口罩。

中国侨联特聘专家、安发国际集团董事长高益槐组织企业4条生产线全面开动，加班加点赶制出5万只医用口罩，运送至福建省宁德市，捐赠给当地用于开展疫情防治。此外，向湖北黄冈市捐赠价值300多万元的保健品，据悉可综合提升免疫力。

中国侨联特聘专家、美国迈阿密棕榈基金公司董事万颖，疫情发生时正在武汉家中过年，他积极组织湖北省侨界青年委员捐款和物资调运工作，目前已筹集善款过千万元，并组织海归青年、武汉青委、宾利车友等近2000名志愿者参与援助行动，将物品直接送到一线医生科室，没有中间环节。

中国侨联特聘专家杨宝庆创办的浙江泰普森实业集团，为河南、浙江等地公安、防疫部门设卡卡点捐助了200个专用军用帐篷和休憩帐篷、300个睡袋等物资。在获知抗疫一线短缺物资后，迅速联系国外商家紧急采购一次性隔离衣、成人/儿童防护服、氧气面罩、一次性卫生帽、护目镜、医用N95口罩、医用防病毒口罩等物资。

中国侨联特聘专家、鑫桥联合融资租赁有限公司董事长李然1月28日捐款100万元，用于购买口罩、防护服等医疗防护设备，支援抗击新型冠状病毒感染的肺炎疫情。

中国侨联特聘专家、广东中山三院肿瘤放射科主任徐向英带领全科不畏疫情，坚守岗位，在积极加强治疗安全的前提下，为更多肿瘤患者提供治疗，维护正常的治疗秩序。

中国侨联特聘专家、睿诚海汇健康科技有限公司董事长王跃驹带领企业积极参与研发植物源疫苗对抗新型冠状病毒。

中国侨联特聘专家、中国医科大学党委常委、附属第一医院党委书记、胃肠肿瘤外科主任王振宁率领中国医科大学附属第一医院第三批驰援湖北医疗队来到武汉华中科技大学同济医学院附属协和医院西院区，投身于新冠肺炎的战斗中。

中国侨联特聘专家奉向东领导企业格丰科技助力抗“疫”，无偿帮助江西省萍乡市新冠肺炎救治定点医院——萍乡市第二人民医院进行医务废水处理。从接到求助请求，到完成接入处理，仅用不到三天的时间，他的团队成功使隔离点——佳满康复医院的医疗废水经过处理后，达到国家一级A污水排放标准。

（2020年2月7日、2020年2月18日，来源：中国侨联官网）

5 心手相连，共抗疫情——中国华侨公益基金会携手海内外侨界爱心人士为抗疫助力

随着新冠肺炎疫情在多国蔓延，全球战“疫”正酣。在这场全人类与病毒的战斗中，有一支特殊的队伍，他们就是居住在世界200多个国家和地区的海外侨胞和国内的归侨侨眷。

前段时间，广大侨胞自发组织起来，以各种方式和渠道伸出援手，助力祖（籍）国抗击疫情。如今，海外疫情告急，华侨华人挺身而出，冲锋在前，向疫情阴云笼罩下的“第二故乡”送去振奋人心的侨力量。

中国华侨公益基金会作为中国侨联创办并主管的慈善组织，积极与海内外侨界爱心人士携手，同舟共济、抗击疫情。

一、按照中国侨联要求部署，做好海内外侨界为国内抗疫捐款捐物工作

1月23日，华侨公益基金会发布《关于为“抗击新型冠状病毒感染肺炎”捐赠物资指南》，引导国内外侨界人士通过湖北省红十字会为抗击疫情捐赠口罩、防护服等物资。

1月25日，中国侨联向海内外侨胞发出《为打赢“新型冠状病毒感染的肺炎”防控阻击战捐赠款物的倡议书》，得到海内外侨界的积极响应。侨界知名企业金光集团第一个打来电话，表示响应中国侨联倡议，捐款人民币1亿元，驰援武汉等地。世纪金源集团、正大集团、益

海嘉里集团（金龙鱼慈善基金会）、千方科技集团、金辉集团、新加坡华联企业有限公司等知名企业也纷纷通过华侨基金会捐出大额资金，助力各地抗击疫情。与此同时，海外侨界社团也立即行动起来，通过各地侨联组织，为武汉等地捐款捐物。

截至目前，华侨公益基金会共到账捐赠款超过 2.56 亿元人民币，美元为 204.60 万元，港币为 210.44 万元，全部折合人民币约 2.72 亿元。数以万计的海外侨胞个人通过华侨公益基金会进行捐赠，捐赠者覆盖 6 大洲、40 个国家、105 个侨社团。除此之外，还有 266435 人次的海内外侨胞和社会爱心人士通过互联网平台向华侨公益基金会进行捐赠，项目转发量达 61528 次。

华侨公益基金会按照捐赠人的意愿，根据各地疫情发展和防控需要，通过相关单位申请及时向疫情指挥部指定账户进行捐赠，共拨付捐赠款 237 笔，分 28 批次进行公开公示，拨款资金达 2.62 亿元。这些善款中，除了疫情防控指挥部接收，还资助了 8 家中医、中西医结合医院，分别开展新冠肺炎患者的后期康复治疗工作；资助 1 所中医药大学，进行校园防疫以及组织疫情相关医学培训工作；资助湖北省社会工作联合会开展社区服务工作，确定了 7 家社工执行机构，对湖北省 7 个社区开展“华侨公益·爱满江城”项目。

华侨公益基金会通过定向捐赠及专项基金完成物资采购 672.80 万元，第一时间向湖北、云南、内蒙古、黑龙江等地区也进行了实物捐赠。据统计，国内疫情期间，华侨公益基金会共收到防疫物资对接，价值约 5000 万元。

2月底，在武汉抗击疫情的关键时刻，华侨公益基金会善行团公益基金42名志愿者逆向而行，组建了一支由15辆大型货车、9辆保障车组成的车队，满载上百吨捐赠物资抵达武汉，为当地送去急需的医用口罩、护目镜、防护服、药品、保健品以及大米、鸡蛋、水果、肉类，价值3000多万元。

二、践行为侨服务宗旨，积极助力海外侨胞、留学生抗击疫情

随着新冠肺炎疫情在海外蔓延，华侨公益基金会联合地方侨联组织，积极开展助力海外侨胞抗击疫情活动，为海外侨胞抗击疫情提供资讯服务、物资捐赠、心理疏导等，努力做好稳侨、助侨、暖侨工作。

华侨公益基金会已向30个省区市侨联及相关单位拨付定向捐款人民币986.15万元，用于开展“侨爱心健康包”项目，据不完全统计，相关执行单位已向海外侨胞和留学生寄送“侨爱心健康包”2万多个，涉及50多个国家和港澳地区。

根据外交部要求，华侨公益基金会安排定向捐款人民币200万元，通过我驻外使领馆援助海外抗击新冠肺炎疫情，目前20万只口罩、45箱18000盒连花清瘟胶囊已运抵俄罗斯。

华侨公益基金会分别向福建省、浙江省、云南省、黑龙江省、上海市侨联和北京怡海公益基金会等，拨付定向捐款，用于采购防护物资并通过随专机运送、口岸货运等方式，支持菲律宾、意大利、塞尔维亚、缅甸等国侨胞抗疫，同时配合做好边境口岸防护。向伊朗、埃及、

德国、泰国等地机构和侨团捐赠防护服、中药等物资。

华侨公益基金会协助京东公益向英国捐赠防疫物资。刘强东夫妇和京东宣布向疫情严重且华侨华人和留学生人数众多的英国捐赠500万只口罩、50台有创呼吸机及60余万件防护服、护目镜、医用手套等医疗物资。基金会协调对接英国中华总商会、伦敦华人社区中心，协助办理捐赠物资清关等手续，做好物资赠送、申领等工作。捐赠物资于4月7日运抵英国。

华侨公益基金会与北京博能公益基金会等合作，推动“I Will志愿者联合行动”，旨在总结国内抗疫的“三师（医师、心理师、社工师）联动”经验，通过防疫知识科普、线上咨询、社区指导等方式，助力海外侨胞抗疫。目前，该行动共联合海内外200名志愿者为全球超过5000名海外同胞进行心理支持、健康咨询和新冠肺炎科普服务。此外，《华侨华人抗疫行动指南》也已上线。

三、后疫情时代，侨联公益工作的使命与责任

当前，全国疫情防控形势持续向好、经济社会发展加快恢复的态势不断巩固和拓展，与疫情防控相适应的常态化经济社会运行秩序正在建立。面对后疫情时代的困难与挑战，华侨公益基金会将努力“不忘初心、牢记使命”，按照中国侨联的战略规划和统一部署，拓展创新侨联公益事业，引导鼓励海外侨胞更好融入回馈当地社会，不断开创侨联公益工作新局面。

2019年10月31日，党的十九届四中全会表决通过《中共中央关

于坚持和完善中国特色社会主义制度、推进国家治理体系和治理能力现代化若干重大问题的决定》。《决定》提出："重视发挥第三次分配作用，发展慈善等社会公益事业。""创新公共服务提供方式，鼓励支持社会力量兴办公益事业，满足人民多层次多样化需求，使改革发展成果更多更公平惠及全体人民。""完善党委领导、政府负责、民主协商、社会协同、公众参与、法治保障、科技支撑的社会治理体系"等论断，进一步明确了包括社会组织在内的公益力量在推进国家治理体系和治理能力现代化中的作用，充分肯定公益慈善事业通过参与第三次分配对于促进社会公平、和谐的重要意义，同时也赋予了公益慈善是事业更高的要求、更大的发展机遇。侨联公益事业将在这一背景下去思考、去规划、去推动：要在引导鼓励侨胞兴办公益事业，以"幼有所育、学有所教、劳有所得、病有所医、老有所养、住有所居、弱有所扶"为着力点，在满足人民日益增长的美好生活需求上施策发力；要发挥侨的特色，围绕侨联任务开展工作，积极拓展海外公益项目，服务"一带一路"建设，服务民间外交；要进一步加强与国家有关部门、海内外社会组织、社会责任企业的交流合作，形成合力，共同做公益；要强化依法管理，公开透明，规范运作，诚实守信，依靠制度保障，提高风险防范意识，保障侨联公益稳健发展。

在助力中国乃至世界公益慈善的行动中，彰显华侨华人的人文精神和社会价值，这始终是华侨公益基金会的美好愿景！

我们将为此不懈努力！

（2020 年 6 月 12 日，来源：中国华侨公益基金会供稿）

6 心系祖国，心系武汉——中国侨联为抗击疫情倡议获金光集团捐赠上亿元善款

面对湖北武汉等地陆续发生新型冠状病毒感染的肺炎疫情，武汉以及全国各地医务人员为打赢这场防疫防控战正奋斗在一线。疫情的发展和同胞的安危牵动着海内外侨胞的心！一方有难，八方支援。为坚决响应党中央决策部署，支持武汉地区抗击疫情，打赢疫情防控阻击战，中国侨联于 2020 年 1 月 26 日晨，倡议海内外侨胞向疫区捐赠款物。

中国侨联发出倡议后，金光集团立即响应，第一时间宣布通过中国华侨公益基金会捐款 1 亿元人民币和价值 35 万元的清风消毒湿巾，用于抗击新型冠状病毒感染的肺炎疫情。金光集团作为爱国华侨企业心系祖国、抗击疫情、积极捐赠做出了表率。

天下兴亡，匹夫有责。金光集团董事长兼总裁黄志源先生始终关注着疫情的发展，热切地希望为武汉地区和中华儿女抗击疫情贡献力量，主动与中国华侨公益基金会联系，响应中国侨联倡议并带头捐赠，在祖国最需要的时候，奉献海内外侨界的爱心和力量。

此次捐赠专款专用，全部用于抗击新型冠状病毒感染的肺炎疫情。同时，金光集团下属金红叶集团也紧急加工生产疫区需要的消毒防护品，为疫区紧急调配捐赠了价值 35 万元的清风消毒湿巾。

（2020 年 1 月 26 日，来源：中国侨联官网）

7 中国侨商联合会会员已累计为抗疫捐款（物）7.29 亿元

从中国侨商联合会获悉，据不完全统计，截至 2020 年 2 月 20 日，中国侨商联合会会员以个人或企业名义，累计捐款（物）约 7.29 亿元（人民币，下同），其中现金 6.31 亿元。

据介绍，全国各省、自治区、直辖市、副省级城市的侨商组织（团体会员）有 40 家向中国侨商联合会通报了会员捐款捐物信息，其中会员累计捐款（物）超过 1000 万元的侨商组织有 13 家，100 万元到 1000 万元的侨商组织有 15 家（为避免统计数字重复，中国侨商联合会会员捐赠没有核算地方侨商组织数据）。还有部分物资捐赠无法统计金额。

此外，中国侨商联合会与各地 180 家侨商组织团体会员和 2 万多家侨资企业一道，借助海外联系渠道，建立全球抗“疫”网络，购买、捐赠防疫物资，为各地打赢防疫战贡献海内外侨界的爱心和力量。

近日，中国侨商联合会向 800 多家会员企业、180 多家各地侨商组织发出调研问卷，深入了解各地侨商、侨资企业复工复产中遇到的问题和存在的困难；同时，积极协调各地侨联、政府有关部门，对侨资企业复工复产中出现的问题及时协调解决。

截至 2 月 20 日，侨商会已收到 500 多家侨商会员和广东、上海、北京、天津、辽宁、陕西、江西、浙江、安徽、湖南、宁夏、黑龙江、青岛等地数十家侨商组织反馈的全国数千家侨资企业复工信息，各地侨企都在当地政府的安排下，逐步复工。

（2020 年 2 月 22 日，来源：中国新闻网）

8 中国侨联法顾委海外委员助力打赢国内国外疫情防控战

疫情发生以来，中国侨联法顾委海外律师委员履职尽责，积极参与疫情防控阻击战。国内疫情蔓延之初，海外华侨华人全力帮助国内打好疫情防控阻击战。疫情在海外蔓延暴发后，他们又在住在国积极投身疫情斗争。通过各自方式发挥了应有的作用，为国内和住在国抗击疫情做出了积极贡献，用自己的实际行动传达善意和大爱。

一、积极向中国捐款捐物，奉献爱心

疫情初期，各位海外委员捐款捐物、协调援助医疗物资运至国内。怀着对国内同胞的血脉之情，纷纷以各种方式为我会的定点扶贫帮扶县——江西省上饶市广信区（原上饶县）联系货源、捐赠抗疫物资。

美国梁仲平律师及其所担任法律顾问的美中企业总商会募款 3 万多美元，从美国采购防疫物资运回国内。中国驻美大使崔天凯特意向美中企业总商会致信表示感谢。

美国赵联律师捐赠了 5000 只口罩和 5000 套隔离服，价值 10 余万元，运抵中国侨联定点扶贫地区上饶市广信区，转赠防控一线，受到该区的高度赞赏。

美国王志东律师捐款 1000 美元，与担任法律顾问的大芝加哥地区华侨华人联合会共同筹资购买4台呼吸机直接捐赠武汉疫情防控重点医院。

美国徐建勋律师积极参与世界象棋联合会“中外超级象棋群”组织的捐赠和全球象棋网络赛，传递爱心和信心，为疫情防控工作注入正能量。据统计，该微信群累计募集医用口罩8.8万只、医用手套4600副，价值42万元，先后捐赠武汉、福建、永川等地。

日本张玉人律师在疫情发生后，第一时间购买口罩，迅速向上饶市广信区邮寄720只口罩，通过日本湖北总商会向武汉邮寄1000只口罩。同时，他积极参与日中“一带一路”促进协会、全日本华侨华人联合会、日本辽宁总商会、日中介护协会等组织的捐赠活动，传递爱心、共克时艰。

英国邓汉声律师积极参与英国侨社团的捐助活动，所得善款购买大批口罩，并在中国驻英国大使馆的协助下，积极协调中国航空公司，迅速将防控物资免费运回中国。

意大利吴恩斌律师分别组织意大利福建总商会、意大利华人宣教中心等侨社团，向福建、浙江温州定点医疗防控单位捐赠口罩等防护物资。据统计，意大利福建总商会通过福建省红十字会，捐赠口罩2.4万只、防护服1880套、防护镜280副、乳胶手套1万只、耳温枪290支，累计价值4.5万欧元；意大利华人宣教中心向温州有关医院捐赠各类口罩约5.5万只。

墨西哥阚凤芹律师与丈夫（墨西哥国立理工大学教授汪恩涛）捐赠1500美元。积极协调旅墨社团首批捐赠了近3万只口罩，价值1.8

万美元，通过湖北省慈善总会送到武汉市江夏区人民医院；她所在的墨西哥华人华侨社团联合总会、墨西哥华人学者联谊会以及如中资企业协会、中华企业家协会、墨西哥东北商会等组织，向疫区捐赠价值300多万墨西哥比索的25万只口罩等防控物资。

香港地区刘爱丽律师组织香港山东侨界联合会走进香港疫情社区和济南社区派发口罩、消毒液等防疫用品，慰问一线公安干警。山东省海外联谊会特意致函感谢。

西班牙陈静律师向瓦伦西亚侨社团发出捐助倡议，得到积极响应，募集到大批医用口罩等防控物资，并迅速组织物资运输驰援疫区。

二、向住在国宣介疫情防控情况，提振信心

海外疫情形势严峻后，海外委员们行动起来，发挥专业优势，翻译医疗手册等疫情知识，积极宣传中国经验，讲好中国故事。

意大利董丽芳律师利用出席社会活动、接受意大利媒体采访、在欧洲丝绸之路和中欧国际律师事务所社交平台发表文章等方式，向意大利社会各界介绍中国疫情防控取得的积极成效，展望国际经济和中欧、中意合作前景，增进意大利与中国发展合作的信心。

西班牙陈静律师依托管理西班牙影响力较大的华人媒体《欧华报》瓦伦西亚分社的优势，积极联络华人议会代表、孔子学院院长等公众人物发表文章、谈话，支持中国疫情防控工作；组织侨胞代表接受电视台采访，介绍中国疫情防控积极进展和华人社区自我隔离措施，并协调当地红十字会支持华人社区疫情防控工作。

南非孙耀亨律师就南非当地民众因疫情对旅南侨胞误解、非议等问题接受南非“Newzroom Afrika”电视台专访，介绍中国驻南非使领馆开展的疫情防控宣传引导工作、华人社区采取的预防措施和保护环境的行动。他还在当地主流媒体和网络上，发表《反对对南非华人种族歧视》的倡议，呼吁当地民众与旅南侨胞守望相助、共同抗击疫情。

马来西亚罗章武律师在当地媒体发表文章《管控令是猛药：看中国经验》，宣传介绍中国应对疫情的措施和经验，为马来西亚当地企业做好复工复产提供指引和参考。

三、提供法律援助，维护海外侨胞正当权益

海外委员们向当地华侨华人提供免费法律咨询，通过开展免费线上云讲座、法律知识直播等，在线解答华侨华人与疫情有关的法律问题，受到当地华侨华人热烈欢迎。

新西兰朱旭东律师在疫情期间，围绕雇佣关系、商务租赁、合同纠纷、债务纠纷、企业清盘和重组等法律问题举办疫情期间财经法务资讯在线云讲座。介绍疫情期间新西兰政府财税、银行信贷政策和履行合约、保单法律问题，帮助企业和员工有效应对疫情影响。

墨西哥阚凤芹律师在疫情期间成立中墨法律服务协会，联合律师和官方翻译专家的力量，通过《华文时报》向墨西哥全境征询华侨华人、中资企业在疫情中遇到的法律问题，利用法律服务协会集体智慧，研究解决方案并给予原则性的咨询解答，打造经贸法律信息交流合作共赢的平台。

澳大利亚萧嘉律师通过中国驻澳大利亚阿德雷德总领馆捐赠5000澳币，并主动做好南澳洲湖北同乡会的法律援助工作，帮助当地侨胞处理疫情带来的法律问题，维护侨胞正当权益。

马来西亚罗章武律师通过中国华侨公益基金会、马中总商会等渠道积极捐助，并受中国驻马来西亚大使馆委托，了解在马中国感染患者治疗情况和家属生活情况，并为中国公民延长出境签证、中国企业受不可抗力无法履行合同等提供法律咨询服务。

西班牙季奕鸿律师自疫情发生以来，累计为226名因疫情影响滞留西班牙的中国公民免费提供法律咨询和法律援助，协助他们与当地政府交涉，允许在西班牙暂时停留。同时，他针对海外侨胞在多国多地受歧视甚至被殴打事件，接受《欧洲时报》专访，并推出“法律公益云讲座”针对西班牙疫情发展情况，详细介绍侨胞如何运用法律武器维护自身权益。该文被多国海外华文媒体转载，影响较大。

俄罗斯原毅律师就80名在俄中国公民强制隔离后仍被法院处以罚款、强制驱逐出境处罚案件做好全程法律服务，协助有上诉需求的中国公民提供法律援助，争取10余人二审胜诉，判决取消驱逐令。同时，原毅率领律师团队，配合使馆为滞留遣返站的中国公民做好法律解释和心理疏导工作，并与俄罗斯相关部门保持密切沟通，切实维护境外中国公民的合法权益。

泰国方文川律师疫情期间，通过电话、视频连线方式，处理泰国侨胞捐赠物资海关扣押、中国人在泰国医院治疗新冠病毒产生的医疗费纠纷、解散中国劳工劳资纠纷事件等与疫情相关的案件，提供法律咨询服务。

日本何连明律师在全日本华侨华人法律界抗疫直播小组晚间主办的新冠疫情紧急事态下的华侨华人战“疫”法律援助公益直播中担任主播，在线向在日华人解答与疫情相关的法律问题。

美国徐建勋律师在美国疫情暴发后，无偿向休斯敦警察局、社区医院、同乡会、华人律师、医疗人员、美国友人和其他有需求的海外同胞捐赠了大约6000只一次性医用口罩和3000只KN95口罩。休斯敦警察局特意回赠了“休斯敦警察局徽章”，以表示对他由衷的感谢。

美国张军律师接受深圳卫视远程连线采访，阐释向美国捐赠抗疫物资应注意的法律问题。

四、发挥法律专长，帮助当地企业民众抗击疫情

随着海外疫情蔓延，各位律师又纷纷出钱出力，支援当地抗疫，帮助当地企业和民众顺利渡过疫情，彰显共克时艰的责任担当。

南非孙耀亨律师与驻外使领馆、南非华人组织、中资企业和民间团体配合，向当地政府、公立医院、一线执法人员、医护人员、非营利机构以及贫困民众捐赠发放超过40000只防护口罩等防疫用品和2500份救急食物包，受益人数超过55000人。此举得到南非当地普通民众的极大赞扬。

马来西亚蔡文洲律师为解决疫情期间企业面临的合约问题，协助当地商会完成《发布“不可抗力声明”以及“受挫事件”建议书》，帮助当地企业克服疫情带来的复工复产困难，该“建议书”已由马来西亚

中华总商会呈交马来西亚总理。

意大利董丽芳律师开展多种媒体宣传活动，收集来自中国、意大利和国际协会与企业的问题、要求和建议，并将其报告转发给欧盟、意大利和中国的政府机构，帮助意大利经济快速恢复；同时建议意大利公民遵守意大利政府最新法令，和旅意侨胞一起重视口罩防护、加强卫生措施，为意大利当地和社会抗击疫情做出贡献。

日本何连明律师积极发挥法律专业优势参与协调一家日本企业因从中国购买 2 万只不符合日本质量标准的口罩而导致的纠纷，并将自己购买的符合日本质量标准的 500 只口罩捐赠给了这家日本企业。

新加坡萧锦耀律师和当地侨团一起，为当地华侨留学生发放口罩、药品、食物等物资，和当地侨胞一同抗疫。

使命情怀、汇聚大爱。法顾委广大海外委员的努力与奉献精神，进一步激发海外侨胞守望相助、战胜疫情的信心，不断凝聚打赢疫情防控战的强大合力。

（2020 年 6 月 12 日，来源：中国侨联官网）

9 中国华侨历史博物馆及时征集抗击新冠肺炎疫情实物资料，记录历史，传递正能量

为了记录广大归侨侨眷和海外侨胞投身抗疫的事迹，发挥各类实物资料的存史育人作用，在中国侨联的指导和支持下，2020 年 3 月 18 日，侨博发布公告，面向各级侨联组织、广大归侨侨眷和海外侨胞以及侨团侨社征集抗疫过程中形成的具有收藏、研究、展示、纪念价值的实物资料。包括中国侨联官网、华人头条在内的多家网络媒体平台均发布了侨博的征集公告，在海内外受到广泛关注，引起了强烈反响。华人头条发布的征集公告阅读量已超 10 万，新华社关于侨博征集侨胞抗疫实物资料的新闻报道的阅读量已超百万。

征集公告发布以来，侨博收集到来自海外 10 多个国家、国内 10 多个省市的征集线索 70 余条，征集到华侨华人抗击疫情的实物及资料超过 200 多件 / 套。其中，有许多具有较重要的历史价值和较高的艺术价值，比如中国赴意大利抗疫医疗专家组全体成员签名的队旗和口罩，以及专家组中负责联系当地侨胞的浙江省侨缘会副秘书长陈垣的防护服和相关证件。

在国内疫情蔓延之初，旅意福建华侨华人总会就积极组织福建籍乡亲为家乡南平捐资捐物，有力支援了祖（籍）国的疫情防控工作。对此，南平市委、红十字会给他们出具了感谢信和捐赠证书。在得知博物馆征集抗疫实物之后，他们将感谢信和证书捐赠给了博物馆。

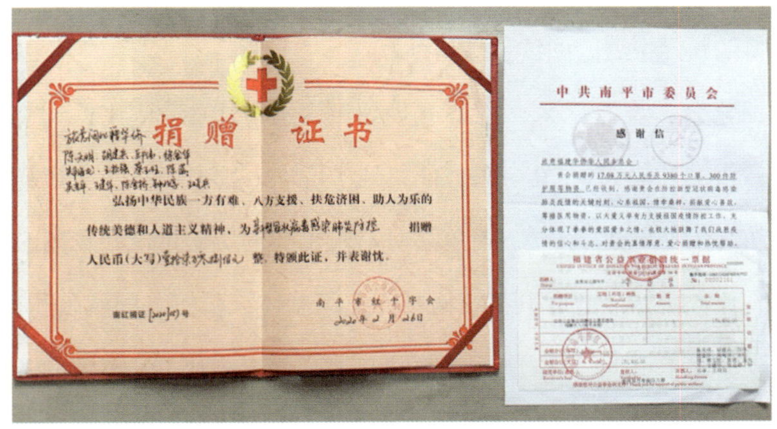

美国东部时间 3 月 6 日 14 时，美国福建联合总会荣誉主席李贵明手持“福”字的形象展现在纽约时代广场的大屏幕上，希望借这个“福”字为正在抗击新冠肺炎疫情的中国同胞和其他国家民众加油鼓劲。

侨博也征集到了这个“福”字。

而在越南堤岸的华侨华人同样关心着祖（籍）国人民的健康与安全，当地 5 名画家合作创作了两幅山水画进行义卖，把所得善款捐给武汉支持抗击疫情，购得其中一幅画作的华人企业家又将其无偿捐赠给了侨博。

韩国华侨华人联合总会在当地疫情暴发后，积极组织侨胞将各类防疫物资捐给收治患者的医院，韩国檀国大学医院院长之后亲笔手书了一封感谢信，感谢总会捐赠的医疗物资，同时还提到他们的暖心举动给当地医务人员带去了无穷的力量。

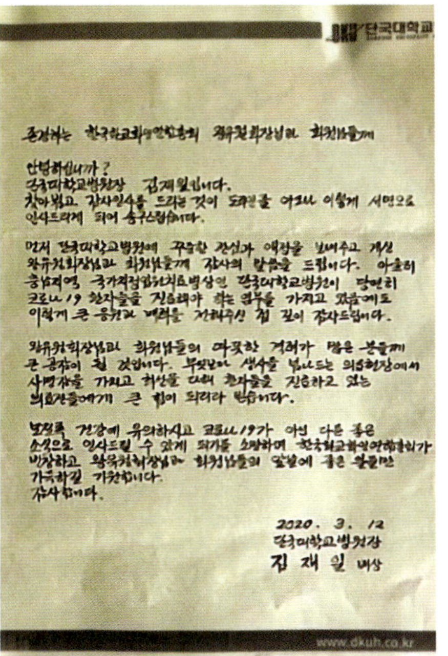

단국대학교

존경하는 한국화교화인연합총회 왕유철 회장님과 회원님들께

안녕하십니까?
단국대학교병원장 김재일입니다.
찾아뵙고 감사인사를 드리는 것이 도리인 줄 아오나 이렇게 서면으로
인사드리게 되어 송구스럽습니다.

먼저 단국대학교병원에 꾸준한 관심과 애정을 보내주고 계신
왕유철 회장님과 회원님들께 감사의 말씀을 드립니다. 아울러
충남지역 국가지정입원치료병상인 단국대학교병원이 당연히
코로나19 환자들을 진료해야 하는 업무를 가지고 있음에도
이렇게 큰 응원과 배려를 전해주신 점 깊이 감사드립니다.

왕유철 회장님과 회원님들의 따뜻한 격려가 많은 분들께
큰 공감이 될 것입니다. 무엇보다 생사를 넘나드는 의료현장에서
사명감을 가지고 희생을 다해 환자들을 진료하고 있는
의료진들에게 큰 힘이 되리라 믿습니다.

모쪼록 건강에 유의하시고 코로나19가 아닌 다른 좋은
소식으로 인사드릴 수 있게 되기를 소망하며 한국화교화인연합총회가
번창하고 왕유철 회장님과 회원님들의 앞날에 좋은 일들만
가득하길 기원합니다.
감사합니다.

2020. 3. 12
단국대학교병원장
김 재 일 배상

www.dkuh.co.kr

旅居匈牙利的华侨摄影家魏翔在当地疫情蔓延后，在佩奇大学启动作品在线竞拍活动，将竞拍所获收益捐献给佩奇儿科医院，体现了华侨华人为住在国抗击新冠肺炎疫情做出的努力和贡献。侨博征集了他的“祈福”系列作品。

福建省政协海外特邀委员、福建省海外联谊会副会长、俄罗斯福建联合总商会名誉会长沈木辉为侨博讲述了疫情期间带领所属商会迎难而上战疫情、共克时艰献爱心的感人故事。在祖（籍）国疫情最严峻的时期，沈木辉积极发动商会及成员为祖（籍）国抗疫捐款捐物，并带头捐款 40 万元人民币用于专项采购医用防护物资。为确保防护物资及时运送回国，他争取到俄罗斯支援，顺利办完各项手续，在 2 月 15 日，将俄罗斯福建联合总商会捐赠的 2500 套医用防护服顺利运抵福州长乐机场，为家乡抗击疫情贡献了的力量、增添了希望。在祖（籍）国疫情得到控制、海外疫情暴发之际，沈木辉积极号召在俄海外游子不要回国，逐家逐户做思想工作，告知大家不要给祖国母亲增加负担，找麻烦。同时，他积极在国内筹备抗疫物资，多方协调把在国内筹备到的物资运到俄罗斯，无偿捐赠给华人华商朋友。沈木辉是华侨华人积极参与疫情防控阻击战的突出例子，为侨博提供了抗疫专题展的生动素材。

此外，今年 5 月 29 日下午，致公党福建省委会专职副主委吴棉国专程带队来到侨博，捐赠了海外侨领支持国内抗疫的书画作品及相关抗疫期间捐款捐物凭证。新加坡金鹰集团、泰国正大集团和其他海内外热心机构及人士也纷纷将抗击疫情期间收集到的各种实物和资料提供给了侨博。为记录海内外侨胞投身抗疫的过程增添了丰富的、难得的素材。

在专项藏品征集的基础上，为展示全球华侨华人在新冠肺炎疫情中对祖（籍）国的支持和对住在国的贡献，表达祖国对海外侨胞的关心爱护，侨博积极筹备华侨华人抗疫专题展，与展览相关的藏品征集、展陈大纲纂写等工作已全面开展，待疫情结束后正式开展。

（2020 年 6 月 17 日，来源：中国华侨历史博物馆供稿）

10 跨越五大洲，齐心抗疫情——中国华侨华人研究所广泛连线专家学者积极助力抗疫

2020 年，在中国人民决战决胜全面建成小康社会、迈出实现中国梦关键一步的时刻，一场突如其来、凶猛异常的新冠肺炎疫情在世界各地蔓延，世界各国都在为抗击疫情而努力。中国华侨华人研究所在做好自身防疫工作的同时，充分发挥广泛联系专家学者的优势，审时度势，主动作为，与清华大学华商研究中心展开合作，根据国外疫情的最新情况，与海外华侨华人进行视频连线，对海外华侨华人的处境进行及时研讨，同时获取第一手的海外侨情信息，用低成本、高收益的形式交流，收到了良好的社会效果，受到中国侨联领导的高度肯定与评价。

一、开展“海外华商谈抗疫”在线系列观察活动

广大归侨侨眷和海外侨胞是中国梦的建设者，也是人类命运共同体的坚定追求者。疫情发生后，世界各地的华侨华人不仅以血浓于水的同胞之情支援了国内战疫，而且以大爱无疆的爱心参与和支持住在国的抗疫工作，成为世界抗击疫情的强大正能量。同时，华侨华人的安危与健康也时刻牵动着祖（籍）国人民的心。为此，中国华侨华人研究所与清华大学华商研究中心共同举办了“海外华商谈抗疫”在线系列观察活动。

自 2020 年 3 ~ 6 月，“海外华商谈抗疫”在线观察相继举办了西班牙、美国、德国、加拿大、意大利、非洲、东南亚、法国、俄罗斯、巴西、日本、澳洲 12 个专场，邀请海外侨领、华商及学者作为主讲嘉宾，介绍当地的疫情状况与应对措施，探讨华人生活与华商经营所受影响，分享华侨华人驰援祖（籍）国及与各国人民共同抗击新冠病毒的感人故事，通过比较视野探寻真知灼见。

2020 年 4 月 13 日，“海外华商谈抗疫”之意大利专场

“海外华商谈抗疫”在线系列观察活动推出后，受到专家学者、华侨华人、留学生群体的广泛关注和积极参与。据统计，此次连线活动历时两个月，横跨五大洲 14 个国家，邀请 41 位侨领、华商及学者作为主讲嘉宾，在线参与人数达 1500 人。

连线活动中，海外华侨华人讲述亲身经历的战疫故事及海外抗疫现场。亲身经历海外抗疫的华侨华人代表，跨越时空距离，讲述不同国家抗疫一线的真实情况。“新加坡抗疫经历佛系抗疫到强力干预的转变，通过严明律法等方式阻断病毒传播”“中俄合作抗疫受到俄罗斯主流社会肯定，中国驻俄大使馆与当地侨团为华侨华人团结抗疫服务到位”……一场场视频连线，就像一份份“产地直送”的“营养餐”，快速便捷，信心满满，为学界提供亲历者的思考和认识，同时穿越纷乱嘈杂的国际舆论环境，澄清某些海外媒体夸大扭曲的不实报道。

通过线上视频会议，海内外华侨研究学者分享学术见解和思考，挖掘现象背后蕴藏的深意，以学术力量为海外侨胞送去理解和支持，也为侨界学术研究挖掘新视角，提供新议题。

2020 年 4 月 24 日，“海外华商谈抗疫”之东南亚专场

从学术研究的角度看，连线活动向国内学者提供了许多关于疫情期间海外华侨华人生存发展的叙述性资料，帮助学者及时获得更多的一手信息，与海外华侨华人进行直接交流。该活动成为疫情期间跨越地

域、跨越商界、学界与政界的多元化国际交流平台。《人民日报》（海外版）、新华网、学习强国等主流媒体和学习平台多次进行宣传报道，取得了良好的社会影响。

二、发挥智库作用，联系专家学者为做好抗疫工作建言献策

海外疫情发生后，中国华侨华人研究所及时组织专家学者，共同研判疫情对华侨华人的影响，积极宣传海外侨胞对国内抗疫的贡献，以正视听。同时，专家学者从专业角度对侨务部门如何应对疫情提出意见建议，包括妥善应对华侨华人和留学生回国负面舆情与相关问题、回应海外侨胞关切、内外协调做好留学生疫情防控、防范抗疫物资出口和捐赠国外的风险、健全公共卫生应急法律制度体系，等等。

（2020 年 7 月 2 日，来源：中国华侨华人研究所供稿）

第二篇

同心而共济

1 守望相助，风雨同舟——北京市侨联与海内外侨界携手共战“疫”

北京市侨联认真贯彻习近平总书记对新型冠状病毒感染肺炎疫情的重要指示精神，坚决落实党中央、国务院以及市委、市政府相关工作部署，严格落实全市《关于进一步明确责任、加强新型冠状病毒感染肺炎预防工作的通知》要求，加强机关内部防控，编发了疫情防控手册，及时做好内部消毒防护工作。认真执行市委关于党员参与社区防控工作“双报到”规定。及时成立疫情防控工作领导小组，向北京侨界发出了《打赢疫情防控阻击战倡议书》，向海外侨胞转发了中国侨联《关于号召海内外侨胞为打赢“新型冠状病毒感染的肺炎”防控阻击战捐赠款物的倡议书》。积极动员联系海内外侨界积极捐款捐物。在海外抗击疫情的特殊时期，北京市侨联第一时间建立和完善海外侨胞关爱机制，积极引导海外侨胞正确应对疫情，帮助海外侨界筹集抗疫物资、解决实际困难，内外联动、守望相助，风雨同舟、共战疫情。

一、海内外侨界响应号召积极捐款捐物

新冠肺炎疫情发生以来，广大海外侨胞和归侨侨眷响应党和国家的号召，积极行动，通过各种方式驰援湖北和北京疫情防控工作，展现了侨界爱国爱乡和同舟共济的深厚情感，并涌现出很多感人事迹。

加拿大北京协会为国内购买和筹集防护物资

北京市侨联海外顾问、会长杨宝凤女士得知国内发生疫情后，第一时间与侨联组织联系，动员会员购买和筹集防护物资。北京市侨联海外顾问、巴西北京文化交流协会会长赵永平，先后三次向北京市侨联进行捐赠。瑞士日内瓦华文教育基金会会长褚峻女士将购买的口罩捐赠给国内，却没有给自己在北京的家中寄回一只。意大利佛罗伦萨华侨华人妇女联合会通过募捐向北京市侨联捐赠善款用于抗疫行动。意大利北部丽水同乡会会长饶俊媚女士，在航班停飞的情况下，从意大利米兰驱车几百公里将物资运送到邻国匈牙利机场。北京市侨联海外委员、秘鲁和平统一促进会秘书长汪丽群女士，先后向北京市侨联捐赠了三批物资。

北京市侨联副主席、鑫桥联合金融服务控股集团董事局主席李然在市侨联倡议发出当日捐款 100 万元，用于购买口罩、防护服等医疗防护物资。北京市侨联常委、中国国画研究院院长陈忠洲第一时间响应号召，他捐助的物资成为北京市华侨事业基金会收到的第一笔物资。北京市侨联兼职副主席、北京华夏国际人才研究院院长陶庆华积极建言献策，撰写了《战“疫”关头首都应急管理如何加强》《关于加强疫情防控一线宣传报道工作的建议》等5篇意见建议。

二、北京市侨联心系海外侨胞身心健康

海外疫情不断蔓延，特别是疫情高发地区侨胞的健康和面临的困难牵动着祖（籍）国人民的心。在抗击疫情的特殊时期，北京市侨联第一时间建立和完善海外侨胞关爱机制，积极引导海外侨胞正确应对疫情，帮助海外侨胞筹集抗疫物资、解决实际困难。

成立海外侨胞关爱工作专班。加强对海外专项工作的组织领导，成立联络保障组、信息宣传组，设立了联络员、政策咨询员、信息宣传员，开通了24小时值班热线电话，及时接收海外侨胞电话咨询，提供有效服务。

关心海外侨胞生活现状。联络员坚持每天点对点与海外委员、顾问、北京籍侨（团）社进行联系，通过微信保持与海外侨胞的经常性沟通，及时了解侨情和需求、现状和困难，引导提醒他们增强防范意识，做好自我防护，养成健康的生活方式，相信科学，不传谣、不信谣、不恐慌，保持良好的心态面对疫情。

宣传国内疫情防控政策指引。通过微信公众号、网站、联络员工作群等各类平台多渠道宣传推送国家和北京市防控新政策、《北京市侨联致海外人员的温馨提示》《海外侨胞回国回京预申报二维码》等防控

信息，为北京籍侨胞和留学人员留居海外或返回北京提供正确指引，增强疫情防控信心。充分发挥海外华文媒体作用，传递战“疫”正能量，起到了增信心、稳侨心、反歧视、破谣言、助战“疫”的作用。

及时推送医疗健康咨询平台。通过多种形式向海外侨胞推送阿里健康海外华人在线健康咨询平台、北京远程健康服务平台、百度健康在线咨询平台、京东全球免费健康咨询平台、微医在线咨询平台等多个健康咨询平台，为海外侨胞免费提供线上咨询、心理援助和防疫知识科普服务，消除侨胞恐慌心理，守护每一位海外侨胞、留学生的健康。

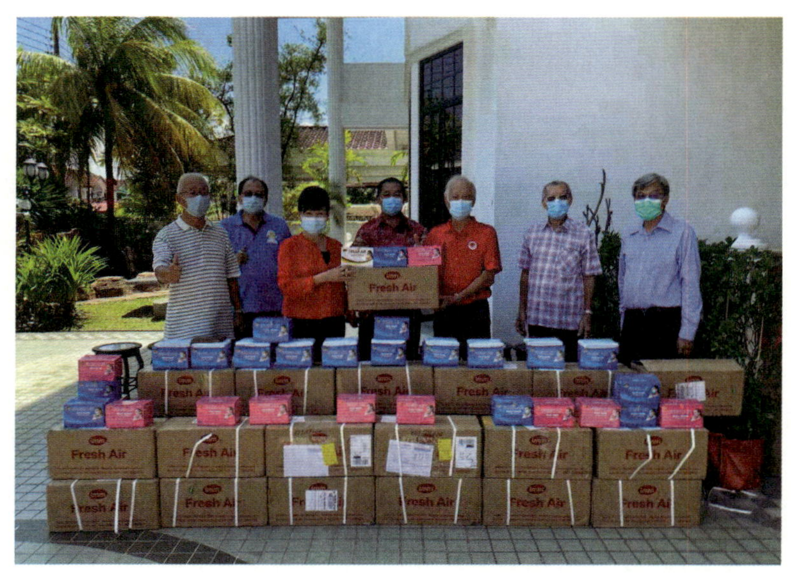

北京市侨联捐赠给海外侨胞的口罩到达马来西亚沙巴

解决海外侨胞实际困难。北京市侨联在得知海外侨胞防疫物资购买困难后，第一时间解决侨胞燃眉之急，向海外捐赠防疫物资，传递家乡的温暖和关爱。

三、多渠道下沉社区助力构牢社区防线

北京市侨联机关全体党员积极到社区报到，同时安排全体干部下沉西城区玉桃园社区，以实际行动支援社区的疫情防控工作。

不讲分内分外，只要有需要就有党员的身影。市侨联领导每周都要坚持到社区报到至少一次，有的白天太忙安排不了，就主动找社区要求参加夜间值班。市侨联组织和人才工作部的刘金凤不但自己报到，还带上了正在上大学的女儿一起参加社区的工作，让她亲身感受党建焕发的正能量。市侨联文化交流部李静怡居家办公，只要有时间就去参加社区活动，最多的一周参加了 6 次。

北京市侨联二级巡视员刘峰（左一）等同志参与下沉工作

侨联社区共携手，一起创建“零感染”。侨联党总支先后为附近社区捐助医用酒精、消毒液等，并协助开展环境消杀工作。同时，市侨联机关党员干部全部轮换下沉到西城区玉桃园社区，参加基层疫情防控工作。机关干部与社区同担当，与群众心贴心，任务中不分男女、不论长幼，不怕辛苦、守牢防线，认真负责、勇于实践，在抗“疫”一线展现了侨联干部的形象风采。

市侨联委员充分发挥先锋模范作用，在防“疫”一线贡献自己的一份力量。陈争争、杨非衡等多位委员在完成本职工作后，与社区开展对接支援，参与防控宣传、入户摸排、岗卡值守、出入登记、区域消杀等疫情群防群控工作。

四、开展调研助力侨企复工复产

为贯彻落实中央和市委关于统筹推进防疫和经济社会发展的决策部署。北京市侨联领导班子前往通州、朝阳、海淀等地多家侨资企业调研，了解企业面临的困难，帮助企业积极复工复产。

3 月 5 日，北京市侨联党组书记赵宏生前往通州区的北京京东科技有限公司、北京汇恩兰德制药有限公司调研。赵宏生书记看望慰问了企业职工，询问了企业的复工率和存在的困难。

北京市侨联党组书记赵宏生（中）、副主席苏泳（右一）在侨资企业调研

3 月 5 日，北京市侨联党组副书记、副主席李冬娟，党组成员、副主席李登新前往中关村科技园区海淀园、爱博诺德（北京）医疗科技有限公司、北京佰仁医疗科技股份有限公司，深入了解企业参与防控工作和复工复产情况，充分肯定企业响应中央和市委决策部署，积极投入疫情防控工作和复工复产。

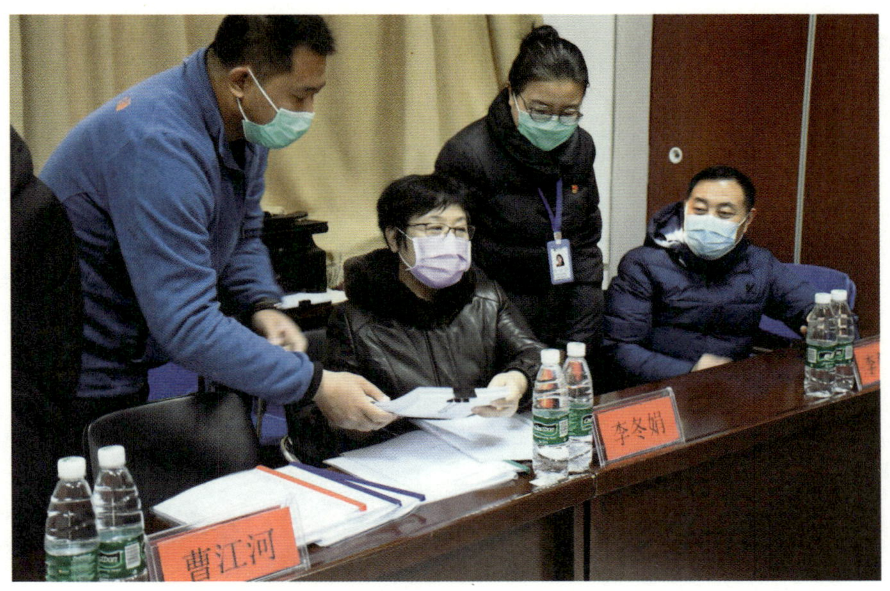

北京市侨联党组副书记、副主席李冬娟（右三），党组成员、副主席李登新（右一）到侨资企业调研

3 月 12 日下午，北京市侨联党组副书记、副主席李冬娟，党组成员、副主席李登新到朝阳区国创产业园慰问了园区防疫工作人员并调研了企业复工复产情况。

3 月 13 日，北京市侨联党组书记赵宏生、副主席苏泳到天下图数据技术有限公司开展复工复产调研。调研组详细了解了企业复工复产中遇到的问题、困难，防疫用品储备、员工防护情况等，并现场指导企业加强防控和复工复产工作；就该公司发挥自身信息技术优势，为加强新冠肺炎疫情社区防控开发的管理系统“E（疫）情报”平台进行了深度交流。在停简单信息技术有限公司，参观了公司复工现场，观看了职工防护情况和办公环境。

（2020 年 4 月 14 日，来源：北京市侨联供稿）

2 稳侨心、暖人心、树信心——上海市侨联为阻击疫情贡献侨界力量

自疫情暴发以来，上海市侨联认真学习贯彻习近平总书记关于疫情防控的重要讲话精神和党中央提出的“坚定信心、同舟共济、科学防治、精准施策”的总要求，落实《中国侨联关于深入学习贯彻党中央决策部署 进一步做好疫情期间海外侨胞和归侨侨眷联系服务工作的通知》，广泛调动各级侨联组织、侨联干部、广大海内外侨界，通过强化抗疫视频连线机制，发放“侨爱心健康包”，建立海外侨胞“关爱群”，发挥“地方侨联＋高校侨联＋校友会”机制，做好对外援助工作，全面关爱服务海外侨胞，做好稳侨心、暖人心、树信心的工作，共同为打赢疫情防控的人民战争、总体战、阻击战和全人类战胜疫情贡献侨界的力量。

一、强化抗疫视频连线机制

当前美国、意大利、西班牙等国家疫情严重，为避免旅居在外的海外侨胞和留学人员出现情绪恐慌，提高他们的自我防护能力，上海市侨联强化抗疫视频连线机制，联合各重点海外侨团，依托上海丰富的医护专家资源，连续举办爱心连线活动，通过邀请国内疫情防控专家和海外侨团代表、海外医疗专家等进行视频连线，就海外侨胞及留学人员

重点关心的问题进行在线答疑解惑，并给出关于做好个人防护的专业意见。

截至目前，上海市侨联分别举办过三次抗疫视频连线活动。3 月 16 日，联合上海海外联谊会及意大利上海总商会、马来西亚中华大会堂总会等共同举办“共住地球村、齐心共抗‘疫’”——支援海外华侨华人参与新冠肺炎疫情防控防治爱心视频连线；3 月 26 日，针对我留美学生举办爱心连线活动，得到广大海外侨胞和留学人员的点赞和好评；4 月 2 日，举办“爱心暖游子 携手共抗疫——支持海外华侨华人、留学人员参与新冠肺炎疫情防控爱心连线（英国、南非专场）”，通过与英国、非洲相关国家侨团、留学生代表视频交流，关爱留学人员，稳定游子情绪，携手华侨华人共同抗疫。

3 月 16 日“共住地球村、齐心共抗‘疫’”——支援海外华侨华人参与新冠肺炎疫情防控防治爱心视频连线（上海会场）

4 月 2 日，爱心暖游子　携手共抗疫——支持海外华侨华人、留学人员参与新冠肺炎疫情防控爱心连线（英国、南非专场）

二、发放“侨爱心健康包”和“爱心包裹”

为更好地与全球海外侨胞共抗疫情，关心海外疫情中的留学生，上海市侨联依托上海华侨事业发展基金会，把侨界爱心人士捐献的防疫物资，以“侨爱心健康包”的形式，发放到各区、各街道包括侨界家庭在内的海外留学人员手中。每个“侨爱心健康包”内有防护口罩 50 只、护目镜 2 只、防护手套 10 副。在上海市侨联的统一部署和协调下，各区现已有序进行申领和发放。

同时，上海市侨联还通过上海市华侨事业发展基金会，向对支援国内和上海的疫情防控做出积极贡献的海外侨团、侨领及疫情较为严重的国家和地区寄送“爱心包裹”。第一批爱心包裹已发往意大利、瑞典、英国、马来西亚、澳大利亚、阿联酋等国家的多家海外侨团。后续将根据疫情发展变化情况继续向海外寄送“爱心包裹”。

上海市侨联希望以发放“侨爱心健康包”和“爱心包裹”的形式，向受疫情影响严重的海外侨胞和留学人员表达关心和慰问，送去援助和支持，减轻他们的担忧和焦虑，同时也配合做好他们在国内眷属的安抚和帮扶工作。

上海市侨联寄送至海外的“爱心包裹”

三、建立海外侨胞“关爱群”

随着海外疫情持续扩散蔓延，海外侨胞的健康和安危也时刻牵动着祖国母亲的心。为进一步掌握重点侨团在海外疫情期间的具体情况，进一步做好国内和海外防疫咨询的互通有无，进一步安抚侨心，稳定人心，目前市侨联已联合美国、加拿大、英国、日本、澳大利亚5国的侨团成立了相应的海外侨胞“关爱群”，通过发布群公告等形式不定期向海外侨胞宣传普及国内最新疫情防控政策，以及旅居在外时的个人防护措施等内容。

上海赴美国留学生关爱群

接下来，上海市侨联将依托更

多的海外重点侨团侨社，不断扩大朋友圈，建立更多的海外侨胞“关爱群”，把侨联组织的温暖和问候传递给更多的侨胞，帮助他们共克时艰。

四、发挥“地方侨联＋高校侨联＋校友会”机制

为更好发挥高校（院所）侨联和校友会在抗击海外疫情中的作用，近日，上海市侨联向各高校（院所）侨联发起倡议，启动“地方侨联＋高校侨联＋校友会”的工作机制，主动联系对接学校校友会和相关海外校友分会，引导海外侨胞科学应对疫情、避免恐慌情绪，鼓励他们就地抗疫、积极参与住在国抗疫活动，并对海外校友发起的捐款捐物活动给予支持，为驰援海外抗疫打通爱心通道。

五、做好对外援助工作

全球疫情升级，牵动人心；中国感同身受，千里驰援。随着新冠肺炎疫情在全球持续扩散蔓延，海外侨胞面临防疫物资紧缺的困难。作为海外侨胞的“娘家”，上海市侨联始终关注疫情动态，多方努力筹措医疗物资，并通过各种渠道想方设法将物资运达海外侨胞的手中，目前已经向意大利、塞尔维亚两国进行了防疫物资的捐赠。

3 月 28 日中午，第一批由上海市侨联捐赠的物资，已通过意大利驻中国大使馆包机运抵米兰。这批物资包括 80000 只一次性医用口罩、1000 套防护服、2000 副护目镜，后续捐赠物资也将陆续抵达，大部分物资由意大利红十字会发往意大利罗马侨团，用于援助当地侨胞和当地医护人员。

4 月 1 日下午，上海海外联谊会、上海市归国华侨联合会向塞尔维亚捐赠防疫物资交接仪式在塞尔维亚共和国驻上海总领事馆举行。塞尔维亚驻上海总领事戴阳先生、副总领事萨沙先生出席捐赠仪式。据悉，这批物资包括医用口罩 5 万只、医用手套 10 万只、护目镜 2000 副、防护服 3000 套，将通过塞尔维亚共和国驻上海总领事馆，向在塞尔维亚的中国侨胞和友人们以及当地医院提供援助，为塞尔维亚的疫情防控工作尽一份绵薄之力。

4 月 1 日下午，上海海外联谊会、上海市归国华侨联合会向塞尔维亚捐赠防疫物资交接仪式举行

病毒不息，抗疫不止。接下来，上海市侨联还将密切关注海外疫情的发展态势，坚决贯彻落实中央和中国侨联的相关指示要求，密切关注海外侨胞在特殊时期的所需所求，安抚好海外侨胞情绪，稳住侨

心，温暖人心，树立信心，共同为阻击疫情的全球战斗献出侨界的一份力量。

（2020 年 4 月 9 日，来源：上海市侨联供稿）

3 侨联内外，花开四方——江苏省侨联携手海内外侨界全程战“疫”纪实

4月8日，封城两个多月的武汉恢复出入通道。2020，这个跨时代的新年伊始，全体中华儿女经历了最漫长的冬，跨过了最难忘的年，闯过了最难过的关。若为化得身千亿，散上峰头望故乡。疫情中，有一座桥在冰冷的长江上架起，联系起两岸的亲人，牵联起海内外的儿女，让根深深扎在心里。江苏省侨联、江苏省侨商总会、江苏省华侨公益基金会……这一个个温暖的组织，与万千儿女一起，筑起新时代的抗疫长城。

远远地，我为你，全球协力献爱心

“隔离病毒，但绝不会隔离爱！”疫情的发展和同胞的安危牵动着侨联和海内外侨界的心。面对疫情，江苏省华侨公益基金会第一时间发出倡议，为抗疫提供物资保障。一呼百应，远在他乡的华侨华人和身处国内的归侨侨眷迅速行动起来，和病毒比速度，跟疫情抢时间。微信群、朋友圈中可见，大家的状态从年末的日常变成团结抗疫的集体倡议；发动侨界群众，及时联系海外侨胞及社团，沟通供需信息，协调捐赠事宜……一个个电话、一笔笔捐款、一批批物资，加拿大、美国、澳大利亚、肯尼亚、斯里兰卡……40多个国家和地区的80多个江苏籍海外侨团，一场打赢疫情防控阻击战全球协力赛开始了。无锡归国留学人员创业商会、日本南通同乡会、巴西江苏同乡会，一个个温暖的组织点

燃了希望的火苗；“山川异域，风月同天”“岂曰无衣，与子同袍”，这些温暖的句子把海内外的心连在一起。一句“同乡”消散了距离，远远地，紧紧地，为你，我把时间交还给生命。

2 月 3 日下午，首批由加拿大江苏华人捐赠的紧缺医用物资到达南京禄口机场

这场热火朝天的捐赠，跨越南北、横亘东西。在智利和秘鲁，不计成本，排除万难，几天时间，来自两国近 70 万元的物资踏上回国之路。在肯尼亚，东非最繁忙的肯尼亚乔莫·肯雅塔国际机场，一架“口罩专机”—— 南航 CZ634，正在做着出发前最后的准备。静默无声的客舱，“安坐”的不仅是一箱箱物资，更是海外侨胞的桑梓深情。“为众人抱薪者，不可让其冻于风雪”。点点滴滴的爱心汇聚，正沿着地球的经纬线一路传递。汇流成河，聚沙成塔，侨联组织汇聚着共克时艰的巨大能量。据不完全统计，在江苏省侨联的联系、号召下，全省各级侨联组织及侨胞侨眷累计捐款 4.5 亿元，捐赠物资 1.6 亿元。在源源不断的

物资背后，是所有中华儿女对同胞深切的牵挂，对祖国深情的眷恋。

2月5日晚，肯尼亚江苏商会暨同乡会捐赠的爱心口罩抵达南京禄口机场

急切地，我陪你，共同奋战在一线

捐赠的同时，紧张的床位也在考验着武汉的医疗承载力，雷神山、火神山两座“小汤山模式”专项医院建设刻不容缓。江苏省侨联第一时间与省内相关侨企进行了联系，询问相关情况。1月25日，南京天加环境科技有限公司成立“武汉新建医院紧急工作组”，全力承担火神山医院（蔡甸）、雷神山医院（黄家湖）等在建医院项目的ICU等病房的净化空调方案制订与设备供应。1月27日，天加公司向武汉火神山医院捐赠的第一批净化空调设备正式发货，医院建设在短短三天内完成了从征集到开工的中国加速度。与天加公司一起参与建设的还有省侨联侨青会会员企业、浦口区的侨企南京天奥医疗仪器制造有限公司。1月25

日一大早，三辆大货车停在了南京天奥公司的厂区里。车上满满的物资是三天来员工们加班加点的劳动成果。

定点支援的黄石市，急救设备紧缺也在考验着生命的韧性。医者仁心，侨联筑爱。面对一线医疗队对保护生命的迫切需求，省侨商总会会长黄焕明和省华侨公益基金会理事长陈正华捐助300万元，定向援助黄石抗疫。面对临床紧缺的人工肺ECMO、移动DR，市场上一机难求，侨联工作组用近乎“抢”的方式连夜多方问询、反复比对，将物资稳稳地运送到600公里外的黄石，以一江春水系起“蛋黄酥”的“援缘”。

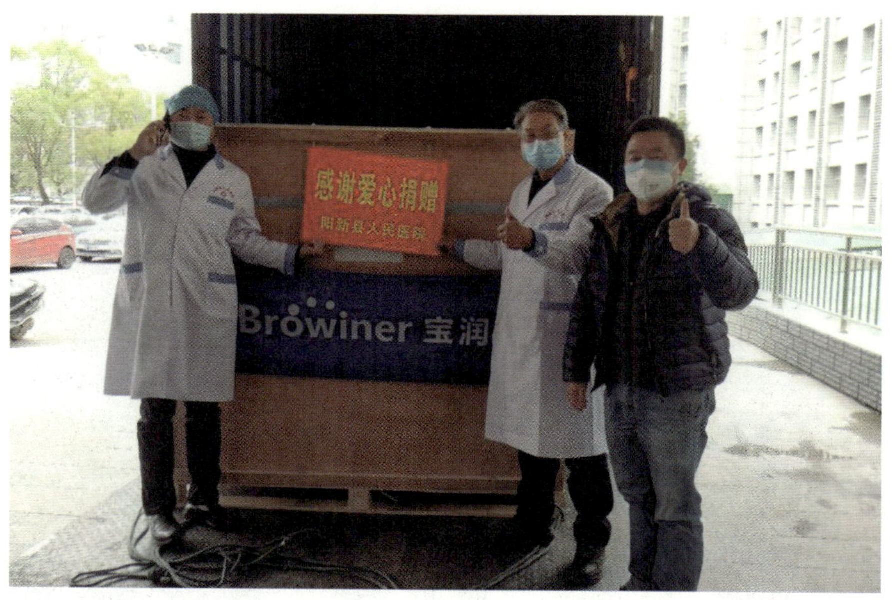

2月19日晚，江苏省侨联捐赠的一台人工肺ECMO、移动DR顺利抵达黄石

从物资捐赠、助力一线到见证中国速度、并肩“战”在一线，侨联联结起侨企、侨胞、侨眷各方力量，汇聚着侨界别样的抗疫精彩。这些特殊的“高光时刻”，守护着越冬迎春的希望与温暖。

贴心地，我助你，按下复工快进键

随着省内疫情防控形势的逐渐好转，战“疫”前线吹响复工复产冲锋号。一场筑牢复工防护罩、施治复工疑难症、提升复工加速度的全方位战役在江苏打响。

江苏省侨商总会围绕“精准稳妥推进复工”，聚焦侨企复工的痛点、难点、热点问题，充分发挥其平台载体作用，多渠道畅通侨企与有关部门的沟通路径，多途径调配复工复产必需的防疫物资，多层次健全有序复工政策支持系统，多措并举为企业复工复产保驾护航，为及时、高效、有序地打赢疫情防控阻击战提供保障。问卷调研“问需于企”、实地调研“把脉问诊”、倡议发布“统一号令”、融资服务“减压输血”、法律咨询“强心凝神”……一项项有力举措，让侨企复工不再迷茫。

2月12日下午，江苏省侨联党组书记、主席周建农（右二）调研侨企南京泉峰集团复工复产情况

侨企南京天奥医疗仪器制造有限公司在抗疫中做出了突出贡献。作为医疗物资生产企业，它与上游 11 家企业的复工迫在眉睫。2 月 13 日，省侨联接到天奥协调解决上下游供应链企业复工困难的请求后，迅速联合南京、扬州、常州、泰州等市侨联共同发力。在各地市委、市政府和有关部门的大力支持下，短短三天内，11 家上游配套企业安全复工。在省侨联的协调助力下，先后增选 9 家企业列入“疫情防控重点保障企业”名单，多家侨企获得政策性银行贷款。

面对具体的复工需求，在侨联的引导下，各类企业也在积极寻找多种复工方式。江苏省侨联副主席、弘阳集团董事长曾焕沙面对商户们迫切的复工愿望与群众日常的生活需求，主动开展线上商业，从线上社群互动、平台直播等多方面入手，推行“无接触购物”，以此来带动企业生产经营的逐步恢复。针对购房者的需求，弘阳集团推出线上售楼处“弘想家 +”，随时保障客户得到全面的服务。曾焕沙说：“国家面前、民族大义面前弘阳不会后退，也不会懈怠，为商户保障一份心安也是弘阳的责任。”

截至 2020 年 4 月上旬，江苏省规模以上工业企业复工总数为 4.45 万家，复工率达 99%。在经济逐步有序恢复、社会和谐稳定的背后，有侨联人的辛苦付出，有侨企的社会担当，他们正在克难攻坚中为实现 2020 跨越发展书写新的辉煌。

暖暖地，我和你，守望相助渡难关

在我们即将迎来胜利的曙光时，随着海外新冠疫情蔓延，与日俱增的全球新增病例再次牵动起国人的心。那些两个多月来，源源不断、远道而来、带有温暖的物资，正在以一种新的方式轮回。

3月30日上午，江苏省侨商总会、省华侨公益基金会以及各级侨联组织，将一批抗疫紧急物资启运海外，驰援侨胞

3月21日以来，江苏省侨联干部日夜加班，连线5000余次，与日本、韩国、美国、英国、德国、意大利、西班牙、加拿大等重点疫区70多个国家近30家侨团、500多名海外侨领和侨胞取得联系，了解海外华侨华人抗疫需求；通过“基层侨联＋海外侨社团”“地方侨联＋高校侨联＋海外校友会”等工作模式，拓展海外工作，织密联谊联络网，与广大侨胞建立“键与键”的联系，实现“心与心”的沟通；江苏省侨商总会、省华侨公益基金会以及各级侨联干部纷纷解囊相助，筹集善款近200万元，陆续采购47万只一次性医用口罩，分批次、有重点地进行海外捐赠；寄送包含海外家书、防护指南、防疫物资等的“健康暖心包”，发动9家侨团成立海外留学生服务志愿点，引导海外社团把江苏乡亲的关爱传递给缺乏防疫物资的海外侨胞、缺少安全感的海外游子，

以及弱势的留学生，疏导其紧张焦虑情绪；积极协调江苏省华侨文化交流基地江苏省中医院，第一时间开通“云诊室”，代购发运防疫中药，让中医插上“云”翅膀，服务广大海外侨胞，助力国际战“疫”；在全球江苏籍侨胞集中的国家和地区快速组建7个海外侨胞微信群，每天安排中医专家通过视频、语音分享国内中医抗疫经验，为群内华侨华人提供有效、专业的医疗咨询服务，受到高度关注和赞许；联合江苏省餐饮行业协会、南京旅游职业学院、江苏食品药品职业学院，推出“药食同源·健康生活”系列活动，全球海外华侨华人可通过网络在线学习、制作、品食健康美味的家乡菜，实现抗疫宅家既有美食相伴，又有健康加持……一份份“健康暖心包”把最精准的守护送到身边。

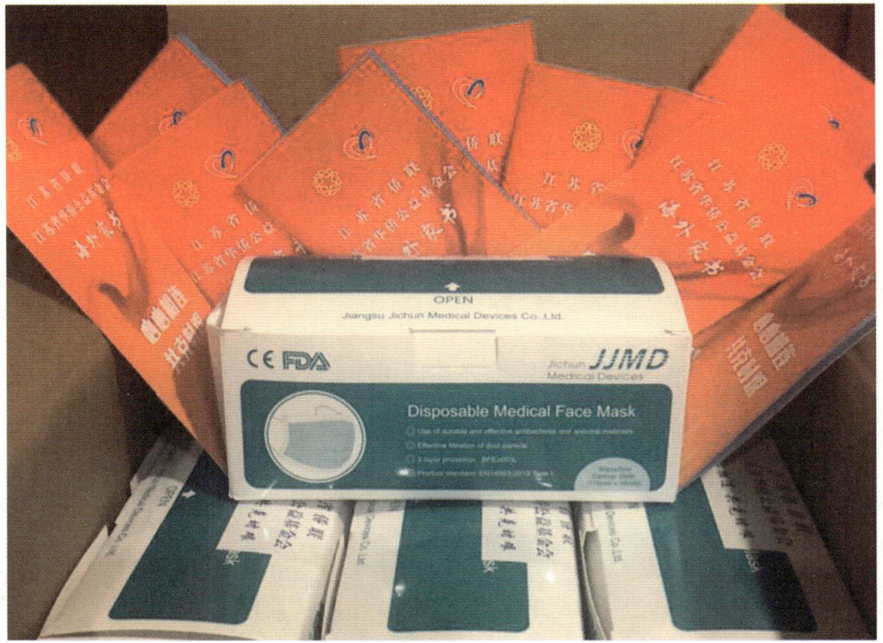

江苏省侨联向部分海外顾问、侨团负责人寄送的包含有医用口罩、防疫中药、海外家书、防护指南、热线号码的“健康暖心包”

网站、公众号、微信群、朋友圈……各个平台，从言语到行动，关怀时刻都在。作为娘家人，江苏省侨联把关怀送到华侨华人的心里、手边，让他们感到祖（籍）国永远是最温暖的港湾和最坚强的依靠。一句“别怕”，驱散了海外华侨华人所有的恐慌。因为山川无隔，他们不会孤单。

从雪中送炭到守望相助，从“投我以木桃”到“报之以琼瑶”，从风月同天到天涯若比邻，江苏侨联人以全场的抗疫努力，心系海内外各地江苏籍侨胞侨眷，将温暖传递，将爱心送达。越冬辞旧，水边的迎春花正笑容绽放。

（2020 年 4 月 9 日，来源：江苏省侨联供稿）

4 这场战“疫”，浙“侨”人全力以赴

“迟日江山丽，春风花草香。”走过寒冬，春回大地。

新年伊始，新型冠状病毒感染的肺炎疫情迅速蔓延，牵动着全国人民的心。当前，中国疫情防控取得阶段性成果。与此同时，全球抗击疫情形势十分严峻。疫情无国界，浙江省侨联联合海内外侨界协同作战，全面参与国内疫情防控，全员投入防控境外疫情输入，奋力答好侨界答卷。

有一种速度，叫跑出驰援“加速度”

1 月 25 日（农历正月初一），浙江省侨联发出关于抗击“新型冠状病毒感染的肺炎”捐赠款物的倡议书，在全国省级侨联组织中第一个吹响侨界决战疫情集结号，以最快行动凝聚海内外侨界力量。倡议书发出半小时内即收到来自杭州归侨侨眷孔庆生的第一笔捐款 10 万元，当天共收到 138 万元捐资。

1 月 30 日（农历正月初六），武汉封城第 8 天，抗疫一线物资短缺，侨缘会收到浙江省侨联兼职副主席、侨缘会执行会长杨宝庆名下企业浙江泰普森控股（集团）有限公司捐赠抗击疫情专项资金 200 万元。

1 月 31 日（农历正月初六）晚上 8 点左右，侨企浙江亚厦装饰股份有限公司接到了中国建筑钢构的求助电话，对方急需 10000 平方米的

隔断装饰材料。当晚，亚厦决定将这批建材捐赠给对方，并立即启动供应链网络。好事多磨，几经周转，最终亚厦 3 小时完成采购、10 小时完成检修逾 1 万平方米装饰材料，捐赠建设武汉雷神山医院。

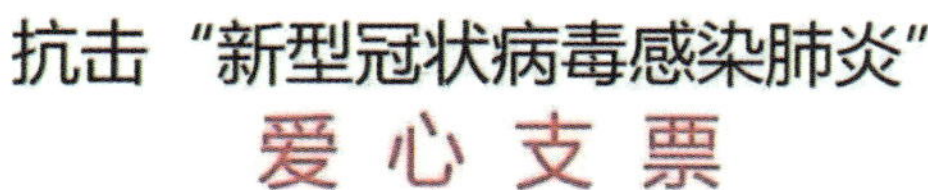

抗击“新型冠状病毒感染肺炎”
爱 心 支 票

捐赠方：浙江泰普森控股（集团）有限公司

人 民 币（大写）	贰佰万元整	亿仟百十万千百十元角分 ¥200000000

收款方：浙江省侨联 浙江侨缘会 复核 记帐

浙江泰普森控股（集团）有限公司捐赠抗击疫情专项资金 200 万元

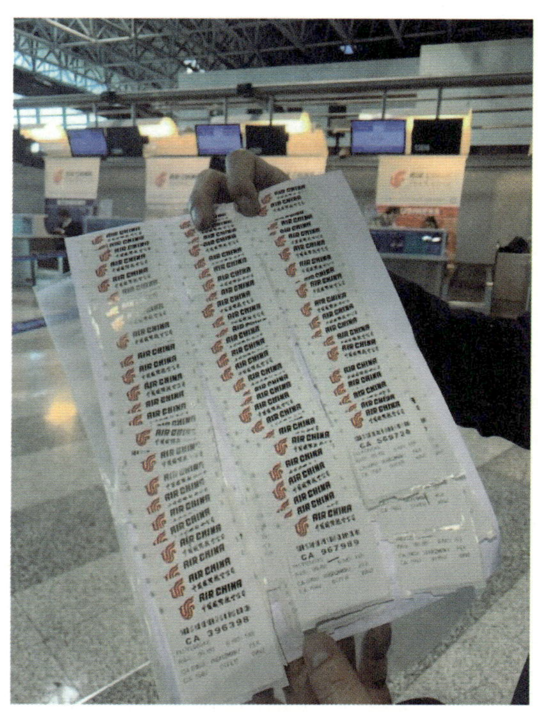

意大利浙籍侨团采购的 10 万多只口罩（110 件行李）的托运单

2月12日（农历正月十九）凌晨4点，第一架运载浙江侨界抗疫物资的海外包机准时抵达杭州萧山机场。米兰浙江华侨华人联谊会等十几个意大利浙籍侨团采购的10万多只口罩（110件行李）由永嘉籍侨胞傅勇克带回温州，成为史上最长的航空托运单。

山高水长，休戚与共。一笔笔，一单单，一箱箱，一件件，“一边采购一边往国内送，能采购多少就送多少”。几乎同一时间，全球各地华侨华人都自发地在住在国展开了援助行动，爱心千里“闪送”的佳话不胜枚举。省侨联下属的省侨缘会将150万元汇至武汉，委托湖北省侨联采购抗疫前线紧缺物资，运送到疫区最急需的地方。截至4月1日，浙江省侨缘会共收到捐赠款项24046.16万元，捐赠医用物资合计价值约16771.62万元，累计捐款捐物约40817.78万元。这些数字饱含着侨胞对祖（籍）国亲人的深情厚谊，也凝聚着浙江侨联人的付出与心血。

果断的行动部署、坚定的必胜信念、真挚的为侨情怀，凝聚起抗击疫情的强大合力。浙江省侨联从第一时间发出侨界倡议，第一时间成立应对疫情工作领导小组，第一时间组建省侨联抗击疫情服务专班专群，第一时间建立省侨联捐赠专群，通过专群发送相关信息和倡议20多万条。在广泛动员海内外侨界参与抗疫的同时，组织各级侨联干部和志愿者开展各种形式的为侨服务暖心行动，合力跑出全球联动、万里驰援、共抗疫情“加速度”，赢得了广泛称赞。

有一种感动，叫多方联动“无时差”

“青山一道同云雨，明月何曾是两乡。”在全球“疫”情蔓延之下，浙江省侨联及时向海外侨胞发出《做好疫情防控——致海外浙籍侨胞的温馨提示》，提出“居家隔离是最有效的防护、交叉感染是最高发的风险、融入当地是最正面的形象、守望相助是最温暖的支撑、主动申报是最负责的担当”的“五个最”倡议，向全球华侨华人传递家乡的问候和关心。

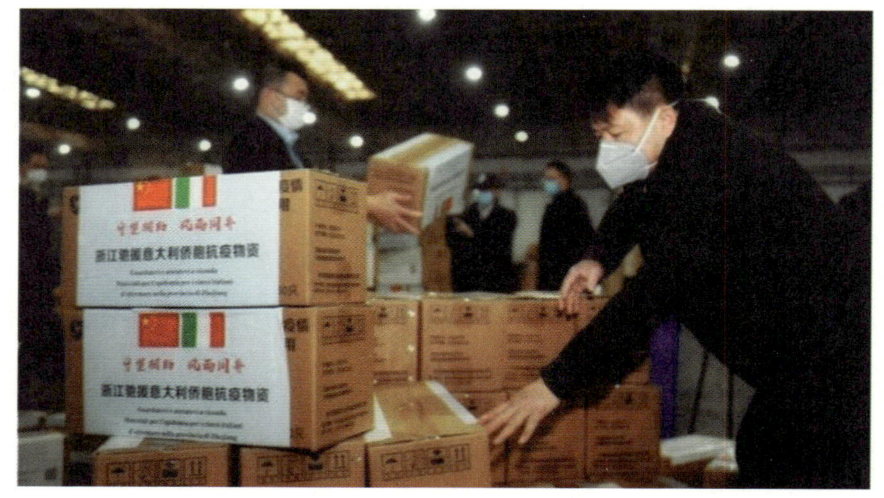

浙江首批援助意大利物资在杭州萧山机场货运 B 站贴标签现场

仅用 4 天时间筹措到 4556 箱 26.4 吨医疗物资，其中 N95 口罩 24.77 万只、一次性口罩 321.7 万只、隔离衣 1.2 万件、防护服 1.2 万套、护目镜 5000 副。首批援侨物资于 3 月 11 日从杭州出发，转运比利时列日机场，经四国到达意大利侨胞和当地政府、医院手中，受到了国务委员、外交部长的点赞，收到了意大利皮埃蒙特大区主席和海外侨胞的谢意和感动。时隔半月，第二批驰援意大利物资于 4 月 1 日再出发，共有口罩 88.6 万只、防护服 1075 套，6 日顺利抵达意大利。同时，又着手制定重点针对西班牙、法国等浙籍海外侨胞较多、疫情较严重国家的防疫物资援助方案。

浙江省政协原副主席、浙江省慈善联合总会会长陈加元（左二），传化集团董事、传化日用品公司总经理徐迅（右一）将500万元捐赠牌与中国侨联副主席、浙江省政协副主席吴晶（右二），浙江省侨联党组书记、主席连小敏（左一）进行交接

设立首期1000万元的海外侨胞抗疫关爱基金，主要用于意大利、西班牙、法国、德国、英国、荷兰、奥地利、葡萄牙、比利时、美国这10个疫情较严重的国家中，因疫情导致生活困难的浙籍海外侨胞和留学生等群体。

有一种温暖，叫无论风雨“同舟行”

随着全球疫情尤其是欧洲疫情的持续扩散，浙江省侨联坚持“侨胞都是亲人、防疫不分内外”，及时向海外侨胞发出《做好疫情防控——致海外浙籍侨胞的温馨提示》，引导广大海外侨胞拧成一股绳的“侨力量”，传递着温暖、信心和勇气。

“儿行千里母担忧”，广大海外留学生群体牵动着国内数万家庭的心弦，省侨联通过发送家书、组建“守护人”群、开设服务专线、寄送“爱心包”等举措，实施海外留学生“爱心守护、同心战疫”行动，保证留学生安心战“疫”。

针对全球疫情蔓延，为关爱服务海外侨胞，减少旅途风险，避免交叉感染风险，倡导“非必须，不出门；非必须，不远行；非必须，不聚集”。对必须返乡的侨胞，引导其通过“浙江省海外侨胞回国健康信息预申报平台提前填报个人信息”，同步落实国内联系人信息填报，实行闭环接机隔离。

防境外输入驻沪工作组的签名

驻沪浙江疫情防控服务工作组成员在浦东机场

为了给回国的侨胞和留学生在第一时间提供暖心服务，省侨联派出 3 名侨联干部到省驻沪工作组和温州机场，24 小时轮流守候、服务华侨、赠送“接侨暖心包”等，做好涉外人员入境接机接站服务。派遣 1 名侨联干部参加中国（浙江）驰援意大利医疗专家组，靠前服务，专门开展侨胞服务引导工作，受到当地使领馆和海外侨胞的赞誉。

有一种力量，叫万众一心“云互助”

“积力之所举，则无不胜也”，守望相助的力量，来自浙江人聚沙成塔、握指成拳的爱乡之情。面对天南海北的华侨华人，省侨联积极采用线上“云”互助平台，协助开通健康云讲坛、服务咨询热线，建微信 E 矩阵和侨情数据库等，万众一心、守望相助，助力侨胞抗疫。

浙江省侨联工作人员正在接听咨询热线电话

自3月5日起，共开通109部为侨服务咨询热线，专人轮班接听。截至3月26日，已接听9万余个电话。

3月10日，《健康云讲坛》第二期视频节目，邀请温州市新型冠状病毒感染肺炎医疗救治专家组成员、温州市人民医院呼吸科主任、主任医师吴历锋，讲解“实用防疫指南之出行注意事项”

3月10日，省侨联与省侨办、省卫健委联合开通“浙江海外侨胞健康关爱咨询平台”，协助开通网上医院，统筹全省多家医院力量，安排医生全时在线，随时接受海外侨胞咨询。针对海外侨胞习惯使用微信的特点，各地市侨联以“侨团组群、侨领带群、干部进群、医生驻群”的方式，组建浙籍侨胞微信E矩阵，开展在线问诊、健康咨询、心理疏导等服务。

目前，抗疫阻击战还在继续，责任重担尚在肩，浙江省侨联作为党和政府联系海外侨胞和归侨侨眷的桥梁纽带，将以习近平总书记在浙江考察调研统筹推进新冠肺炎疫情防控和经济社会发展工作的讲话精神为动力，慎终如始，不负殷切嘱托，努力展示“新时代全面展示中国特色社会主义制度优越性的重要窗口”的浙江侨界使命担当。

（2020年4月9日，来源：浙江省侨联供稿）

5 安徽省侨联在新冠肺炎防控中：引导侨胞驰援物资做贡献 心系侨胞风雨同舟克时艰

4月3日上午，安徽省侨联干部职工紧张忙碌着分装、搬运物资，这是向海外侨胞捐赠防护物资从合肥启运的现场。国外疫情形势异常严峻，安徽省侨联及时组织省侨商联合会和部分侨企，共向28个国家的44家侨团侨企捐赠防护口罩14万只、防护服1000件，用于海外侨胞和留学生个人防护，为他们送去祖国和家乡人民及侨联组织的牵挂和关爱。

安徽省侨联通过海外侨眷向海外侨胞、留学生捐赠的防护物资在合肥启运

在国内抗击疫情战役中，海外侨胞、留学生时刻关心、关注和支持疫情防控进展，他们第一时间通过各种渠道、采取各种方式，积极捐款捐物，用实际行动展现了海外侨胞心系祖国、情牵桑梓的情怀。有的侨团发起捐款接龙，有的采购物资驰援，有的逆行回国志愿服务……大爱之举感动江淮。安徽省各级侨联组织始终增强“四个意识”，坚定“四个自信”，做到“两个维护”，全面践行“党有号召、侨有行动”，按照党中央决策部署和省委统一安排，快速响应，广泛进行系统动员和海外动员，较好地完成了防控任务，全面展现侨联组织的政治性、先进性和群众性。安徽省侨联系统接收捐款捐物 5152.67 余万元，其中捐款 100 万元及其以上的企业 9 家。其中省侨联接收捐款 221.97 万元、接收捐物 318.93 万元。

疫情当前，侨联机关讲政治

强化政治自觉，全员“抢跑”完成使命。安徽省侨联党组始终站在政治高度来把握疫情防控工作，春节假期，打破常规，第一时间召开党组会议和主席办公会，传达部署防控工作，并进行组织分工。中国侨联发出倡议后，安徽省侨联第一时间发出倡议，在省政府要求紧急动员后 3 小时发出紧急呼吁，与此同时，10 多个省辖市侨联在第一时间发出倡议；中国侨联下拨资金第一时间转拨一线，海外捐款第一时间交给省红十字会、湖北省侨联和中国科学技术大学附属第一医院等 4 家医院和宿州等 4 个市，印度尼西亚、老挝、新加坡、日本、加拿大、瑞士等海外侨胞捐赠物资迅速转交县区医院，发挥了最大效用。

安徽省侨联会同省疫情防控应急指挥部到机场结转海外侨胞捐赠的防护物资

安徽省侨联向安医大第一附属医院转赠海外侨胞捐赠物资

安徽省侨联向省红十字会转赠海外侨胞捐赠款项

安徽省侨联领导到社区一线走访

安徽省侨联党员干部下沉社区帮助疫情防控

实施政治动员，实现集小爱为大爱。1月26日和29日两次开展动员，在较短时间内将“倡议书”和“紧急呼吁”传达到30多个国家和地区的100多个侨团侨社之中，在一周内收到各类捐赠信息、物资信息500多条，收到防疫物资、非医用防护物品和资金200多万元，并克服通关、检疫、运转、物流等一系列困难，以最快方式运抵第一线。安徽省侨联疫情防控期间编发海外捐赠动态、全省侨联系统防控动态、感人故事、侨界文艺作品等60多篇，40余条宣传信息被中国侨联、省直工委党建、驻部纪检组和华文媒体转载、转发。开展“同心战役·为爱而歌”活动，推送侨界抗疫歌曲5期13首，用歌声鼓舞了侨界同心抗疫的士气。举办“亲情中华·同心抗疫”网上书画摄影展，收到海内外书画、摄影作品100余幅，网上展示30余幅，用艺术的手法描绘了侨界同心抗疫的大爱情怀。

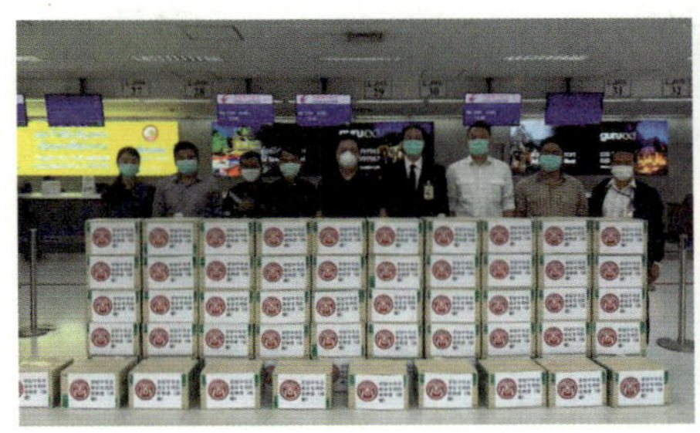

海外侨胞捐赠疫情防控物资

发挥政治优势，提升“战时”服务效能。安徽省侨联通过 20 多个国家 60 多个皖籍侨团、20 个安徽省侨联海外联络中心等海外力量，实现“一呼百应”的动员效果。为了适应工作需要，打破部门分工，以一个工作端口对外、一个端口对内的“战时”调整，确保信息有序流动和工作有序推进。在疫情防控中，坚持“两手抓、两手都要硬”，把疫情防控和侨联自身建设统筹推进，省侨联领导赴基层调研指导、赴侨资侨属企业指导，将防控工作与巢湖侨创峰会、世界制造业大会百家侨企、侨爱心工程、亲情中华系列工作、为侨服务工作等有机融合。

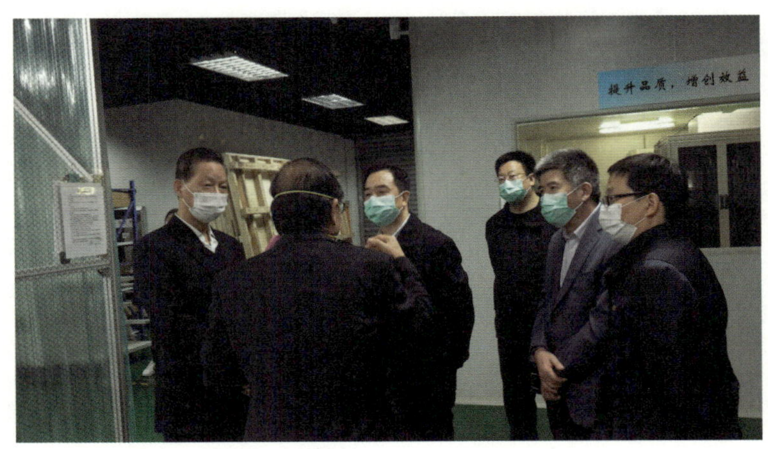

安徽省侨联领导班子深入侨企调研走访

强化政治纪律，打造侨联铁军。安徽省侨联党组以严明的政治纪律保障疫情防控工作。多次召开主席办公会和党组会，第一时间学习传达中央和省委有关会议、文件精神，严格执行疫情防控规定和要求，发出《关于全省侨联系统切实做好疫情防控工作的紧急通知》，实行重大事项报告制度和零报告制度。严格按照省委省政府要求，除有明确捐赠意向外，及时将接收的海外捐赠物资交省政府物资保障组，不直接分派物资。安徽省侨联党组开通网络 24 小时办公，遇到问题网络提出、网络研究、网络决定。据不完全统计，防控期间网络即时研究和解决各类问题 100 多个。省侨联机关干部 24 小时在位、在状态，服从、服务于疫情防控大局。

危难时刻，侨资企业展风采

在抗击疫情的关键时刻，安徽一些高科技侨资侨属企业，发挥科技创新优势，加大研发力度，做出了侨企的独特贡献。

安徽安龙基因科技有限公司作为安徽省唯一一家能够生产核酸检测试剂的企业，捐赠 2 万多人份、价值 300 多万元的新型冠状病毒核酸检测试剂盒，开足马力、加班加点，将所有产能转移到核酸检测试剂盒的生产上，将常规的 48 人次包装细化到单人次包装，把方便留给检测一线，成为核酸检测剂供应的主力军。央视新闻频道《新闻直播间》节目 2 月 2 日特别连线报道了企业生产情况。

阳光医疗集团科技助力防疫阻击战，紧密配合政府和相关医疗部门开展疫情防控工作，无偿提供检测场地、设备和检测用品，并积极捐款捐物累计价值达 50 万元，其集团所属安徽博奥医学基因检测中心承接了合肥市检测疑似病例任务，为抗击疫情做出了重要贡献，6 名党员火线坚守、全程鏖战，直面活体检测风险。

合肥知常光电科技有限公司开发的非接触、远距离智能红外成像精准测温分析系统被广泛应用于车站、企事业单位、园区等人流密集场所的防疫管控。

安徽国微华芯环境科技有限公司将价值 10 万元的 10 台特殊灭菌杀毒机通过安徽省疫情防控物资保障组捐赠给武汉新建中的雷神山、火神山医院。

安徽亨通物业在明光市共服务 13 个小区、约 8000 户居民，属地方物业龙头企业。明光市侨联副主席、侨眷、亨通物业总经理周吉敏率公司党员职工作出参与疫情阻击战的庄严宣誓，动员全体职工加班加点，上门看望少数畏难的职工，统一思想、解决困难，充实一线力量，建立了党员职工模范带头、全体人员坚守一线的强力战疫队伍；同时超前谋划，采购口罩、消毒液等物资，被赞为小区居民的守护者。

为侨服务，疫情之下送温暖

为配合党委政府做好“外防输入、内防反弹”工作，全省各级侨联加强与疫情防控应急综合指挥部、外事办、公安、卫健、社区等密切联系，开展海外侨胞、留学生信息摸排，掌握底数，摸清情况，实现信息互通、数据共享、工作联动，协同落实“14 天医学观察”等防控措施。截至 4 月 10 日，安徽省侨联向省疫情防控应急综合指挥部外事组报送动态信息 20 余条，向维稳组报送海外归国人员信息 1570 余条。

及时向全省各级侨联下发通知，要求各地侨联配合做好海外归国人员服务和心理疏导工作。铜陵市侨联对回乡侨胞、探亲回铜侨眷和留学生的身体健康、关心关切和困难诉求等问题高度关注。通过对重点联系的海外顾问委员、青年委员了解住在国华侨华人、留学生的生活学习状况和存在的困难，在做好安抚工作的同时，鼓励侨胞、留学生加强防护。合肥市侨联、安庆市侨联、滁州市侨联等到辖区归国人员集中医学隔离观察点调研走访，了解归国侨胞和返乡留学人员隔离情况，帮助解决生活上、心理上遇到的困惑和难题，确保他们安全平稳渡过隔离期，并为他们送去生活物品，让他们感受到家的温暖和家人般的关怀。宿州市埇桥区侨联通过隔离点微信群，及时与境外返埇侨胞、留学人员沟通交流，

安徽省侨联领导到援鄂医疗队队员、侨界白衣天使家中看望慰问

做好协调服务，为他们推送《致海外安徽籍同胞及其亲友的一封信》《致埇桥籍留学生的温馨提醒》，以及防疫知识等内容，送去《埇桥新韵》等书籍给他们阅读，让他们了解埇桥历史文化，引导其做好自我调节、加强体育锻炼、保持乐观向上的心态。淮北市侨联通过物流公司给20位老归侨、空巢老侨眷送去新鲜蔬菜等生活物资，为重病转院外地治疗的侨眷送去慰问金，慰问防疫一线的市疾控中心侨胞。

复工复产，助力侨企渡难关

安徽省侨联积极响应中央和省委号召，积极引导侨资企业有序复工复产，坚持疫情防控和经济社会发展“两手抓”，奋力夺取“双胜利”。

服务侨企有温度。为帮助企业顺利渡过疫情关，安徽省侨联号召全省各级侨联开展送政策、筹物资，切实解决企业疫情防控期间的急点、难点、痛点问题，助力企业解决复工难题，减少疫情带来的不利影响，提振企业发展信心。关注支持各地侨联积极筹集防护口罩、消毒液等紧缺物资送往企业，解企业复工防疫物资短缺的燃眉之急。

助力复工有力度。省侨联领导班子多次走访企业一线，深入了解企业复工复产的实际困难。3 月 26 日下午，安徽省侨联领导班子在省侨商联合会调研侨企复工复产情况并召开座谈会，面对面听取侨商心声诉求，就帮助侨商企业克服复工复产面临的困难和问题、促进和支持侨企高质量发展与侨商应对之策。会后，省侨联认真梳理侨商共性和个性问题，积极向有关部门反映，主动与有关部门沟通协调，帮助侨企解决一些实际困难。地方各级侨联也多措并举，推动侨企复工复产，安庆中腾集团公司为积极应对新冠肺炎疫情防控的工作需要，投资 300 万元，转产生产口罩，安庆市侨联及时协助企业采购设备、办理手续，仅 4 天内就完成了厂房改造、设备安装和人员培训等相关工作，顺利试生产，实现每天生产一次性口罩 10 万只的产能，全部供应复工复产的应急防控物资需求。铜陵市侨联利用海内外资源渠道，向铜陵市光彩事业促进会提供了购置红外线测温仪等企业急需防疫物资的购买渠道信息，为推动企业有序复工复产展现侨联作为。

没有一个冬天不会过去，没有一个春天不会到来。我们坚信，在以习近平同志为核心的党中央坚强领导下，一定能够早日打赢这场没有硝烟的战“疫”，伟大的中华民族一定会迎来更加辉煌的明天。“风月同天，风雨同舟”，海外侨胞在国家危难时刻，表现出的侨界爱国爱乡的优良传统，也在海内海外全场参与的战役中得到升华；侨联组织的号召力、凝聚力、贡献力也在阻击疫情的战场上得到彰显；侨联党员干部担当作为、奉献牺牲的精神，在下沉社区一线、志愿服务、献血支援、走访企业、组织海内外捐赠物资、服务侨界群众的行动中，树起了新时代侨联党员干部的鲜红旗帜。“疫情过后，长风当歌”，安徽省侨联即将迎来省第七次归侨侨眷代表大会的召开，全省侨联工作必将乘风破浪再起航，谱写侨联事业更加精彩的安徽篇章。

（2020 年 4 月 9 日，来源：安徽省侨联供稿）

6 福建省侨联全力投入新冠肺炎疫情防控

新冠肺炎疫情暴发以来，福建省侨联坚决贯彻习近平总书记重要讲话精神和党中央国务院决策部署，按照福建省应对新型冠状病毒感染肺炎疫情工作领导小组和省委常委、统战部部长刑善萍的要求，根据中国侨联要求，积极发动海外社团筹集防疫物资，动员侨企复工复产，全力支援打赢疫情防控阻击战。

一、迅速行动，侨联系统众志成城

武汉发生疫情后，闽籍海外侨胞十分关注，并表达捐赠物资的意愿。省侨联对此高度重视，农历春节之前，即在中国侨联有关部门的支持下，协助海外侨胞联系向武汉捐赠事宜，并收集捐赠本省防疫物资的意向，向省政府办公厅报告了海外捐赠信息。大年三十，就与厦航沟通，提出运送海外疫情防控物资的请求，达成了通过省侨联发函、个案审批的形式，厦航同意免费为菲律宾菲华联谊总会、旅菲各校友联谊会等社团运送防疫物资到晋江。及早探索航空公司免费为海外社团（侨胞）运送医疗物资，支援国内疫情防控工作的模式。

一是大力拓宽海外筹集联络渠道。5 个人对应五大洲，实行“点对点、人盯人”，倒时差、加班加点、夜以继日，密切联系海外社团和重点人士，协助填报境外物资捐赠意向函、防疫物资清单等，跟进物资运输和通关情况，并及时向他们发出感谢信。截至2月17日12时，福建省侨联共联系30多个国家和地区、70多个海外社团、100多名海外重点人士；已入境防疫物资41宗，到位各类口罩250.69万只、手套167.81万副、防护服2.07万套、护目镜320副、温度计556台、面罩100套、头套1万个、鞋套3.2万双，收到捐款280.79万元人民币；收集并移交国内外采购信息15条。

二是积极畅通物资通关。紧密结合海外侨情和红十字会工作流程，商定面向海外侨界捐赠的简化版捐赠意向书、物资清单、受赠证明等前置要件。特别是针对两批海外捐赠物资在上海多日无法入关的状况，多次联系有关部门，反复沟通协调，才得以通关。目前，省侨联正在跟进服务38家海外社团和境外企业的42宗捐赠物资通关协调事务，已顺利办结16宗。由于航班减少，在纽约积压物资较多，通过美国闽台总商会沟通，闽籍华人江锦鑫先生决定出资承租美国货机747专门运送物资到厦门，这项工作正在筹备中。

三是坚持捐赠与采购并举。省侨商联合会发出“致侨商企业的一封信”，指导侨商侨企加强自身防护，动员有生产防疫物资能力的企业加快生产。省侨界青年联合会利用会员分布广泛的独特优势，积极搜集海内外医用急需物资、生产物料的采购渠道信息，同时捐赠口罩67.438万只、手套1.5万副、防护服1605套。福建海外杰出女性联谊会会长李然率先捐款100万元购买口罩、防护服等，同时号召广大会员积极捐资捐物，女杰会目前累计捐赠口罩48.5万只、手套10万副、防护服1.62万套、体温枪415支，累计捐款111万元。省侨联还拓展渠道、广泛联系，指导福建省侨联事业发展基金会利用华侨捐款，紧急采购医用防护服 1 万套、口罩 12 万只，捐给福建统筹防控。

四是有序有度展开信息宣传。依托“福侨世界总网”全媒体融合平台，借助主流媒体和自媒体，编辑《福建侨联防抗疫情快讯》，发布各类新闻近百条，积极报道疫情防控情况特别是捐款捐物情况，营造良好氛围；疫情发生以来，发动闽侨智库成员，针对防控工作、海外动态等提供信息，迄今报送《侨情专报》60 多期，为上级决策提供参考。

五是引导各级侨联一齐发力。福州市、县、乡、村四级侨联集体战“疫”，迅速倡议海内外榕籍乡亲捐款捐物，目前共捐款 3162.01 万元人民币，捐赠防护服 7473 套、口罩 352.43 万只、护目镜 7329 副、测温枪 1567 支、手套 64.3 万副、消毒水 44 吨等。厦门市侨联充分发挥海外华侨华人社团厦门联络总部入驻 80 多个重要华侨华人社团聚集平台的作用，架起海内外沟通桥梁，广泛发动侨胞捐款捐物；联络总部工作人员 24 小时手机开机、微信在线，及时回复、帮助协调解决捐赠物资运输问题，保障捐赠物资快速绿色通关。泉州市侨联着力发挥党组织战斗堡垒作用和党员先锋模范作用，选派 12 名干部职工组成驻村工作队，成立临时党支部，火速驰援村（社区）疫情防抗工作。南平、莆田、龙岩、三明、漳州、宁德、平潭等地侨联也发出号召，引导侨界群众参与和支援疫情防控工作。

二、情系桑梓，海外侨胞万里支援

疫魔无情，侨胞有爱。海外的闽籍侨团、侨领、侨胞们第一时间行动起来，踊跃捐款、采购物资、组织搬运、填表制单、联系运输、协助通关，涓涓细流从世界各地汇聚成对祖（籍）国、对家乡的深情厚爱。

在亚洲，一水相隔、一衣带水，闽籍乡亲第一时间行动起来。日本福建总商会在会长山口信一的带领下，第一时间响应号召，多方采购一次性口罩 7.6 万只、防护手套 5 万副、护目镜 100 副、非接触体温计 60 台、防护服 500 套，并积极向其他社团、侨领提供采购信息。日本福建经济文化交流会会长魏成炳得知疫情后，当即飞回日本，连夜召集会议，组成应急小组，已分三批捐赠口罩 70 多万只。日本泉州商会已捐赠医用 PVC 检查手套 55 万副、口罩 1 万只、防护服 100 套，同时积极引导日本国立癌症研究中心东医院向福建支援武汉医疗队捐赠紧缺物资。柬埔寨福建总商会在会长邱国兴的带领下，踊跃捐款捐物，共捐赠口罩 50 万只、防护服 6000 件、手套 24 万副；旗下的柬埔寨航空开通绿色通道，已为向中国捐助的物资提供了 6 批约 4.5 吨的免费运输服务。缅甸福建总商会创会会长、凌州集团董事长林清朝，会长王家雨、监事长林运信等，采购医用手套 82 万副、手持测温枪 300 支，总价 32.1 万元人民币；针对遇到的医用口罩空运难等问题，副会长陈美龙动用自己开办的物流公司车辆，通过陆路由云南瑞丽口岸入关运抵福建。泰中友好基金会在主席林嘉南的带领下，密切配合、全力以赴，第一时间与泰国当地医院沟通联系，订购了大量防疫物资，并千方百计分批、分地区运回，已有一次性口罩 25.2 万只运抵福建。越南妈祖董事会已分三批捐赠医用防护服 2900 套、医用口罩 30 万只、3M 医用口罩 6500 只、医用手套 2 万副，会长汤志强还个人捐资 100 万元人民币。老挝中国福建商会会长陈熊官动用所有人脉资源，陆续从不同渠道高价采购 N95 口罩和医用外科口罩 8 万只。菲律宾菲华联谊会、旅菲校友联合会、菲华新联工会、菲律宾《世界日报》，将首批 200 多箱物资运抵泉州。

日本福建总商会踊跃捐赠医疗物资支援家乡抗疫

在美洲，乡亲们空前团结、携手同心、全力支援。美国福建同乡会、美国琅岐同乡会、美国桑拓文教中心筹集口罩 3.176 万只、防护服 3540 件、防护面罩和电子体温计若干；美国闽台总商会、美国福建侨联总会集结 10 余家社团，筹集一次性医用口罩 1.5 万只、医用手套 1 万副、防护服和高级医用口罩若干；美国闽南同乡联合总会、美国闽南商会、北美华人华裔寻根协会筹集一次性医用口罩 2 万只。美国食品商会在会长倪周敏的带领下，第一时间联系采购一次性医用口罩 11.95 万只；柳智富先生积极帮助协调运输渠道，克服重重困难，将物资运抵福建；倪周敏先生又以美国和丰集团的名义，从墨西哥采购一次性医用口罩 10 万只，继续支援福建抗击新冠肺炎。两名在阿根廷的“侨三代”小朋友 9 岁的陈昀皓和 6 岁的陈昀晗主动捐出压岁钱，购买口罩 2.5 万只寄回福清。

两名阿根廷“侨三代”购买口罩支援家乡抗疫

在欧洲，闽籍乡亲克服重重困难，为防控疫情添砖加瓦。瑞士福建同乡会、瑞士美心集团、法国福州十邑同乡会，以及英国、西班牙、奥地利、波兰、希腊、俄罗斯、爱尔兰、瑞典、罗马尼亚等国家侨团、侨领也第一时间行动起来，捐款采购医疗物资，帮助托运物资。比利时福建商会会长翁武旗等经多方渠道沟通后，购买医用口罩 1 万只，已从北京转运至福州长乐机场；协助南怀仁基金会购买、托运的防护用品正在加班装运，即刻运往武汉。

在大洋洲，福建乡亲不忘血浓于水的骨肉亲情，给予大力支持。澳大利亚福建总商会在会长林文灯的组织下，多方寻找货源，在印尼采购一次性医用口罩 1.2 万只，定向捐赠给福建医大附属协和医院。西澳大利亚侨胞张剑洋心系祖国，多方奔走，争取最快时间将采购的医用手套 3 万副运抵国内；后又密切留意各地货源，得知孟加拉国有医用护目镜，第一时间将产品信息发回国内，并毫不犹豫下单购买。

在非洲，虽远隔千山万水，却隔不断中华儿女的血脉亲情。加纳长乐籍乡亲、森拓集团董事长许宁佺组织员工采购口罩和防护服，两批物资包括口罩 15 万只、防护服 3000 件。由于第一批 92 箱物资抵达上海机场缺失 2 箱而无法清关，积压 6 天，许会长夜不能寐。经海关、红十字会、侨联多方联系，已得以清关放行。南部非洲华侨华人工商联合总会会长陈惠云从南非购买口罩 20 万只、医用手套 2.25 万双，支援福建防控疫情工作，其中口罩 5000 只捐到省侨联挂钩扶贫村南平市松溪县南坑村。科特迪瓦福建商会会长翁文发积极发动会员捐款捐物，在当地防疫物资匮乏的情况下，从其他国家等采购了一次性口罩 2 万只、防护服 1000 套发往福建，并组织捐款 30 余万元。

三、同舟共济，侨资企业勇担责任

一方有难，八方支援。福建侨资企业纷纷响应号召，或捐赠巨额善款，或捐献防疫物资，或加班加点生产口罩等防护用品，筑起防控疫情的“保护墙”。

闽籍侨资企业纷纷献爱心。金光集团 APP（中国）公司第一时间宣布通过中国华侨公益基金会捐款 1 亿元和价值 35 万元的清风消毒湿市，其中300万元用于家乡福建疫情防控，该款已拨入福建医科大学附属协和医院。由著名侨商林文镜创办的融侨集团，通过林文镜慈善基金会向福州市政府捐赠1000万元，其中500万元用于福州市疫情防控专项资金，500万元用于武汉市疫情防控。省侨联兼职副主席、永荣控股集团董事长吴华新捐款捐物500万元，通过日本、美国购买50万只口罩，捐助莆田市政府体温枪1000支、消毒水近20吨。省侨联兼职副主席、平潭远洋渔业集团有限公司董事长卓新荣除组织渔业加工厂恢复生产保证供应以外，还采购口罩、手套、测温计等大批物资赠送马尾、连江、平潭用于疫情防控。侨资企业宏德盛集团三批次捐款捐物折合49.7万元人民币，其中一次性医用口罩9万只、N95口罩3750只、防护服500套、体温枪130支，捐款3万元。

不少侨资企业转型或加大力度生产口罩等短缺物资。安发（福建）生物科技有限公司积极扩大防疫物资生产，首批向湖北省黄冈市捐赠价值300多万元人民币的通用防疫物资，捐赠医用口罩5万只给宁德市用于开展疫情防控。沙县侨联兼职副主席、加拿大华侨陈夏清创办的三明市康尔佳卫生用品有限公司，利用现有设备，技术改造为日产口罩10万只以上生产线两条，2月20日投产。

引导侨商侨青企业等迅速复工复产。省侨联迅速开展"一侨一联"活动，向各级侨联、侨商会、侨青会和侨胞之家发出倡议书，及时联系和引导企业和项目复工生产工作。省侨联委员、福建南少林药业有限公司总裁、印尼归侨钟厚泰第一时间通知主要岗位人员及时到岗，生产配置国药准字号的苯扎溴铵溶液（新洁尔灭溶液），并和党支部书记等人搬运药品送到各医疗机构，保证疫情用药。斯兰集团有限公司、金冠（中国）食品有限公司总经理、新福兴玻璃有限公司、福建宝利特集团有限公司等已投产，正积极落实好中央、省委“稳企业、稳经济、稳发展”的部署。

福建省侨联主席陈式海（左二）赴艾德生物医药公司调研企业复工复产情况

随着新冠肺炎疫情的发展变化，按照中央和福建省委关于“外防输入”的指示精神，福建省侨联高度重视，召开专题会议进行研究，成立“海外返乡侨胞疫情防控服务工作小组”，赴福州、厦门、泉州、三明等地调研指导，将工作重心从全力以赴向海外筹集防疫物资，转移到配合做好海外侨胞入境健康管理。

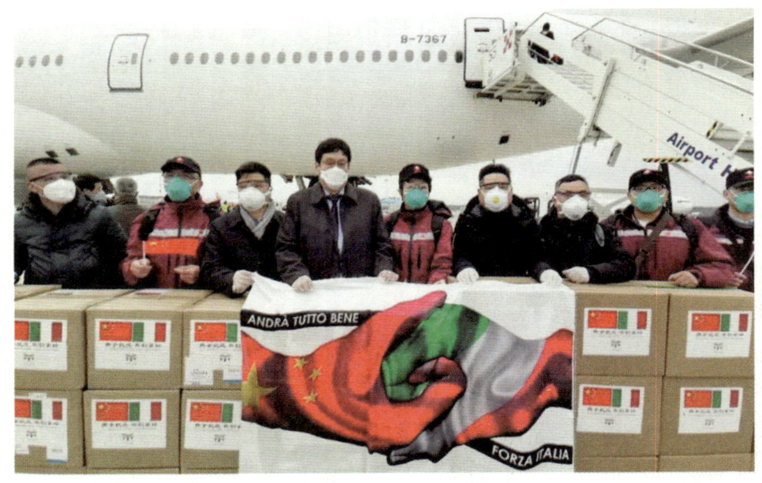

中国赴意大利抗疫医疗组抵达意大利，受到当地侨团的热烈欢迎

四、注重“帮”，加强对侨胞的引导

一是开通咨询服务热线。对外公布咨询服务热线电话，接受海外社团、海外侨胞、归侨侨眷的咨询，以更加快速、便捷地提供服务和帮助。

二是印发防控知识手册。省委统战部和省侨联下发《关于配合做好海外侨胞入闽跟踪健康管理工作的若干措施》，省侨联事业发展基金会出资编印《新冠肺炎疫情防控知识手册》，赠送给相关海外社团和入境侨胞，让他们更好地了解新冠肺炎防治措施，提升配合做好防控工作的思想自觉。

三是组建健康管理服务指导小组。省侨联工作小组通过座谈交流、实地考察等方式，督促、指导市、县、乡侨联配合地方防控部门，落深、落细、落实防控举措。福州市侨联有效推进“零报告”“分片挂钩”“专员联络”制度，厦门市侨联创新“每日一报告、每日一下访”举措，泉州市侨联抽调 12 名机关干部组成工作专班，三明市侨联对入境人员全面跟踪并分级管理，做实海外返乡侨胞疫情防控。

五、柔性“管”，大力开展人文关怀

一是对近期计划返乡的侨胞：发挥基层组织覆盖广泛的优势，各级侨联纷纷通过电话、微信、网络等方式，进行宣教和沟通，引导海外侨胞取消或暂缓行程，并帮助他们处理在闽有关事宜。三明市制发《境外人员情况表》，指导村（社区）进行逐户调查，了解乡亲返乡意愿。

二是对确须返乡和已经返乡的侨胞：派员配合有关部门做好侨胞返乡落地接待，协助落实信息登记、健康体检等举措；并对侨胞及其家属进行情感沟通和心理疏导，把少外出、不聚集、“原地不动最安全”等防控措施宣传到位，释疑解惑，嘘寒问暖，稳定情绪。福州市、县两级侨联积极配合，赴厦门、福州、晋江国际机场等地，协助做好境外人员返榕接送。

福建省侨联干部在上海浦东机场参与入境人员转运工作

福建省侨联向海外侨胞捐赠"侨爱心健康包"

三是对实行集中隔离观察的侨胞：在特殊时期开展特殊的联谊工作，以县（市、区）侨联为单位建立微信群，由侨联干部当群主，将入境侨胞及其家属加入群，每天问候、交流、谈心，疏导抵触情绪，让侨胞感受到"病毒无情、人间有爱、家乡温暖"。

（2020 年 4 月 2 日，来源：福建省侨联供稿）

7 “共抗疫情，侨在行动”——湖北省侨联联手海内外侨界战疫情

新年伊始，一场突如其来的全民抗击疫情的保卫战打响。疫情的蔓延，牵动着海内外侨胞的心。1月下旬以来，湖北各级侨联积极贯彻党中央决策，响应中国侨联号召，在省委领导和中国侨联指导下，全省侨界联手海内外侨界和侨资企业投入抗击疫情的行动，为打赢湖北保卫战、武汉保卫战贡献了侨界力量。

一、第一时间行动起来

新冠肺炎疫情发生后，省侨联党组高度重视，第一时间成立了湖北省侨联接收海外捐赠抗击新型冠状病毒感染的肺炎疫情资金及物资工作小组，并向省委、省政府汇报了海内外侨界捐赠工作的有关情况。各级侨联也第一时间响应，协助做好接收捐赠、分发物资工作。为了让海外华侨华人的爱心快速落地，湖北侨联于1月24日发出关于海外捐赠的《感谢信》。在与中国侨联、中国华侨公益基金会协调沟通后，于25日、26日迅速与省慈善总会、省红十字会、武汉海关等相关部门对接，为境外慈善捐赠物资开通绿色通道并快速落实，同时积极收集有关需求和采购捐赠流程供侨胞参考。1月27日，湖北省侨联成立了抗击新型冠状病毒肺炎疫情接收海外捐赠工作专班，专门与有关单位积极开展协

调，做好接收海内外捐赠有关工作。

二、发出倡议积极动员

湖北各级侨联组织积极支持抗击疫情工作大局，打赢疫情防控阻击战，各级侨联、侨社团向海内外侨界发出捐赠物资倡议。明确告知重点征集和收受物资名录及接收捐赠主体，引导侨界群众筹资筹物投身一线抗击疫情。倡议得到海内外侨界积极响应。

海内外侨界人士纷纷来电来函了解情况，通过募捐、采购、定向捐赠等方式为湖北及武汉抗击疫情捐款捐物，并积极就紧缺医用物资帮助提供货源、采购渠道。短短 10 天，从全球各地采购的医用防护物资陆续抵达武汉乃至湖北各地，充分彰显了侨界的爱国爱乡情怀。

在鄂侨商、侨资企业纷纷慷慨解囊，为抗击疫情出钱出力。中国侨商联合会常务副会长、武汉市侨联副主席、伟鹏集团董事长喻鹏捐款捐物 1300 多万元，采购医用物资助力湖北抗击疫情，并带领协会捐赠 1 亿多元支援湖北。武汉市侨商会副会长、华翔集团董事长林华，专款捐赠 1000 万元支持武汉市抗击疫情。侨资企业武汉禾元生物有限公司组织科研人员，专门研制出一种可预防流感及新型冠状病毒的重组 GRFT 液体制剂——克消安 TM 免洗手消毒液，抓紧组织生产 1000 多支产品，全部捐献给武汉大学附属中南医院等相关医院的一线医护人员。宜昌美年大健康公司捐赠检测试剂盒 5000 份。荆州接收侨资企业及侨胞捐款 71 万元。天门侨企纺织机械公司捐款 100 万元。襄阳接到参加“中国寻根之旅”夏令营的西班牙华裔青少年捐献的 1.4 万只口罩。襄阳市侨商会会长、湖北特艺建设工程有限公司董事长余东全力支持襄阳版“小汤山”医院改造。黄冈收到海外侨商、商会捐赠防疫物资 200 多万元。襄阳、宜昌、荆州、荆门、鄂州、黄冈、随州等全省各地侨资企业纷纷捐款捐物表达爱心，共计捐赠款物合计 5000 多万元。

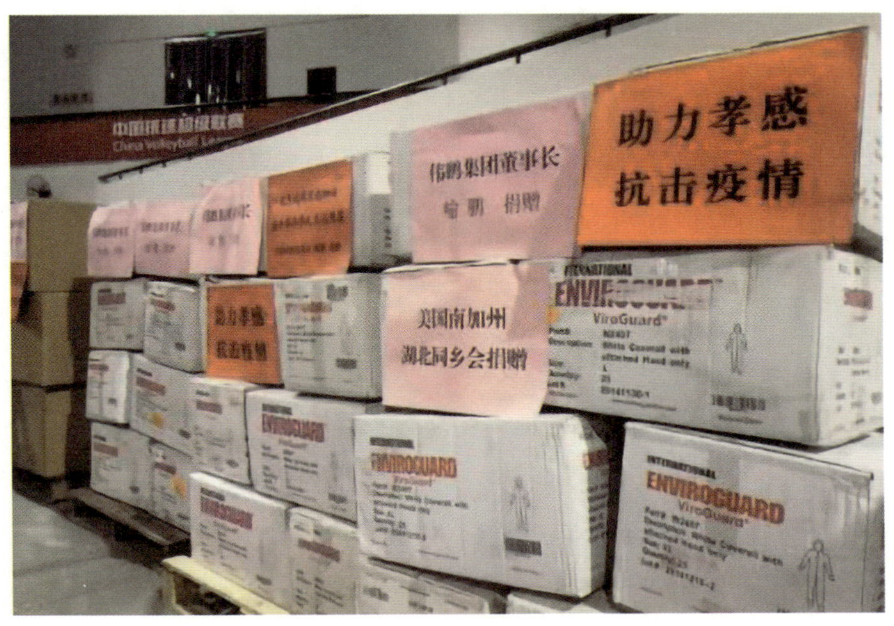

喻鹏助力湖北抗击疫情

全球各地湖北籍侨团侨社纷纷伸出援手，积极捐款捐物。海外湖北社团联盟向全球湖北籍侨团发出倡议，号召大家积极向湖北省武汉市抗疫一线奉献爱心，得到各地侨团侨社的积极响应。美国迈阿密棕榈基金会合伙人、省侨联青年委员会会长万颖，大力筹措各类医疗器械和医疗物资，价值 1400 多万元人民币，并迅速组织送到防疫一线。美国纽约黄鹤会、美东湖北同乡会会长刘春，带头捐款捐物，同乡会共组织捐款 17 万多美元，筹措价值 7 万多美元的医护用品。美国芝加哥湖北同乡会会长黄正东，发动会员筹措价值 2 万多美元的口罩、防护服等物资，捐款 4 万美元。美国加州湖北同乡总会，在会长带头捐赠下，自发捐款美金 13 万元，捐赠口罩等急需医用物资 10 万只（件）。澳大利亚昆士兰华人联合会会长刘德颖，与大家一起多方努力筹措武汉急需的医用防护服 2 万件。德国湖北社团联合会，发动在德社团共捐款 3 万多欧元，口罩 16000 只。加拿大湖北商会会长陆跃锋，发动捐款 9.4 万加元和 9.7 万多元人民币，捐赠的第一批物资 6000 只医用口罩、10000 瓶消毒液已到武汉。武汉大学、华中科技大学等在美国、德国、新西兰、法国等地海外校友会纷纷行动，捐款捐物近千万元，并直送武汉定点医院，缓解了武汉抗疫一线防护物资紧缺的状况。马来西亚天门籍“侨四代”黄颖欣发起“希望行动”支持天门，巴西荆门籍侨胞向志虎等多次采购物资支援家乡。

据不完全统计，截至 3 月底，共有美国、日本、德国、加拿大、法国、英国、澳大利亚、俄罗斯、新西兰、巴西等 30 多个国家的 50 个海外侨团侨社通过多种渠道，向湖北武汉、黄冈、孝感、荆门、荆州、襄阳、宜昌等地捐款折合人民币 1.62 亿元，捐赠医用物资和生活物资价值 8 亿元，先后筹措各类口罩 600 万只，测温仪 1 万个，护目镜 3 万副，防护隔离服 12 万套，医用一次性手套、鞋套 60 万双，医用酒精、消杀用品 130 吨，制氧机 100 台等。

澳大利亚湖北同乡会支援武汉抗击疫情

马来西亚“侨四代”黄颖欣（左三）发起“希望行动”

三、广泛宣传主动引导

积极宣传中央、省委抗击疫情的举措、抗击疫情所取得的成果以及抗击疫情中的政策，帮助侨界群众了解疫情防控进展情况、疫情防控有关知识，提高大家对封城、封村、封小区的必要性的认识，及时推送疫情实时动态，引导大家正确看待网传信息，要求大家不造谣、不信谣、不传谣。在省侨联网站、微信公众号广泛宣传海外华人华侨、社团组织、归侨侨眷、侨资企业捐款捐物、积极参与疫情防控的感人事迹，刊登各类信息 100 余条，部分被中国侨联采用。

四、服务广大归侨侨眷

新冠肺炎疫情发生后，据不完全统计，全省归侨侨眷有确诊病例 30 余人，因新冠肺炎感染去世的归侨侨眷 3 人。各级侨联干部得知情况后，第一时间联系，积极联系定点医院及时救治，并为家属解决封闭管理带来的生活不便。对于去世的归侨侨眷，由所属侨联致电致信关心慰问。同时，各级侨联也认真做好回鄂探亲的华侨华人服务工作。武汉、宜昌、襄阳、随州、十堰等地侨联积极服务部分外籍回鄂探亲人士，帮助他们了解抗疫工作形势、掌握抗疫工作知识，通过细致的思想工作，稳定他们的情绪，取得他们的积极配合，帮助他们顺利返回住在国或协助办理签证延长。

五、主动作为，投身一线抗疫

全省侨界医护人员多日来一直战斗在抗击疫情的最前线。武汉市侨联副主席、武汉亚心医院董事长谢俊明，自疫情暴发以来，坚持与医护人员一起战斗在抗疫一线，奔忙于武汉亚心医院和亚心总医院两个院区。武汉市第四医院院长、市侨联常委李文洲一直靠前指挥、守土尽责。武汉市侨联委员、江岸区侨联副主席、长航总医院副院长胡飞，带领医务工作者奋斗在疫情防控一线。作为中国侨联“侨爱心光明行”的定点医院，武汉爱尔眼科医院组织志愿者调配医护用品，支持抗疫战斗。咸宁籍中医专家王维武博士无偿公开“肺毒清”药方，支援抗击疫情，取得良好效果。皮艳春、余辉、刘正敏等一批侨界医务工作者坚持战斗，守护湖北。

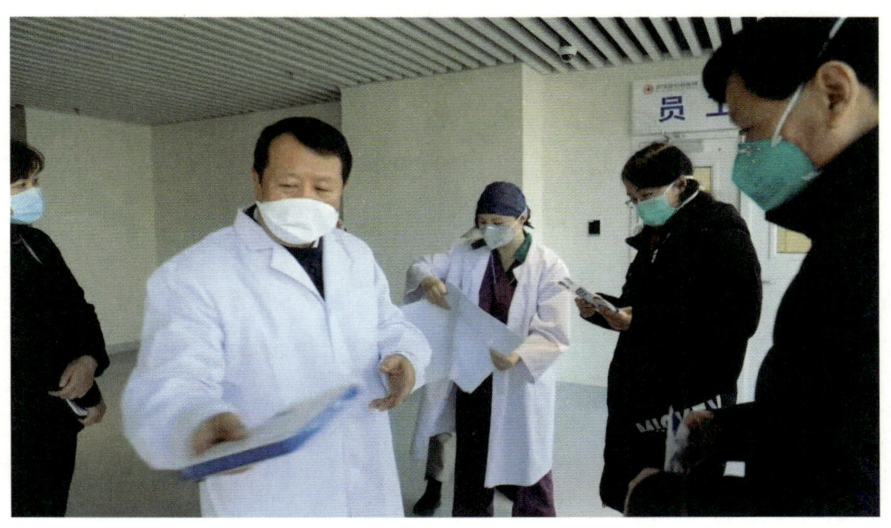

谢俊明坚持与医护人员战斗在一线

湖北高校侨联发挥智力优势，武汉大学、武汉理工大学等高校侨联积极向湖北省、武汉市防控指挥部提供意见建议，部分学者被聘请为防控指挥部专家，支持抗击疫情工作。全力支持社区封闭管理，湖北侨联系统 300 余名党员、干部自 2 月初以来第一时间下沉社区，深入一线同社区人员一起参与疫情防控的各项工作。下沉干部克服困难，服从安排，积极配合社区开展疫情防控工作，严格遵守轮班值守制度，与各级各单位通力协作，做好包保区域的安全防护、消杀消毒、宣传引导、生活物资代购等工作，坚守工作岗位 60 余天。

（2020 年 4 月 14 日，来源：湖北省侨联供稿）

8 充分发挥侨联组织优势，在疫情防控中贡献广东侨界力量

新冠肺炎疫情发生以来，广东省侨联党组认真学习贯彻习近平总书记关于统筹推进疫情防控和经济社会发展的一系列重要讲话和重要指示批示精神，坚决落实习近平总书记和党中央的决策部署，按照省委、省政府和中国侨联的工作要求，以强有力的组织领导统筹做好侨界疫情防控工作。切实提高政治站位，强化责任担当，把积极投身疫情防控工作作为增强"四个意识"、坚定"四个自信"、做到"两个维护"的实际行动，作为践行以人民为中心的思想、守初心担使命的"试金石"，全力以赴，迅速采取有力举措，在抓细、抓实、抓牢自身疫情防控各项工作的同时，广泛动员组织归侨侨眷和海外侨胞驰援国内和家乡疫情防控，积极推动侨资企业安全有序复工复产，密切配合做好境外输入疫情防控工作，为全省统筹推进疫情防控和经济社会发展发挥了侨界应有的作用。

一、广泛动员组织侨界捐款捐物支援国内疫情防控

自疫情发生以来，省侨联第一时间向海内外侨界发出倡议书，并通过多种方式加强与省内侨界民间组织及海外侨团、侨领、侨商联系，及时通报疫情有关情况及相关信息，广泛动员组织海内外侨胞为打赢疫

情防控人民战争、总体战、阻击战奉献爱心。广大粤籍海外侨胞和归侨侨眷积极响应号召，迅速行动，通过各种方式驰援湖北省和广东省疫情防控工作，在捐赠抗疫物资中涌现出“人肉带货”“蚂蚁搬家”“与时间赛跑”“与管控赛跑”“口罩航班”等一个个动人故事，展现了侨界爱国爱乡和同舟共济的深厚情怀。习近平总书记在统筹推进疫情防控和经济社会发展工作部署会议上对此给予充分肯定，海内外侨界深受鼓舞和激励。据不完全统计，截至 3 月 31 日，向疫情防疫工作捐款捐物的广东籍海外社团和侨胞涵盖五大洲 57 个国家和地区，累计捐赠款物 4.7 亿多元，其中捐款 3.2 亿多元，捐赠抗疫防护用品及其他物品价值 1.5 亿多元。在广东省侨界捐赠的款物中，由省侨联主管的省侨界仁爱基金会

中国侨联副主席、广东省侨联党组书记、主席黎静（右四）接收泰国深圳总商会捐赠

共接收30多个国家和地区的物资85批（境内21批），价值1700多万元；接收捐款53笔（境外10笔）共820多万元，居全省慈善机构中接收境外物资总额的第3名。这些捐赠款物均按照省疫情防控指挥部的统筹分配，结合捐赠人意愿，在第一时间送达疫情防控一线，及时有效缓解抗疫一线物资之急需，为打赢疫情防控阻击战发挥了特殊且不可替代的作用。

二、主动配合开展海外捐赠、采购紧缺医疗物资对接服务等工作

随着疫情的发展，在国内防护物资最紧缺的阶段，省侨联依托侨界商业网络和人脉资源，打通海外防护物资进入国内的渠道，建立海外防护物资捐赠、征集和进入国内的组织动员体系、应急机制和载体，为国内抗疫一线提供有力的后方物资保障。积极配合各级政府搭建海外采购平台，在20多个国家和地区为政府委托采购方建立起紧缺货源对接渠道，并与其中9个国家的供货商签订了口罩、防护服、医用手套等紧缺物资的大宗采购协议。同时，主动与省疫情防控工作指挥部对接，在省卫健委、省科技厅的支持下，积极配合做好由海外侨胞引进美国SDST消毒喷剂的推广应用工作，将侨界的捐赠及时调配并送达到广东省抗击疫情一线（包括广东省援助湖北的对口医院等）。在推动企业复工复产阶段，向省科技厅转赠美国侨胞捐赠的200箱口罩抗菌喷剂，用于广东“科技暖企行动”。

三、组织开展关爱援鄂医疗队队员公益项目

在全国疫情防控进入关键时期，保护关爱医务人员是打赢疫情防控阻击战的重要保障。省侨联及时指导省侨界仁爱基金会，在积极做好海外侨胞和国内侨界捐赠款物支援抗疫后续工作的同时，认真贯彻落实习近平总书记关于关心关爱一线医护人员的重要指示精神，推动省侨界仁爱基金会携手省侨联海外委员、美国潮商总会主席林辉勇先生开展“侨爱南粤·你在前方抗疫，我在后方保障”关爱援鄂医疗队队员公益项目。美国潮商总会、北京潮人海外联谊会把收到的530个爱心单位和个人捐款350多万元，委托省侨界仁爱基金会为广东省和北京市驰援湖北的2630名医疗队员购买50万元/位的专属定制综合保险，总保额超过15亿元。3月13日晚，广东省支援湖北荆州的医疗队员王烁在查

中国侨联副主席、广东省侨联党组书记、主席黎静（左四）出席美国潮商总会、北京潮人海外联谊会捐赠仪式

看社区疫情防疫工作时被一辆面包车从后侧撞倒，经全力抢救后不幸去世，令人扼腕。由于险种未涵盖这种意外，美国潮商总会知悉后，第一时间为王烁同志向保险公司争取了通融赔付，还给王烁同志的家属送上20万元慰问金。

四、积极支持侨资企业安全有序复工复产

广东省是侨资企业大省，有侨资企业约6.18万家，侨资企业为广东经济社会发展做出了重要贡献。自疫情发生以来，省侨联在全省深入开展服务侨资企业“暖心行动”，助力侨资企业安全有序复工复产。一是深入开展专题调研。由省侨联领导带队深入广东丸美生物技术有限公司等侨资企业开展调研，转达省委、省政府对侨资企业的关心关爱，通过多种方式了解侨资企业在疫情防控、复工复产中面临的困难和问题，在调研的基础上形成调研报告报送中国侨联和省有关部门，提出政策建议，

中国侨联副主席、广东省侨联党组书记、主席黎静（右二）到东莞市侨资企业调研

为相关部门提供决策参考，引起积极反响。二是广泛宣传惠企政策。在省侨联网站、微信公众号等平台发布与企业复工复产相适应的疫情应对指引，编印《中央及广东各地支持企业抗击疫情和复工复产政策文件汇编》向侨资企业宣传，引导他们安全有序复工复产，同时最大限度享受相关惠企政策，尽力减少疫情带来的不利影响。三是积极帮助侨资企业破解供应难问题。一方面，想方设法帮助侨资企业破解防护物资需求难题，协助建立海外与国内侨界生产企业防护物资对接渠道，确保侨资企业防控物资需求，有效保障侨资企业全面复工复产；另一方面，千方百计帮助侨资企业破解供应链难题，积极协助打通物流不畅、原材料供应不足等影响侨资企业生产的堵点。

五、加强宣传引导，扎实做好防控境外疫情输入工作

随着疫情在全球加速蔓延，省侨联加大宣传力度，认真做好树信心工作。一是精心做好疫情防控宣传工作。通过省侨联海外委员、顾问不断向海外侨胞发送各类指引和讯息，引导海外侨胞采取理性科学的方式防疫及清明节期间谨慎安排返乡祭祖计划。通过中新社、广东电视台、《南方日报》《羊城晚报》《广州日报》等媒体广泛宣传侨界抗疫事迹，在省侨联网站、微信公众号开辟抗疫专栏，组织省侨界作家联合会开展抗疫主题创作活动，向广大海外侨胞讲好中国抗疫故事，引导海外侨胞坚定战胜疫情的信心。二是耐心做好侨胞解惑安抚工作。开通全天候服务热线，确保24小时信息畅通，对海外侨胞的问题耐心解答。做好国家和广东省防控疫情的措施和政策的宣介工作，并通过他们及时了解疫情严重国家和地区粤籍海外侨胞的需求和思想动态，及时疏导化解

情绪压力，鼓励他们就地防疫、参与住在国抗疫斗争，回馈当地社会。认真配合省委统战部涉侨疫情防控小组做好信息排摸工作，对其中有回国意向的海外侨胞即时跟踪，对已经回国的海外侨胞掌握实时动态，加强联系，主动上门为他们送上回国相关政策和自我保护防疫知识，带去侨联组织的慰问和关心。三是暖心做好服务侨胞抗疫保障工作。开展“情系南粤·暖心携手抗疫”——向海外侨胞捐赠抗疫物资活动，在国外防疫物资日益紧缺的情况下，紧急协调一批防疫物资，将省内侨界企业家捐赠的20万只口罩通过物流公司寄运给美国、英国、加拿大等疫情严重地区的数十个侨社，由这些侨社分发给当地侨胞抗疫。开展“侨连五洲·同心抗疫——新冠肺炎科普‘云讲座’暨全球连线”活动，邀请省内侨界医疗专家为五大洲的粤籍海外侨胞举行在线防疫科普讲座，鼓励信心，另外还为海外侨胞联系免费开放的中医医疗服务平台，让海外侨胞能够通过视频通话的方式面诊中医。配合中国侨联开展向海外侨胞赠送“侨爱心防疫包”活动。向中国华侨公益基金会申请80万元用于购买口罩、中药等防护物资，通过中国邮政寄给海外侨团、侨胞。

（2020年4月14日，来源：广东省侨联供稿）

第三篇

逆行报国家

1 恪尽职守，连续奋战——侨眷徐辉用生命书写抗疫大考答卷

为向所有奋战在抗疫一线的巾帼英雄致敬，3 月 7 日，中宣部、全国妇联、国家卫健委、中央军委政治工作部四部门联合发布“一线医务人员抗疫巾帼英雄谱”。此次发布的“一线医务人员抗疫巾帼英雄谱”共 20 人，南京侨眷徐辉入选。

徐辉生前是南京市中医院党委委员、副院长、副主任医师，她恪尽职守，连续奋战 18 天，用生命书写抗疫大考答卷。1 月 20 日，春节前夕，南京市中医院成立新冠肺炎防治指挥部，徐辉担任指挥部副组长、防治工作小组组长，“忙碌”成了她的代名词。她牵头制定了《南京市中医院新型冠状病毒感染肺炎的应急预案》，组建发热门诊、预检分诊的医疗队伍，设置隔离病房和医护人员休息区，筹集防控物资……2 月 6 日一大早，徐辉就来到医院忙碌起来，中午 12 点，已经接连几天感觉身体不适的徐辉给同事打了电话，同事建议其检查，因为太忙，徐辉根本没有抽出时间去看一看。2 月 6 日 21:00 左右，徐辉突然晕倒，被送往医院急救。2 月 7 日凌晨，51 岁的徐辉经抢救无效不幸去世。她是人民的英雄，更是江苏、南京的榜样。2 月 11 日，江苏省委书记娄勤俭做出批示，号召党员干部向徐辉同志学习，共同努力，打赢疫情防控阻击战。同日，江苏省妇联追授徐辉同志为江苏省三八红旗手，南京

市委追授徐辉同志“南京市优秀共产党员”称号。

（2020 年 3 月 9 日，来源:《南京日报》）

2　旅英护士辞职回国参加抗疫

何彩霞在伦敦希思罗机场柜台前办理医疗防护用品托运手续（张平 摄）

2 月 14 日晚，旅居英国的护士何彩霞辞去工作，搭乘航班回国，奔赴中国抗击新冠肺炎疫情一线，为首位回国参与抗疫医护工作的旅英侨胞。

“我是中国人，我要回国。到武汉，到祖国最需要的地方去！”旅居英国 15 年、在英国皇家荣军休养医院担任护士工作的何彩霞表示，数日前，当听到英国政府紧急提醒所有英国公民及早离开中国的消息的那一刻，她心里就萌发了“回国抗疫”的强烈愿望。

何彩霞毕业于安徽省立医院护士学校，在中国从事护理工作 5 年，旅英求学后成为英国注册护士，在英国医疗护理机构从业 10 余年。

何彩霞携带多方筹集到的医疗防护用品在伦敦希思罗机场等候登机（张平 摄）

对于自己疫情当下的“国际逆行”行动，何彩霞表示，眼下国内抗疫医疗人员紧缺，正是将自己所具备的专业知识和经验能力发挥作用、回馈祖国的最好机会。“全球的华人都行动起来了，团结的力量一定能战胜病毒！”

据何彩霞介绍，国内相关省、市的红十字会、卫健委及医院已给予了何彩霞积极的回应和认可。

据统计，何彩霞同机携带回国的医疗防护服、口罩、手套等医疗用品共 14 箱、上万件套。

当英国疫情形势日益严峻时，何彩霞选择再次逆行，选择回到英国继续战斗。此次，她带着家乡人民的祝福和侨界捐赠的爱心物资，不仅成为爱的搬运工和传递者，也用她的实际行动展现了侨胞大爱无疆的奉献精神。

（2020 年 2 月 15 日、2020 年 4 月 9 日，
来源：中国新闻网、安徽省侨联供稿）

3 战“疫”一线 有一群侨界“逆行者”

抗击新型冠状病毒，对一线医院而言，是一个不见硝烟的战场；同样，阻击新型冠状病毒，于医务工作者而言，是一份责任和大义的担当。

归侨侨眷勇争先，奔赴“一线”显担当

“妈，我申请去武汉防疫前线，马上就要动身了。您不要担心，安全防护措施做得很好，我昨天还专门学了一天。”电话那头沉默了一会儿：“你去吧，我跟你爸支持你，注意安全。”这是南京鼓楼医院肿瘤科医生、侨眷孔炜伟动身前与妈妈的通话。

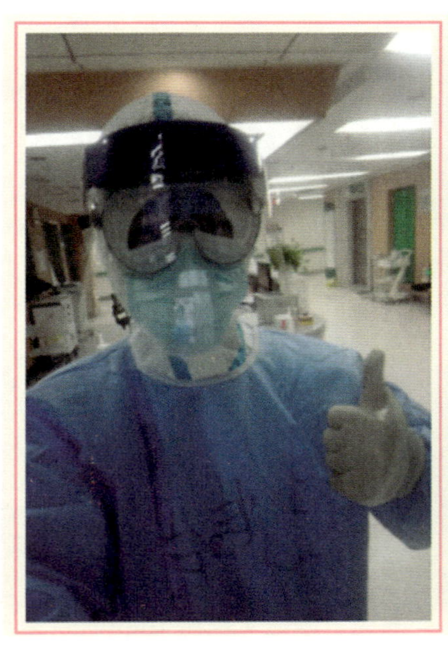

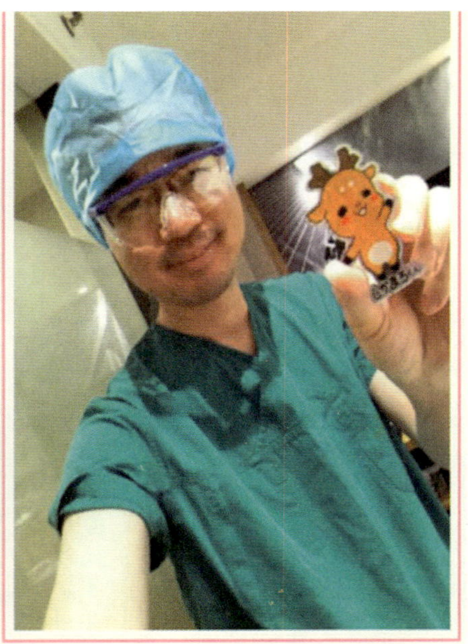

远在加拿大多伦多的哥哥，听说弟弟去了武汉前线，安静地说："弟弟，我支持你。"放下电话，他跑了多家药店购买了N95口罩，邮寄到急需的医院，为疫情防控尽一份绵薄之力。

自战"疫"打响以来，孔炜伟的母亲郦阿姨老两口一直关注着疫情的变化，虽然早已想到作为医生的儿子可能会上一线，但在知晓的那一刻，心中还是充满了担忧。郦阿姨说："疫情来临，党员都冲在一线，归侨侨眷也要有所担当。我们支持他，也希望早日听到抗击疫情胜利的消息，儿子平安归来。"

孔炜伟与南京鼓楼医院160多位医护人员负责在武汉市第一医院的一个重症病区，救治70位重症患者，疫情紧、危险大、任务重，孔炜伟总会冲到前面。

留学人员毅然归国　抗击疫情再次"逆行"

南京侨界还有这么一群留学人员，在当初学成后，放弃国外高薪职位，毅然"逆行"归国，服务家乡建设。疫情来袭，又再次"逆行"，主动请缨奔赴一线。南京市医科大学附属逸夫医院副主任医师高伟就是其中一位，他作为江苏对口支援湖北黄石医疗队304名医护人员之一，于2月11日随队出征湖北黄石。

高伟在黄石中心医院负责新冠疑似病人的筛查和救治工作，他负责5个病房的监护任务。有不少患者合并心脑血管及肝肾基础病，这部分病人在统计的死亡病例中所占比例最高，不少病情危重者需要呼吸科血液透析等治疗处理，因此在处理肺部病变的同时还要关注其他脏器的治疗和保护。这些除了依靠精湛的专业知识，还要对病人的日常生活悉心监护，开展心理疏导，及时排解病人的焦虑情绪。高伟每次回到宿舍，都是筋疲力尽。

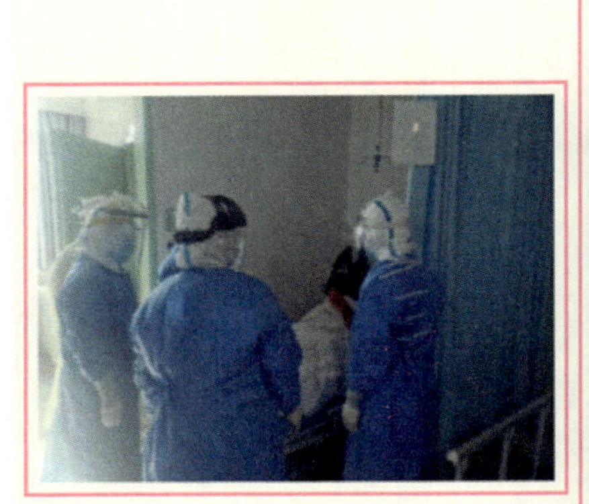

在宿舍休息时，高伟最感到愧疚的还是没法陪在家人身边。家人在知道高伟要支援一线的时候，说得最多的还是支持和加油，乖巧的女儿也说以爸爸为荣！

主动请战斗疫魔 甘于奉献展风采

江苏省连云港市灌云县侨眷聂娣，是灌云县人民医院心血管内科的一名主治医师、业务骨干。她原已被该院列为 2 月 1 日公派到苏大附一院业务进修的研修生。而面临各地迅猛的疫情暴发形势，灌云县人民医院作为疫情防控医院，需临时增加发热门诊，聂娣二话没说，毅然决然地延迟进修，主动请缨，加入阻击新型冠状病毒的一线战“役”中。

大年初一，聂医生就到一线的发热门诊上班，发热病人已经排成一条长龙。从下午 5：30 接诊至初二早上 8 点，其间连续 9 个小时没吃一口饭、没喝一口水、没上过一次厕所。由于长时间穿隔离服，戴着手套，手指麻木得无法再敲击键盘开医嘱签字，面对外面依然很长的待诊队伍，她只是脱下手套透个气，继续坚持在岗位上值守……初二早上 8 点交接班后，聂医生继续坚持填写整理患者信息病历材料，协助院保健科第一时间上报疫情。

作为抗击新型冠状病毒肺炎疫情的第一批队员，聂娣日夜战斗，坚持在一线的发热门诊工作，展现了侨眷的社会担当和最美风采。

没有谁生来勇敢，也没有什么岁月静好，只是总有人在艰难险阻的路上负重前行。诸多像孔炜伟、高伟和聂娣一样的侨界人士，面对突发的疫情，毅然挺身而出，做最美“逆行者”。让我们一起期待春暖花开，迎接“逆行者”们一个不少地平安归家。

（2020 年 2 月 25 日，来源：中国侨联微信公众号）

4 关键时候顶上去，侨界医务工作者奋战一线

大年三十的傍晚，医院紧急来电，要求援武汉医疗队队员即刻出发驰援武汉，上海新侨人士、复旦大学附属中山医院青浦分院呼吸内科医师周锋立即放下碗筷，简单收拾好行李，直奔医院集合点。

事实上，自新冠肺炎疫情发生以来，医护人员不分昼夜，在战“疫”一线担负起艰巨使命，其中不乏侨界人士的身影。

到武汉的第二天，周锋就在金银潭医院值夜班。一次夜班中，一位病人被收治入院后没来得及吃饭，周锋便把自己刚领来的盒饭通过隔离病房窗口递了进去。

在众多的逆行者中，有一名特殊的“跨国逆行者”。何彩霞旅居英国 15 年，是一名注册护士，在英国医疗护理机构从业 10 余年。

因为新冠肺炎疫情，何彩霞辞去了在英国的工作，2 月 14 日晚搭乘航班回到中国，加入抗“疫”医护人员行列。她说:“眼下国内需要医疗人员，这正是我的专业知识和经验能力发挥作用的时候。”

农历腊月二十七，海归医生、同济医院神经外科的陈旭与多名同事一起，报名支援该医院主要收治新冠肺炎病人的重症科。“需要我们的时候我们就上，说到底，这本就是咱们学医的初心啊！”

重症科的医护人员 6 小时轮一班，防护服穿戴复杂耗时，上岗前不喝水、少进食是大家的默契。陈旭说，下班后最想做的事儿，就是坐

下来喝杯温开水。

还有部分侨界医务工作者虽还未到前线，但已加入后备队伍，做好随时出发的准备。一封封“请战书”，言语真挚。

“我自愿加入抗击新型冠状病毒感染肺炎赴武汉支援医疗组后备梯队，不论生死，不计报酬……”1月26日上午，78岁的江苏宜兴侨眷邓君朴将一封手写的请愿书交到了宜兴市中医医院。

邓君朴从医近60年，至今仍工作在临床一线。女儿邓理和他同在宜兴市中医医院工作，女儿看到医院招募志愿者的通知后，立即发微信告诉父亲自己想报名。邓君朴决定和女儿一起报名去武汉，于是向医院领导递交了这份“请战书”。

78岁的江苏宜兴老侨眷邓君朴（江苏省侨联供图）

“疫情面前，没有一人是旁观者。”杰出归侨、中科院院士、复旦大学附属中山医院心内科医师葛均波近日给自己的学生们写了这样一封信，信中说，自己报名参加了第二批援湖北医疗队，没有被批准，现在已报名第三批出征等待审批。

北京市侨联青年委员会副秘书长邹以席是安贞医院的大夫，1 月 27 日，一支 136 人的北京援武汉医疗队出发，邹以席是心脏外科大夫未能入选。2 月 2 日，医院科室再次下发通知，要抽调 3 名医生到医院的发热门诊和隔离病房，邹以席立即报名。

“这个时候顶上去，就是医生的本分。”邹以席说。

（2020 年 2 月 26 日，来源：中国新闻网）

5 一位母亲的守望——天津河东区侨眷杨淑静、李杨母子同上抗“疫”一线

在天津市第三中心医院工作的杨淑静这几天既高兴又担忧，高兴的是天津已连续几天新冠病毒肺炎患者零增长，担忧的是在天津医科大学医院工作的儿子李杨随天津第七批医疗队赴湖北恩施做核酸检测已经半个多月了，儿子的安危时刻牵动着杨淑静的心。

半个多月里，杨淑静每天都是扳着手指过的，她天天盼着疫情早日结束，儿子能平安归来。杨淑静本人虽然也在抗“疫”一线，但与每天都要跟新冠病毒面对面接触、做核酸检测的儿子相比，相对安全一些。

想起儿子李杨出征前后的一幕幕情景，杨淑静的鼻子有些发酸……

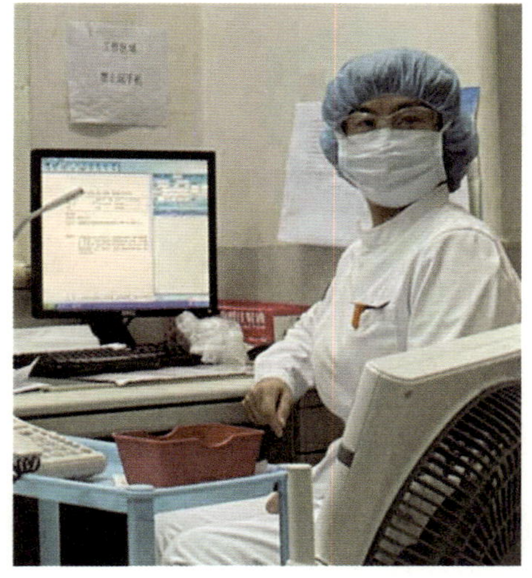

2月11日早上，连续几日的紧张工作，轮休的杨淑静打算叫新婚不久的儿子儿媳一起回家吃饭。在她整理房间时，听到先生的手机铃响了，循声看到接听电话的丈夫郑重地点头说：“嗯，去吧，去吧！不用担心我们！”她

的心立刻揪了起来，因为，一直以来家里婆婆妈妈的事情儿子都是先给她打电话的，这次却有些反常，给丈夫打了电话。再看先生那严肃的表情，身为医生的她立刻明白了，这是儿子要上武汉抗“疫”的“战场”了。她心中尽管有千般不舍，却对着电话说：“好儿子，去吧，我们支持你！”虽然嘴里答应儿子去武汉，可拿着电话的她心中还是有些不舍，她替儿子担心，更有些恐惧。因为不断有新闻报道，有不少医护人员感染病毒，并有一些医生已经倒在了抗“疫”的战场上。在医院影像科工作的她，从“疫”情一开始就在一线，院里、科里不停地组织各种安全操作和防护培训，作为医务工作者的她知道这次的“疫”情有多严重。

哪个孩子不是母亲的心头肉，更何况李杨又是独生子。这么多年，她很少为李杨担心，儿子从上小学到博士毕业一直都很优秀，他们夫妻一直为有这样的儿子而骄傲。今天，儿子作为白衣战士要上武汉抗“疫”的“战场”，这怎能让她不担心。但她更明白党和国家培养儿子多年，这一刻祖国需要他，武汉人民需要他，他就要义不容辞地出征。

午饭时分，儿子和儿媳拉着行李箱来了，充满了自信，丝毫看不出慌乱和紧张，杨淑静不停地叮嘱儿子：一定要做好防护，要严格遵守操作规程，要认真完成每一个环节，要和同事们共同努力……临走前，懂事的儿子让父母封锁消息，不要告诉家里的其他亲属！因为李杨的奶奶和姥姥都年过八十了，姑姑也六十多了，怕她们知道了会担心再出状况。

儿子的电话在不停地响，他不断接到医院的最新指令，时间紧迫，一对年轻人微笑着向长辈告别，义无反顾地踏上了去往武汉的征程。就像换上戎装、告别父母、即将上战场的战士。望着儿子远去的背影，杨淑静觉得儿子很高大，心中充满了骄傲和自豪，同时也为一对年轻人舍小家为大家的豪情而感动！

作为母亲的她很想去机场为儿子送行，可那天要在医院值班走不开，她只能通过手机在视频里为儿子送行。她告诉儿子："加油，用你的所学、你的汗水，和你的同伴共同努力，去打赢这场防疫战，妈妈等着你完成任务平安回来！"

等待，焦急的等待。杨淑静再见到儿子，已是视频中披上战袍与病毒面对面的战士了。官方视频里是这样介绍儿子的。李杨——中共党员，精准医学中心，专长：实验室核酸检测。他作为出征队员代表发言时讲道，面对疫情的紧张形势，作为年轻的医务工作者，我们更应该义不容辞往前冲。非常感谢组织的信任，让我能够成为这样一位“逆行者”。是的，逆行者，舍生忘死的战士。新冠肺炎患者诊断过程中，实验室检测是重要的依据，李杨和同事们所在的“红区”是与病毒距离最近的，发挥着至关重要的病毒感染识别者的作用，他们的工作让病毒无处遁形。

通过儿子发来的视频，杨淑静了解到，为了减少风险，更为了节省防护服，儿子和同事们每天六七个小时不吃不喝、不上厕所，要完成 500 ~ 800 人次的病例检测，每天走出检验室时都是汗流浃背，衣服全湿透了。长时间闷在防护服里会因呼吸不畅而胸闷头痛，看着视频里的儿子脸上还有被口罩和防护面具勒出的印痕，她心疼地问儿子：“累吗？”儿子宽慰母亲说：“还好吧！”因为儿子深知每一位痊愈的患者都离不开他们提供的检测数据，临床医生只有通过这些数据才能做出准确的医疗诊断。杨淑静更知道每一例病人的排查和确诊都需要检验人员的参与，儿子和他的同事就是距离病毒最近的一群人，正是因为有了许许多多像儿子这样坚守在抗

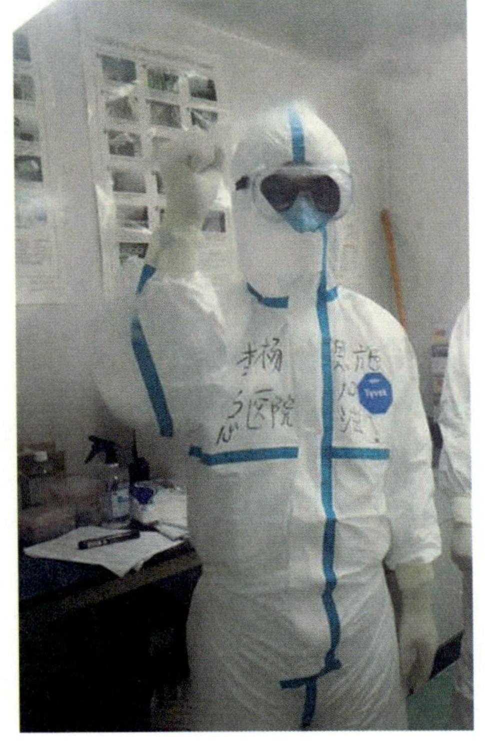

“疫”一线、为病人进行标本采集和检测工作的勇敢的奉献者，才为广大百姓真正竖起了防控疫情的铜墙铁壁！

儿行千里母担忧。自从儿子走后，杨淑静每天早上都要在微信里向儿子问好，每天晚上都要听到儿子的声音，知道儿子平安，才能入睡。她经常叮嘱儿子：“每一个病例，你都要当成阳性去做，认真对待，做好防护。”虽有不舍与担心，杨淑静从不后悔儿子学医，不后悔在国家危难关头儿子勇敢出征。

杨淑静自豪地说，儿子是我们全家人的光荣和骄傲。厚重的防护服遮挡了他的脸庞，却遮挡不住他逆行的身影。儿子把最美的论文写在了祖国的大地上，把最大的爱献给了祖国母亲和人民！

已近退休年龄仍在一线工作的杨淑静，期盼着、等待着儿子的凯旋……

哪有什么岁月静好，那是有人在替我们负重前行。

（2020 年 3 月 4 日，来源：中国侨联官网）

6 瑞典华侨留鄂战“疫”记：与故乡同呼吸、共进退

探亲遇突发疫情，旅居瑞典的医学博士王维武主动放弃返回瑞典及赴哈佛大学访学机会，留在家乡湖北咸宁，投身抗“疫”一线。

参与各家医院重症、危重症的会诊，作为专家组成员制订诊疗方案，检查各单位的隔离、消杀、防护措施等是否合规，处理突发事件……紧张而繁忙，成为这位瑞典华侨的“工作日常”。

留守家乡抗“疫”

2009 年，王维武被瑞典卡罗琳斯卡医学院录取，毕业后在卡罗琳斯卡医学院附属南方医院做博士后研究。

今年 1 月 20 日，王维武从瑞典回到故乡湖北咸宁崇阳县。眼看疫情越来越严重，原本有机会回瑞典的他却选择留在家乡。

“作为一名医学专家，这个时候应当留下来，与故乡人民同呼吸、共进退。”他说，当他提出上一线后，老母亲非常担心。

“如果这个病在咸宁大面积蔓延，后果不堪设想，我们小家也不能独善其身。”王维武宽慰母亲，自己曾参与过 2003 年抗击非典，有经验，会保护好自己的。

“众志成城筑垒堡，誓破魑魅迎春晓，人间无疾扰。”王维武在朋友圈写道。1 月 28 日，他请缨加入咸宁市新冠肺炎防控指挥部医疗和

专家组团队。

研制中药方剂

作为中国中医科学院、瑞典卡罗琳斯卡医学院中西医双博士后，王维武提出自己的看法。他认为，此次新型冠状病毒起病迅速、传播速度快，符合中医“风性善行数变”的特点，为风温伏邪致病，非大家所认为的湿温。发病因素单一，病程路线清晰，完全可以用传统中药防治。

在抗击非典后多年积累经验的基础上，王维武研制出预防治疗疫情的统方“肺毒清”。从武汉一位 70 多岁的确诊老人成为第一个用中药治愈的患者开始，药方造福越来越多的人。

1 月 31 日，经专家组讨论研究，咸宁市在全省率先提出了中医统方施药与西药同用的治疗方案，下发各县（市）参照试行，并着重在嘉鱼、通山、咸安等县（区）率先推广使用。

“从免疫学角度来看，中医药可以起到‘免疫佐剂’（防）与‘免疫平衡剂’（治）的作用。”王维武说，中医药早期“可防”、中期“可治”、后期“可养”，传染病后期往往有一些后遗症，例如肺部纤维化、肝肾等多脏器损伤，中医药在患者后期康复上也能起到重要作用。

“过去人们总认为中医是‘慢郎中’，不能救急，实际上中医在急救方面的效果也很突出。”王维武分享了借助针灸对一例危重患者进行急救的故事，该患者在治疗中配合服用“扶正急救汤”，现已行动如常，核酸也转阴了。

冀中医药惠泽世界

旅居瑞典期间，王维武一直致力于研究推广中医药工作。他说，通过多年努力，国外对中医的认知正越来越清晰，接受度越来越高。

在他看来，中医药国际化要做到科学有序、有组织、有创新能力，让中医药不但走出国门，而且以瑰宝的高大形象走出国门。

“中医药要走向世界，首要的是翻译，而翻译的一个最大障碍是标准化。”王维武说。他也正在与团队着手建设中英双语中医药数据库，将已经标准化的名词术语、诊疗标准、临床路径等在中医药外刊上统一推行，扫清中医药国际化的障碍，这样才能与世界顶尖的科学家联手，对中医药做更深度的研究与开发。

当前，新冠肺炎疫情在世界范围蔓延，他期待中医药能更多地惠泽世界。“作为具有中西医双背景、在海外留学工作多年的中医人，非常愿意在将来承担更大的重任。”他说。

（2020 年 3 月 4 日，来源：中国新闻网）

7 安徽省侨界白衣天使逆行战“疫”展风采

新冠肺炎疫情牵动着海内外中华儿女的心，党有号召，侨有行动。面对严峻的新冠肺炎疫情防控形势，安徽医科大学侨联积极号召全校侨界人士充分发挥自身优势，逆行驰援武汉、坚守发热门诊、开展网上诊疗、参与捐款捐物等，其中，3 名侨界医护人员作为安徽省第四批医疗队成员驰援武汉，参加武汉华中科技大学同济医院附属协和医院肿瘤中心新冠肺炎重症病区的一线医疗工作；1 名侨眷医护人员连续奋战在发热门诊一个多月。他们不辞辛劳，英勇拼搏，作为侨界医护工作者，为“逆行战疫”做出了贡献。

王昌会，侨眷，博士，系安徽医科大学第一附属医院心内科副主任和副主任医师。在疫情暴发之初，他就积极报名参与了发热门诊工作。在得到支援武汉的消息后，他第一时间报名，义无反顾地选择奔赴前线。因时间仓促，他甚至没有时间去安抚同在安医临床工作的妻子。孩子不舍，他便告诉孩子:“爸爸作为一名医务人员，必须勇敢担当！”他快速准备了材料和援鄂所需物资后，立即踏上奔赴武汉的征程。

在抵达武汉后，王昌会顾不上休息，立即投入收治患者的工作中，当把 60 余位患者全部安排好时，他在隔离病房已连续工作 7 个多小时，此时，已经是第二天凌晨 1 点多了。他说“到了新冠肺炎病房之后，才真正体会到武汉一线工作的艰辛与不易”。作为援鄂医疗队的资深内科医师，王昌会除了分管病人，还负责为整个病区所有病人做心血管风险评估等工作，每项工作他都身先士卒，不畏辛劳。

安徽医科大学第一附属医院心内科医护人员为援鄂医疗队员王昌会、解杨婧以及 3 名护士壮行

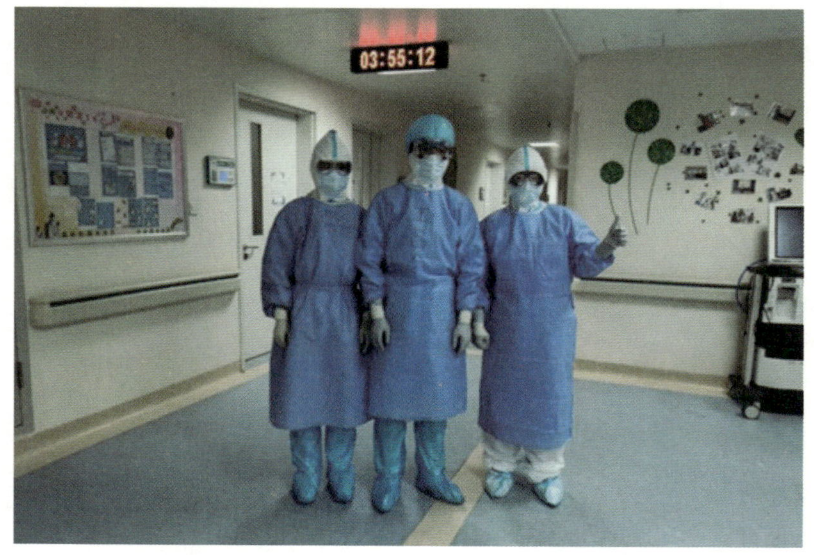

安徽省援鄂医疗队侨界医护人员王昌会（中）、解杨婧（右）在武汉抗疫一线

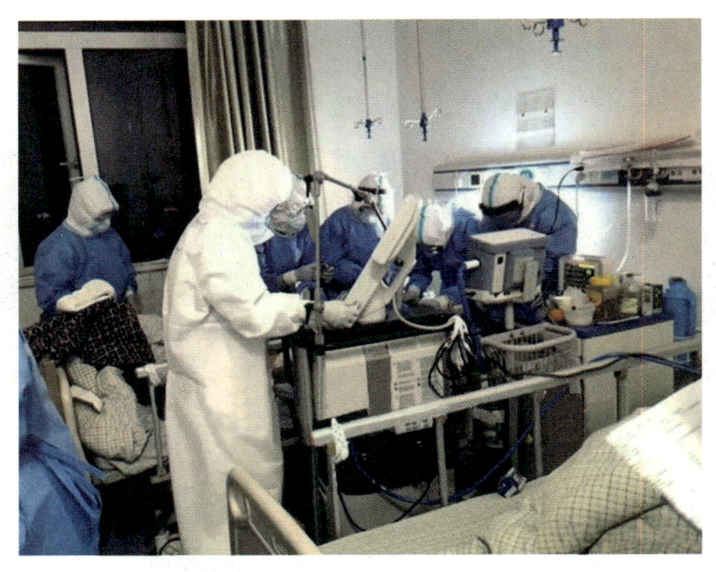

安徽省援鄂医疗队侨界医护人员段静思在（武汉）重症监护室抢救患者

段静思，侨眷，硕士，系安徽医科大学第一附属医院心脏大血管外科 ICU 主治医师、心脏外科党支部组织委员，她从心内科研究生毕业后留院，在 ICU 工作。段静思的爱人是一名外科医生，在浙江大学医学院攻读博士学位，孩子年幼。在段静思志愿湖北的日子里，孩子喜欢拿着望远镜找妈妈，前不久，孩子不慎骨折，小姑娘坚强地忍着疼痛，拿着望远镜远望，喊着“我看到妈妈了，我不疼了”，一句话令人心疼不已。

在同事的眼里，段静思永远都是一个女汉子形象，吃苦耐劳，乐于奉献，为了穿戴防护服和工作方便，她毅然把一头美丽的秀发剪成了板寸头，她说：“在祖国最需要的时候，一切付出都是值得的！”段静思业务精、服务优、态度好，在武汉的重症病房值班期间，充分发挥了 ICU 医生的专业特长，针对每一位患者展开个性化诊疗，让一位又一位患者转危为安。虽然日夜奋战，但段静思不知疲倦，总是自信满满，这种自信的力量，也让患者充满信心、感到温暖。

解杨婧，海归博士，系安徽医科大学第一附属医院心内科主治医师。刚从美国留学归来不久的她，也积极报名参加了安徽省第四批援鄂医疗队。解杨婧的爱人也是一名医生，坚守在工作岗位上。孩子才2岁，解杨婧虽有不舍，但丝毫没有退缩，也得到了家人的理解和支持。妥善安排好家庭后，她便随队奔赴武汉。解杨婧在重症隔离病房穿着防护服和纸尿裤紧张地工作着，12个小时内就收满了60位新冠肺炎患者，并高效率完成病历记录、疫情上报等工作。每天都有惊心动魄的抢救，让解杨婧忘记了累、忘记了渴、忘记了休息……她说："每当看到感染者治愈出院，那就是我最高兴的时刻。"

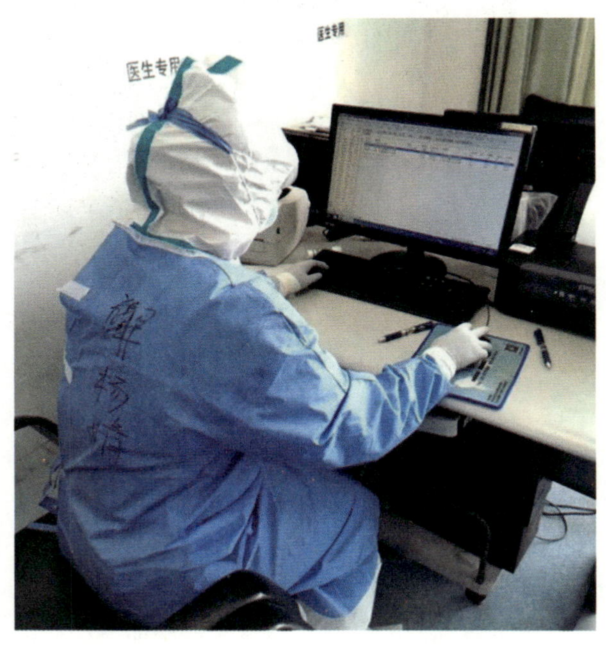

安徽省援鄂医疗队侨界医护人员解杨婧在武汉加班加点工作

心血管专业虽然不是抗疫的直接关联科室，但在重症病区中超过1/3的患者都有心血管系统合并症。这些合并症在新冠肺炎下，可能导致心肌炎症、心肌病等，并引起心功能的改变，甚至猝死。解杨婧在完成本职工作后，仍会加班加点，在安徽医科大学第一附属医院副院长张泓和主任王昌会的带领下，她把住院患者的心血管相关问题分析总结，写出需要关注的要点以及治疗方案建议，针对心血管高危风险做出个性化的治疗和管理建议，正是这些默默的、细致的工作，把一位位感染者从危险之中，甚至从死神的手里抢了回来。

王春苗，侨眷，系安徽医科大学第一附属医院心内科主治医师、博士在读。除夕当天收到医院医务人员全员待岗取消休假的通知后，王

春苗主动报名参加了安徽医科大学第一附属医院发热门诊工作。大年初一赶去医院值班，在参加了发热门诊的新冠肺炎诊疗岗前培训后，大年初三便与其他科室医师轮班负责发热门诊及留观病房的工作。起初，大家对这个病毒都认识不多，很多发热病人前来筛查，一天要接待 100 来个患者，相当辛苦。第一天值班下班时，王春苗才察觉到耳朵和面颊生疼，一看吓了一跳，耳朵和脸上被护目镜及口罩系带勒出了一道道深深的痕印，此后的一个月，这种情况便成了常态，但年轻的王春苗都是勇敢地面对，从参加抗疫开始，她已经一个多月没有回家了。

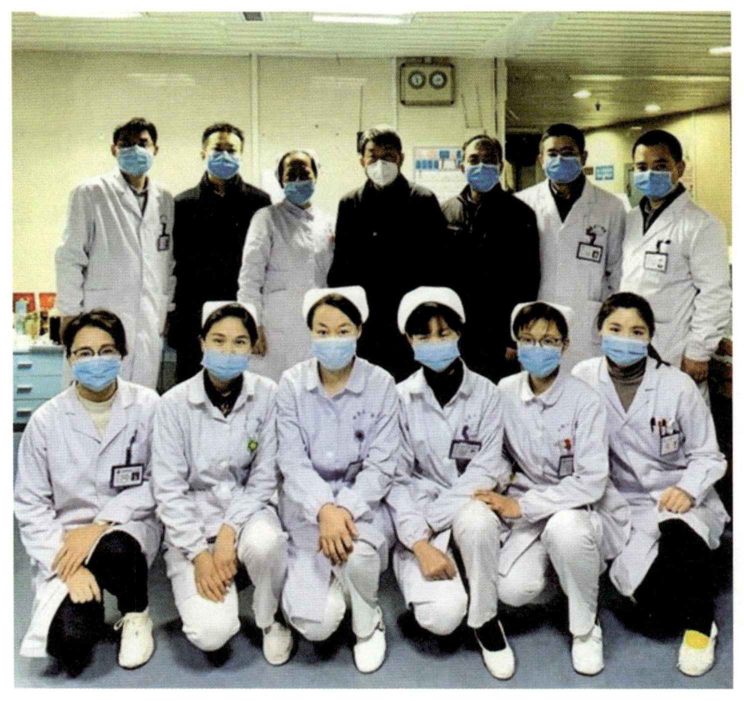

安徽医科大学第一附属医院领导年初一看望一线医护人员，前排左一为王春苗

在防护用品紧张时，王春苗为了节约使用防护服，白班 10 个小时，她坚持不喝水、不上厕所，在诊室一坐就是一整天。穿着防护服及

雨靴等在留观病房内行动十分不利索，但她从来没有叫过苦、喊过累，赢得患者的一致好评。她说:“在这次战‘疫’中，我更加坚强，更真切地感受到了众志成城的中国力量，我一定会勇往直前，为战胜疫情贡献一份力量！”

此外，安徽医科大学侨联和侨爱工程——送温暖医疗队队员都参加了抗击疫情捐款活动。包括向安徽医科大学教育基金会、红十字会、各党支部、社团等捐款，从百元到千元不等，汇聚了侨界爱心。

在这场没有硝烟的战争中，奋战在抗疫一线的广大医护人员是最美逆行者，向社会展示了大爱情怀和正能量，其中侨界的医护人员们用实际行动展现了“同心战疫”的英勇无畏和侨界风采，向他们致敬！

（2020 年 3 月 6 日，来源：中国侨联官网）

8　最美逆行：江西侨界专家驰援战“疫”谱赞歌

在众志成城全力打赢疫情防控阻击战中，江西省医疗界、科技界领域的专家人才和技术人员充分发挥专业优势，不畏艰险，奋力前行，奋战在疫情防控第一线。其中就有许许多多我们侨界的专家。特别是江西省侨联特聘专家委员会中人才荟萃、勇于担当，在危难险重面前他们彰显作为、持续逆行，积极对口支援湖北，奔跑在救治一线，用专业才华筑起了抗击疫情的长城，用无私大爱谱写了一曲曲动人的赞歌。

1 月 27 日，江西省侨联特聘专家、南昌大学第二附属医院副院长祝新根出任江西首批援助湖北医疗队队长，率江西 138 名医务人员出征援鄂。祝新根说，援鄂医疗队一定不辱使命，听从指挥，奋力工作，在荆楚大地上，为江西卫生健康事业书写新的荣光。坚决完成任务，平安归来。近日，国家卫生健康委、人力资源社会保障部、国家中医药管理局印发《关于表彰全国卫生健康系统新冠肺炎疫情防控工作先进集体和先进个人的决定》，祝新根荣获“全国卫生健康系统新冠肺炎疫情防控工作先进个人”称号。

2 月 13 日，江西省第六批援助湖北医疗队 278 名队员，分别由南昌大学第一附属医院副院长洪涛和南昌大学第二附属医院副院长徐建军带队，从南昌火车站乘坐高铁，紧急奔赴武汉和随州。这两支整建制医疗队分别由南昌大学第一附属医院、南昌大学第二附属医院组建，分别接管华中科技大学同济医学院附属协和肿瘤中心两个重症病区。医疗队队长均为具有海外研学经历的侨联特聘专家或新侨骨干。

据不完全统计，江西省参与湖北一线抗击疫情工作的侨界医务人员共计 27 名，参与本地区一线抗击疫情工作的侨界人员共计 15 名。

向逆行者致敬！

参与湖北一线抗击疫情侨界医务人员

南昌大学第一附属医院（13 人）

省侨联特聘专家、南昌大学第一附属医院副院长洪涛率曹春水、曾振国、罗佛全、汤佳珍、王瑜、黄先豹、彭小平、文通、殷然、淦鑫 10 位医生，以及南昌大学第一附属医院护理部总护士长、法国侨眷凌华，法国和新加坡侨眷、南昌大学第一附属医院护理部副主任曹英等。目前，他们均在武汉协和医院肿瘤中心 Z14 重症病区支援。

南昌大学第二附属医院（9 人）

南昌大学第二附属医院副院长徐建军、祝新根率沈威、王恺、杨文龙、魏益平、杜晓红、华福洲、邱洁华等医生，分别在武汉协和医院和随州市人民医院对口支援。

宜春市（5 人）

万载县侨属民营医院万载诚济医院派出医疗分队驰援武汉。其中包括唐海洋、邬辉 2 位医生，胡思敏、胡新梅、黄佩文 3 位护士，他们对口支援武汉汉阳医院。

参与江西各地区一线抗击疫情侨界人才

上饶市（1人）

韩忠朝，教授，博士生导师，江西上饶人。法国国家技术科学院院士、法国国家医学科学院外籍通讯院士、国家干细胞工程技术研究中心主任、细胞产品国家工程研究中心主任、中国医学科学院天津血液病医院血液病研究所原所长、汉氏联合集团创始人及董事长。在抗击新冠病毒肺炎疫情期间，第一时间组织科研团队积极响应国家级、省级（江西省）和市级（上饶市）的应急攻关项目申报：已提交国家药监局《人脐带间充质干细胞治疗重症新型冠状病毒肺炎（COVID-19）》项目，目前在评审中；在江西省与南昌大学第一附属医院合作获批江西省应急攻关项目《人脐带间充质干细胞治疗重症新型冠状病毒肺炎（COVID-19）致急性呼吸窘迫综合征的安全和有效性研究》；与上饶市疾控中心合作获批上饶市的应急攻关项目《新型冠状病毒（2019-nCoV）高灵敏快速筛查和精准诊断系列产品的研发》。

宜春市（10人）

黄春红，韩国侨眷，宜春市急救中心副主任，负责疫情防控期间急救方案业务指导培训，分管院前医生、护士转移确诊和疑似病例。

龙深广，万载县侨联兼职副主席，旅加拿大侨眷联谊会理事长，万载县疾控中心主任，一直带病在防疫一线工作。

邱志宏，万载县侨属民营医院万载诚济医院呼吸内科医生、博士，支援丰城市防疫一线抗击疫情。

方青，美国侨眷，宜春市奉新县卫生监督管理局支部书记、局长，担任县疫情防控医疗督导组组长。同时负责医疗机构及公共场所卫生监督、企业等复产复工防疫工作督导。

谢画梅，美国侨眷，在宜春市上高县人民医院工作，疫情防控期间，借调县卫健委参与定点医院疫情督察，到高速路口及乡镇参加体温检测预检分诊等工作。

刘海平，美国侨眷，宜春中医院内科副主任，宜春市中医院专家组成员，自疫情发生以来，协调参与中医院疫情调控及中医药预防方案制订等工作。

兰红，美国侨眷，宜春市铜鼓县人民医院儿科医生。

卢淑珍，澳大利亚侨眷，宜春市铜鼓县人民医院外一科医生。

李昭林，英国侨眷，宜春市铜鼓县疾控中心医生。

李纪良，澳大利亚侨眷，宜春市铜鼓县卫生监管所技术员。

南昌大学第一附属医院（4 人）

在江西省南昌市象湖省级新冠肺炎隔离病区一线开展抗击疫情工作的海外归国留学人员有周菁、谢步善、夏亮、刘坚 4 人。

此外，江西省侨联特聘专家委员会副主任、世界芦笋首席专家、江西省侨联原副主席陈光宇动员全国芦笋界每周捐赠一车新鲜芦笋和芦笋产品慰问武汉一线抗疫勇士。

中国侨联特聘专家、格丰科技公司董事长奉向东博士率领骨干团队，利用先进技术对隔离场所医疗废水进行技术升级改造，确保了一方百姓的安康。

江西省侨联特聘专家、江西省湖南商会会长杨旸博士在率领商会会员捐款捐物的同时，还调动会员单位新余市天工方园集团组织 200 名职工驰援火神山医院的建设。

江西农业大学侨联副主席、江西省科技特派团团长吴南生教授在疫情防控期间，组织全校科技特派员专家支援江西省农业生产春耕备耕工作，编辑完成《新冠肺炎疫情防控期间农业生产技术手册》向农民免费发放宣传，减少新冠肺炎疫情对江西省农业生产和农村经济发展带来的冲击和影响。

（2020 年 3 月 6 日，来源：中国侨联官网）

9 归侨护士王春燕奋战武汉抗疫一线:“我就是要给孩子当榜样”

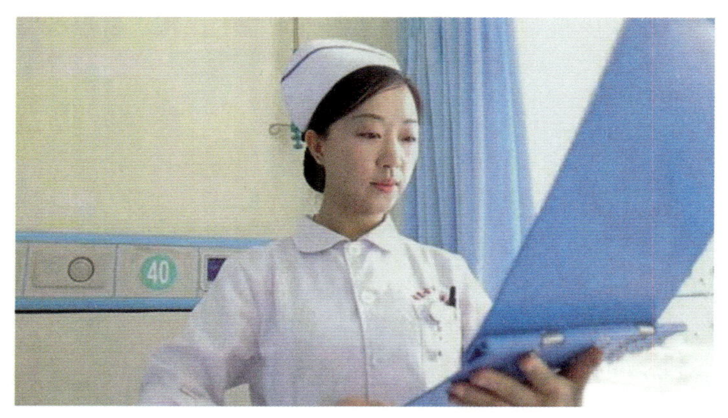

工作中的王春燕（受访者供图）

王春燕从武汉电话另一端传来的声音清脆、悦耳、动听，由此很难想象，她今年 38 岁，是个 11 岁孩子的妈妈。

更重要的是她的身份，内蒙古自治区 800 余名援湖北医疗队队员中唯一的归国华侨。

“我对自己的身份很自豪，我特别感谢内蒙古侨联对我工作的支持与关怀。”王春燕说起自己的武汉经历时，多次表达各种谢意。

出生 8 个月时随父母从蒙古国作为一名归国华侨回到中国内蒙古呼和浩特的王春燕说:“在这里读书、工作，作为一名护士，参加过‘非典’，这次主动请缨参加新冠肺炎疫情抗击一线，是自己最激动的事。”

王春燕（受访者供图）

“临行前，我控制住自己的情绪没有哭，我就是想让家人不要为我牵挂。”回忆自己过去20多天的武汉战“疫”经历，王春燕表达了对所在单位内蒙古自治区中医医院的感谢。

“这段时间在武汉，女儿很听话，我就是想给她树立个榜样，因为她的理想也是要当一名医护人员，救死扶伤。”王春燕说道。

目前在武汉肺科医院重症病房战“疫”一线工作的王春燕对记者表示：“这里的病人基本上都是老年人，都是危重病人。”

为了能让这些患者早日康复，王春燕经常和这些患者开玩笑说“好好恢复，就能回家”。“其实我们也想早日回家。”

事实上对于“回家”这两个字，王春燕也没有确切的日期，她说，从2月18日启程到武汉至今近一个月，目前这里还有患者，自己必须坚持到最后。

对于工作中遇到的困难，王春燕说："厚厚的防护服穿在身上，对于任何人都是不容易的事，但当你一看到患者的眼神，这一切都释然了，不觉得累了。"

由于工作忙碌，这名归国华侨至今还没有欣赏到武汉美丽的樱花。她说："医院、宾馆两点一线，休息时还得想其他事情。"

"这都是我自己的选择，我不觉得苦，我觉得能在这个时候为国出力，逆行一次又如何？"电话另一端依然传来王春燕不疾不徐的悦耳声音。

（2020 年 3 月 18 日，来源：中国新闻网）

10 直面新冠病毒肺炎——侨联委员张勇迎难而上

张勇，四川省资阳市侨联委员、市政协委员，资阳市新冠肺炎定点收治医院——资阳市第一人民医院门诊部副主任，工作近 30 年来，长期从事突发公共卫生服务和管理工作。

疫情凶猛，奋勇担重任

面对疫情，张勇深知可能随时会被感染，但他更清楚的是作为医疗战线的一员这个时候应该做什么，一份承载着社会和民众希望的沉甸甸的责任让他再苦再累也毫无怨言。一直坚持在岗，没有半点马虎，迎难而上，主动承担和负责了预检分诊工作任务，对来院病人逐一展开筛检，协调疑似或确诊病人及时进行隔离观察、接受治疗……

张勇在发热门诊一线抗击疫情

疫情当前，忠孝难两全

大年三十，张勇84岁的老父亲因为“慢性阻塞性肺病，左胸第七、第八肋骨骨折”住进资阳市第一人民医院。由于同为医生的妻子工作繁忙，母亲、儿子和姐妹等家人均在国外，家中无人照顾父亲，他将父亲仔细托付给康复科病房医务人员后又迅速返回岗位。其间，得知医院的防护物资严重缺乏，作为一名侨联委员，张勇积极发动海内外亲友，通过各种渠道为医院争取到一批抗疫物资，为保障全院医务人员正常工作和安全防护尽了自己的一份心力。

疫情防控，夫妻齐上阵

张勇的妻子曾萍是资阳市雁江区人民医院的一名医生。自疫情暴发以来，他们一个在市第一人民医院门诊部检诊，一个在区医院组织青年志愿者上街发放预防中药和宣传防护知识，让更多的人了解疫情，认清形势，做好病毒的预防诊治。夫妻俩齐心协力为抗击疫情奔忙，坚持“舍弃小家、保卫大家”的崇高理念，勇敢地冲在了抗击疫情的第一线，为抗击新冠病毒肺炎贡献自己的力量。

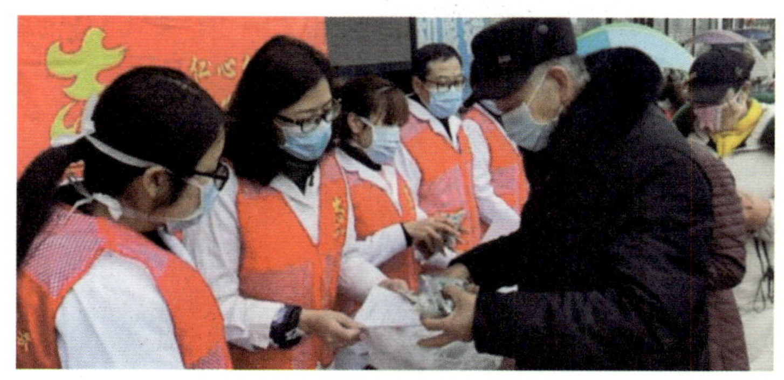

曾萍组织志愿者在街头发放预防中药、宣传抗疫知识

张勇说，目前正是新型冠状病毒肺炎暴发最严重的时刻，也是全国上下打赢抗击病毒战役的关键时刻，作为一名医务人员、一名侨联委员，这是他的专业和职责所在。他已做好充分准备，不计报酬、不惧危险、不计生死，义无反顾投入战疫一线，坚决打赢疫情防控阻击战。

（2020 年 2 月 25 日，来源：中国侨联官网）

11 “钉”在抗疫一线的侨界专家——德国侨眷、感控专家王丽辉的事迹

王丽辉，德国侨眷、中共党员，现任湖南省院感专业委员会委员，湘乡市院感质控中心主任，湘乡市人民医院院感科主任。今年已经57岁的她，在医院工作了将近40年，担任院感科主任长达15年。在此次抗击新冠肺炎的阻击战中，她始终战斗在抗疫第一线。作为湘乡市人民医院防控领导小组专家组成员，她充分运用自己的专业知识，不辞辛劳、靠前作战，连续17天每天工作15个小时以上，每天接打电话上百个，2月4日，高负荷、连轴转的工作导致她心律失常。休息没几天，眼见疫情愈加严重，她又赶紧回到了工作岗位上，并主动请缨要求支援湖北黄冈。考虑到身体原因，院方将她留在了本职岗位上，但她依然没有一刻闲着，不是在接听“答疑解惑”的电话，就是马不停蹄在乡镇、社区指导、督察防疫工作。每当领导和同事们劝她多休息，她总是说：“我是党员，我懂专业，关键时刻我必须坚守一线！”

作为院感专家，经验丰富的她，1月27日就组织制订了《湘乡市人民医院新型冠状病毒感染防控实施方案（细则）》。在她的指导和协助下，仅用两天时间就恢复启用位于白水塘的湘乡市人民医院传染病区，一天时间内将湘乡市福利中心改造为标准隔离留观场所，并组织做好了各种防护物资及消毒药械的准备。

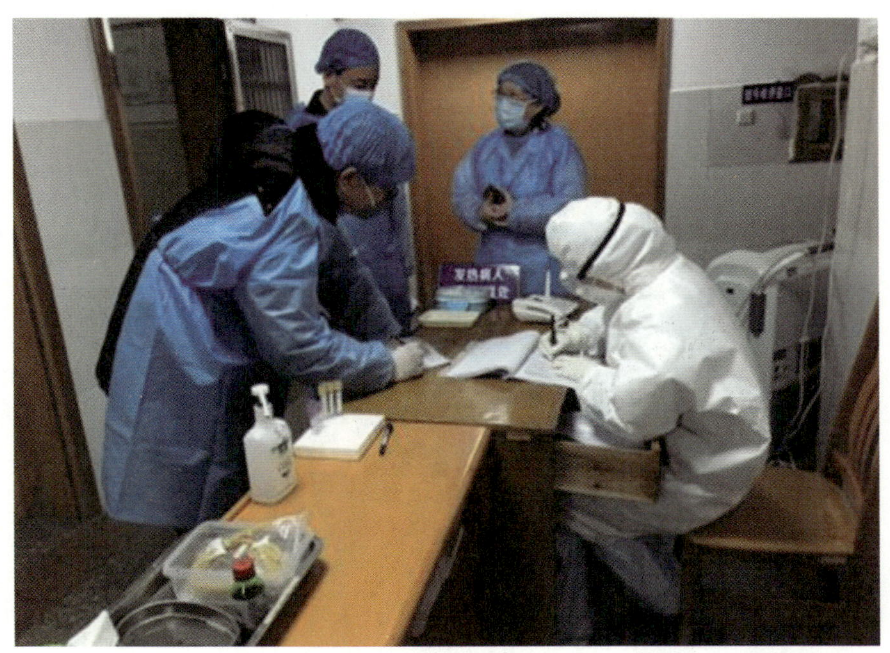

王丽辉（右二）督促本院发热门诊工作

王丽辉（左二）指导本院工作人员进行卫生消毒工作

王丽辉不仅承担自己医院的指导工作，还对其他医院的防控进行专业技术指导，不厌其烦地随时解决疑难问题。对湘乡市各级医院的医护人员进行防控知识与操作培训，指导正确使用防疫物资，参与编制向湘乡市人民发出的疫情防控宣传资料等。

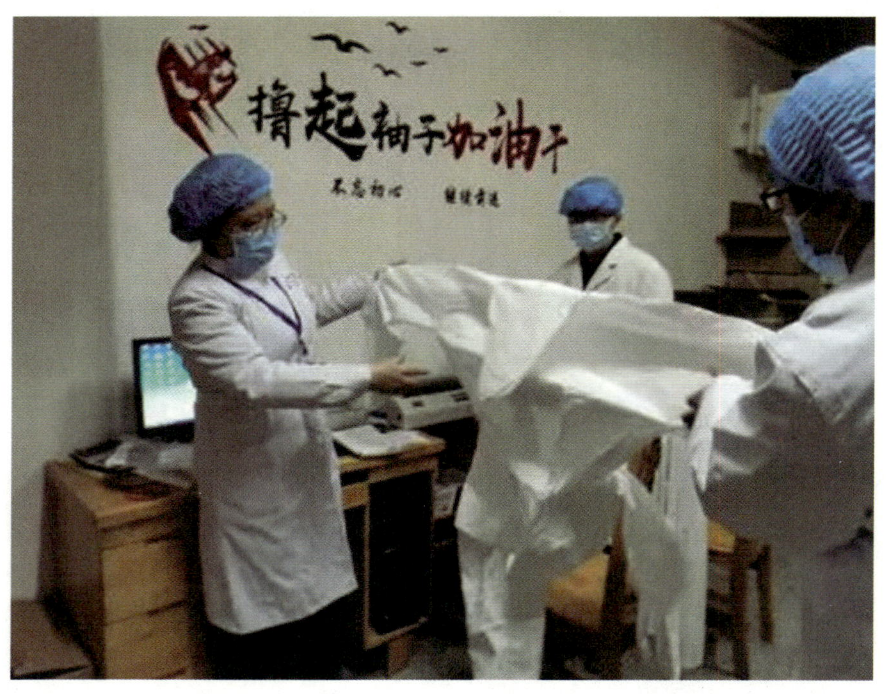

王丽辉（左一）指导临床正确识别和使用防护服

经过王丽辉等专家的共同努力，湘乡市人民医院作为此次新型冠状病毒感染的肺炎定点救治医院，虽接诊本市首例确诊病例及十几例疑似病例，但没有发生一例交叉感染，实现医护人员“零感染”，确诊病人现已出院。

面对疫情毫不退缩，坚守防疫一线，王丽辉作为一名侨眷，用扎实的院感知识和实际行动践行着一位共产党员的初心和医疗工作者的社会责任。

（2020 年 3 月 3 日，来源：中国侨联官网）

12 中国华侨公益基金会“善行团公益基金”志愿者车队满载捐赠物资驰援武汉

3月2日晚，42名善行团志愿者驾驶满载上百吨捐赠物资的24辆重型卡车抵达武汉，这是中国华侨公益基金会“善行团公益基金”海内外志愿者捐赠的第三批防疫物资。这天，42名志愿者将争分夺秒，按照当地防疫指挥部统一部署，在湖北省侨联支持和协助下，尽全力完成上百吨救援物资的交接与分发工作。此次捐赠物资种类繁多，数量巨大，从最紧缺的医疗用的口罩、护目镜、防护服、药品、保健品等到生活所需的大米、鸡蛋、水果和肉类，价值2000多万元，希望这批捐赠能助力湖北人民抗击疫情。

湖北及武汉是疫情防控的重中之重，是打赢疫情防控阻击战的决胜之地。习近平总书记曾多次指出，武汉胜则湖北胜，湖北胜则全国胜。面对突如其来的疫情，中国华侨公益基金会“善行团公益基金”发起人钢子响应党和国家“疫情就是命令，防疫就是责任”的号召，充分发挥团队联络广泛、救援经验丰富的组织优势，成立境内外防疫物资对接紧急工作组，统一指导，有序推进，基金志愿者团队克服因疫情导致的跨国采购、跨国运输、中转通关等重重困难，寻找抗击疫情物资，并将疫情防护最急需的物资源源不断地运往武汉。以实际行动践行“爱国、爱党、爱军、关注弱势群体”的团队宗旨，履行了慈善组织“一方有难，八方支援”的初心与使命，有效助力防控工作。

只有共同参与，方能守护希望。“善行团”创建人钢子在此次支援行动中表示，作为中国华侨公益基金会的成员，我们愿意用实际行动援助疫区同胞助力新型冠状病毒感染的肺炎疫情的抗击与防护。此前的两次支援行动，是以关注一线疫情防护工作人员、执勤交警民警、环卫保洁等人员健康安全为主要目的，采购捐赠物资也以防护服和口罩为主。此次捐赠物资是结合当前的防控政策和临时防疫指令，在总结前两次捐赠有益经验的同时，充分考虑到疫情发生之后湖北市民日用物品供应问题，做到实事求是，精准支援。42 名志愿者分别驾车从大江南北会集，统一进出武汉。下一步，我们将发挥“善行团”网络组织的特点，进一步做好沟通联络和物资分配工作。

“善行团”是为支持参与社会慈善公益事业，由慈善家钢子先生在2010年倡议发起，逐渐形成的网络捐赠志愿者群体，目前在国内约有30万名网络会员。大部分会员按区域，在地方民政部门注册了志愿者组织。在中国香港以及美国、日本、俄罗斯、意大利、缅甸、土耳其、西班牙、莫桑比克等多个国家和地区设立了善行团海外分会。

“善行团”倡导人人可公益、时时可公益，发起“一起捐”，引导会员每人每天捐1元钱，去改变和温暖世界。几年来捐款数千万元，受助人群包括大病儿童、贫困地区儿童、孤寡老人、贫困家庭，帮助的人数超过了5万人。

（2020年3月4日，来源：中国侨联官网）

第四篇

乡心五处同

1　美一架防疫物资包机从芝加哥启程飞往中国

美国的中国留学生和华侨华人捐赠防疫物资（活动主办方供图）

当地时间 1 月 28 日，一架满载防护服、口罩、手套、护目镜等防疫物资的波音 747 货运包机从美国芝加哥奥黑尔国际机场起飞，预计于北京时间 30 日抵达中国无锡，并运往武汉等地。据介绍，这是自武汉新型冠状病毒感染的肺炎疫情发生以来，美国首架飞往中国的防疫物资包机。

近日来，新型冠状病毒感染的肺炎疫情引发了世界各地的中国留学生、海外华人群体深深的关切，美国不少华人及留学生自发踊跃募捐口罩等医疗物资驰援武汉。据悉，此次包机运输防疫物资活动由一点资讯公司和中华思源工程扶贫基金会联合发起，包机及80%的防疫物资采购费用由一点资讯公司承担，此外，来自美国华盛顿州、纽约州、伊利诺伊州等20多个州的华侨华人参与其中。

此次活动负责人、一点资讯公司高级副总裁金治对记者表示，希望通过此次防疫物资紧急筹措活动，为前线医护人员提供更多帮助和支持。“从上周五决定包机到今天飞机起飞，只有短短5天，其中还包括周末，但整个过程都体现了‘一方有难，八方支援’。”他举例称，自从信息发布后，除了活动组织者直接向美国有关企业大批采购防疫物资，来自西雅图、芝加哥、波士顿等美国多地的华侨华人踊跃联系他们捐献相关物资，有的驱车几百公里送来一箱箱口罩和护目镜，有的还带来了给武汉疫区人民的信，鼓励大家早日战胜疫情。

金治还告诉记者，联系包机、物资的过程也是曲折不断，但依靠大家的团结和坚持，最终都得到圆满解决，“最早包机的起飞地点定在西雅图，但有一大批物资是从美国南方的亚拉巴马州通过货车运来，考虑到时间紧迫，我们在和包机公司商量之后，对方也很理解，又把包机飞到了芝加哥，决定从芝加哥启程飞往中国”。据介绍，为确保口罩、防护服、护目镜等一系列符合国内使用标准的防疫物资能够及时通关，美国的运输车队、芝加哥奥黑尔国际机场、海关有关工作人员在了解到这是供中国防疫使用的物资后，也都全力配合、积极协调。而为确保物资运输过程的绝对透明，一点资讯还在客户端内开辟直播专题，24小时不间断发布物资筹备及运输相关内容。

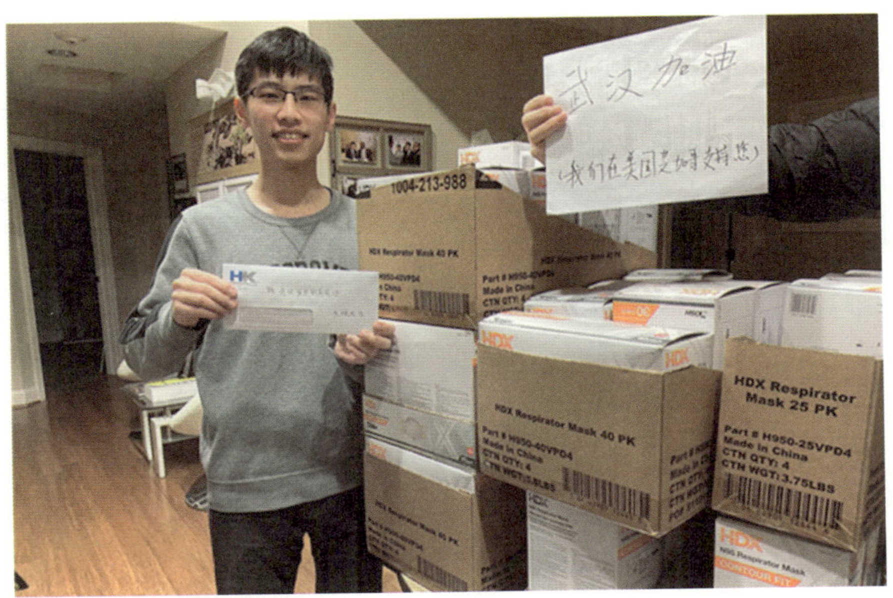

美国的中国留学生和华侨华人捐赠防疫物资（活动主办方供图）

活动组织者金治和芝加哥奥黑尔国际机场的工作人员 Patrick 合影。金治表示，很多像 Patrick 这样的美国人在整个活动中提供了大量帮助（活动主办方供图）

据悉，这次活动的志愿者也是来自美国各行各业，从学生到企业家，群策群力，目标只为早日把防疫物资运到中国，他们表示，相信在大家的共同努力下，中国一定能战胜这次疫情！

（2020 年 1 月 29 日，来源：人民网）

2　隔离病毒不隔离爱 抗击疫情希腊华侨华人在行动

“我们在希腊这儿过年，白衣天使却在帮人们过关！”“隔离病毒，但绝不会隔离爱！”武汉乃至全国各地医务人员为打赢这场防疫防控战正奋斗在一线。这场疫情的发展也同时牵动着旅希华侨华人的心！

希腊侨界时刻关注疫情，迅速行动，用自己的实际行动支援抗击疫情的战斗。他们通过微信公众号、侨团商会联系群、微信联谊群等网络平台发布倡议书，在希腊侨界开展捐赠活动，聚沙成塔、心怀大爱、共克时艰，为打赢这场没有硝烟的战争尽自己的一份力。

希腊侨界发起倡议

希腊中国和平统一促进会、中国—希腊投资者联合会、希腊华侨华人总商会、希腊华人华侨福建联合总会、希腊华侨华人总会、希腊青田同乡会、中希工商总会、希腊中希友好华侨华人协会、希腊闽商总商会、希腊华侨华人妇女会、希腊华人华侨联合总会、希腊华人旅游业联合会、雅典中文学校……一封封为抗击新冠肺炎捐赠款物的倡议书从不同的侨团、机构发起。一笔笔款项、一件件物资满载着希腊华侨华人对祖国人民的祝福和对抗击疫情的决心在不断增加。

希腊侨界还在各微信群、朋友圈发起各类倡议，尽己所能，捐款捐物，寻找紧缺物资货源，共同抗击疫情。

希腊侨界人士捐款捐物

疫情之下，生命重于泰山。疫情就是命令，防控就是责任。一场有序的、由旅希侨界、侨团和当地侨胞共同开展的对武汉乃至湖北的爱心接力赛伴着倡议的发出悄然拉开序幕，以侨界之力与全国人民共抗疫情。

旅希侨胞们始终关注着武汉疫情的发展，热切地希望为武汉地区和中华儿女抗击疫情贡献力量，在祖国最需要的时候，奉献侨界的一份爱心和力量。

不少捐款者向《中希时报》记者表示：“我们相信，在全国人民的齐心努力下，我们一定能取得攻克疫情的最后胜利！武汉加油！中国加油！”

一位侨领表示，国内现在急需外科医用口罩或N95口罩等医护用品，在此我们呼吁海外的朋友们行动起来，向疫区捐物，我们已经在雅典市统一采购急需物资，将定点、高效地落实物资的使用情况。

除了捐款、捐物，原定于春节期间在希腊举行的多场活动也延迟或取消了。多家活动组织方说：“现在是特殊时期，我们取消活动就是对抗击疫情的支持。”

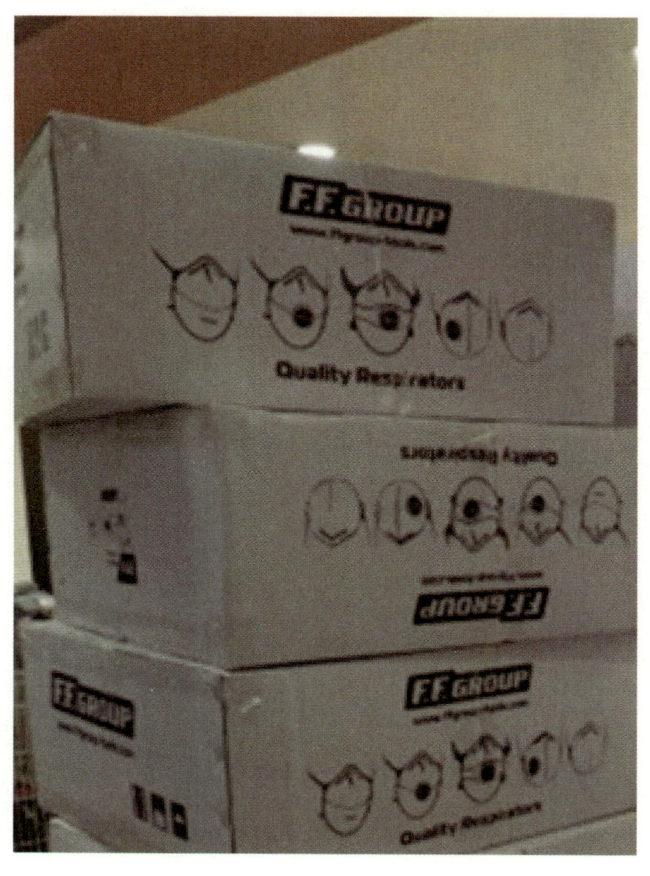

一方有难，八方支援，希腊侨界用实实在在的行动架起了爱的桥梁！在这个庚子鼠年的开头，我们经历了与以往任何一个春节不同的起

伏波澜，但正是这样的经历，让我们的心凝得更紧，让我们的力聚得更强。在这个没有硝烟的战场中，在这场特殊的战役里，不仅是天佑武汉、天佑中华，更是众志成城，以吾之力共克难关。我们愿意相信，在春天，会有最美的团圆和重逢！

（2020 年 1 月 30 日，来源：中国新闻网）

3 爱心满舱！肯尼亚华侨华人捐赠医疗物资飞抵祖国

肯尼亚各商会工作人员及志愿者正在装卸物资（肯尼亚江苏商会供图）

当地时间2月3日，肯尼亚华侨华人向武汉抗击新型冠状病毒肺炎疫情一线捐赠的医疗物资搭乘南航CZ634航班从肯首都内罗毕起飞，飞往中国。这5000多箱医疗物资主要由肯尼亚中华总商会和肯尼亚江苏商会联合发起和组织华侨华人捐赠，其中包括3000多只N95口罩、26万多只一次性医用口罩以及其他类型的口罩、手套、防护服、体温仪、采血管等国内急需物资。

据了解，由于捐赠物资较多，飞机货舱无法全部容纳，南航方面和部分乘客协商后腾出大片客舱用于装货，“在非常时期，采用非常措施”将物资运送回国。虽然航班因此延误了数小时，但乘客均无怨言，并纷纷点赞。当这一批“特殊乘客”运抵广州之后，为了确保物资及时运送到一线救护人员手中，捐赠者还提前联系了武汉和淮北等地的相关部门和医院，由对方派专车到机场迎接。

疫情发生后，在肯的华侨华人第一时间通过微信群、QQ群商议如何驰援武汉，目前捐款捐资已超过百万元人民币，已筹集多批物资运回中国。南航为抗击新冠肺炎援助物资开通了运输绿色通道。肯尼亚华人企业凯景国际空运公司提供无偿清关和物流服务，承担了相关物资由内罗毕运往长沙和广州机场的海关报关、质检报检和机场地勤服务等一切费用。

肯尼亚各商会工作人员及志愿者正在运送捐赠物资（肯尼亚江苏商会供图）

肯尼亚各商会工作人员及志愿者正在清点捐赠物资（肯尼亚江苏商会供图）

南航客舱内的捐赠物资（肯尼亚江苏商会供图）

南航客舱内的捐赠物资
（肯尼亚江苏商会供图）

（2020 年 2 月 5 日，来源：人民网）

4 澳大利亚华侨华人同心抗击疫情

2020 年春节期间，国内新型冠状病毒感染的肺炎疫情发展和同胞的安危牵动着澳大利亚华侨华人的心。

1 月 23 日下午，新州统促会义工中心主任委员彭小仕召开紧急会议，确定了在紧急时刻更要肩负起“防控疾病、传播科普”的工作，尽可能让悉尼侨胞了解并认识到疫情的危害和相应的预防措施，努力让潜在疫情的可能性降到最低。与此同时，义工中心团队连夜赶制通俗易懂的科普宣传册，并且第一时间联系印刷工厂，以双倍的价钱加班赶制在第二天上午交货。彭小仕主任委员带领新州统促会义工中心的年轻人，

悉尼机场派发新型冠状病毒肺炎疫情防控科普宣传册

于大年除夕、正月初一、正月初二，持续将紧急编印的新型冠状病毒肺炎疫情防控科普小册子，在人群密集的中央火车站、国际机场等悉尼交通枢纽派发宣传，为侨社树立了正能量。

随后，澳大利亚新南威尔士州侨社紧急成立“武汉抗疫筹委会”，呼吁澳洲侨胞响应使领馆和中国侨联的倡议，向祖（籍）国灾区捐款捐物。新南威尔士州中国和平统一促进会彭小仕会长在 1 月 31 日率先向中国华侨公益基金会捐款 5 万元人民币。

彭小仕（左）派发新型冠状病毒肺炎疫情防控科普宣传册

彭小仕，广东省侨联海外委员，1965 年出生于广东省陆河县，2000 ~ 2014 年投资深圳市“三来一补”企业深圳市宝安区石岩大恒通电线厂。2009 年移民澳大利亚，2017 年 3 月，李克强总理国事访问澳大利亚期间，担任悉尼侨团迎送总指挥。现任澳大利亚亚洲智库理事长，新南威尔士州中国和平统一促进会会长，新州统促会义工中心主任委员等职务，为中国和平统一事业和中澳两国人民友好做出了不懈努力与积极的贡献。

中国侨联海外顾问，澳洲中华经贸文化交流促进会创会主席、永远荣誉主席林辉源博士于2月3日向中国华侨公益基金会捐款10万元人民币支援祖（籍）国抗疫。

林辉源

（2020年2月7日，来源：中国华侨公益基金会供稿）

5 海外华侨华人持续驰援：再难也要把医疗物资运回国

“我们要团结更多力量支持湖北”

北京时间 1 月 31 日，2.5 吨的医疗物资直接从旧金山送抵武汉协和医院，这是武汉宣布封城 9 天之后第一批大批量的民间捐赠物资。武汉爱心同盟（Wuhan United）的志愿者亲手将物资交付给奋战在一线的医务人员。

疫情第一时间就积极响应的武汉爱心同盟，于 2 月 4 日才正式在美国注册成立，为非营利性机构。机构创始人龚义涛是华中科技大学 1988 级校友，他激动地说：“硅谷的华侨华人都十分关注武汉的情况，在得知武汉封城的消息之后，我们觉得必须为湖北马上做些事。”随后，得到武汉大学和华中科技大学校友的广泛关注，一支囊括硅谷科技工程师、大学教授的志愿者队伍迅速集结成立。

如何能马上筹集到国内最缺的医疗物资？龚义涛马上想起了曾在支援 2008 汶川地震时认识的 Direct Relief（国际直接援助组织）。“他们资源多，质量硬，于是我们马上表达了援助意愿，随即在武汉封城的第二天就确定了合作意向。”

美西时间 1 月 25 日下午，在筛选出急需的医疗物资之后，“武汉爱心同盟”收到国际直接援助组织的回复，“1 月 27 日有一架货机从加州起飞，可以免费运输支援武汉的医疗物资，询问我们能否协助完成所有的相关手续”，龚义涛回忆说。志愿者们昼夜不停，加班加点翻译外文合同，尽可能地以最快速度，准确无误地完成所有手续。

1 月 27 日，援助武汉协和医院的医疗物资离开仓库，准备前往机场，然而此时，国内海关的清关手续还没有完成。志愿者们务必在飞机抵达前的 21 个小时内完成所有手续。1 月 29 日，在飞机降落广州白云机场前，志愿者们终于完成了所有电子通关手续。30 日，2.5 吨医疗物资运往武汉。

一场与时间赛跑的“跨洋接力赛”，在志愿者们的努力下，终于在 1 月 31 日下午，顺利将救援物资送到武汉协和医院。此时正是美西时间午夜 12 点半，美国北加州的志愿者们激动地通过视频直播收看了整个交付过程。目前，“武汉爱心同盟”还在继续行动，已有三批医用物资抵达湖北防疫一线，更多的物资正在路上。龚义涛说：“武汉是我们的家，在海外的我们此时要团结更多力量来支持湖北！”

“中国有难，能做什么赶紧就做了”

2 月 15 日晚，随着最后一批物资到达广州，新加坡华人作家蓉子的心终于放下了。“四批物资共 299 箱，再加我一箩筐的情意和眼泪，也算凑足了 300 件，希望迎来大地回春，人人欢笑！”蓉子说。

1 月 22 日，她的儿子儿媳从中国回到新加坡，全家团聚过年，同时来的是国内暴发新冠肺炎疫情的消息。蓉子当即决定，发动儿子儿媳，全家齐上阵，分头采买防护衣、护目镜和口罩。

“炎阳当空，33 摄氏度的天气，外面走一圈都要晕；搭计程车，戴上口罩，带着一包饼干、一罐水，真有流浪的感觉。”蓉子说，“这把年纪，已经多年没这么独自行动了。想到中国的疫情，想到那些感人肺腑的报道，我又一边眼泪流不停，一边坚强起来，伤了脚也继续往外跑！”

一个月内，他们陆续在新加坡和马来西亚买回了一批防护服、护目镜和口罩，物资总价值超过 40 万元人民币。

“前三批货物发出后，我以为就等着受赠方接收后来喜信了！谁料后来才知道全卡在海关。”蓉子说，“后来，我找了新加坡的相关部门，我边哭边说，你们前几天还来问我，给中国寄了什么物资，让我上报，可又为什么不让出关？”当地官员特事特办，同一天就传来喜讯：同意出关！

蓉子的第一批物资原定搭乘 2 月 4 日的航班飞往杭州。然而，由于之前该航班曾经出现旅客感染新冠肺炎的情况，去往杭州的唯一一架班机被取消了，蓉子的货又被卡在机场。于是，协助蓉子运送物资的阿里菜鸟绿色通道紧急联系上海海关以及相关慈善机构，紧急实施从上海入境的方案，这批物资才顺利从上海落地，辗转运至杭州。

“中国有难，我想都不用想，能做什么赶紧就做了，这是很自然的事。新加坡和中国，两边都是我的家！”蓉子说。

“一定等到你们来，我们才下班”

当地时间 2 月 14 日，荷兰阿姆斯特丹国际机场仓库里，贴有“支援中国，疫情防控”标签的纸箱码放整齐，等待着第二天被运往湖北、浙江等地。

这是荷兰青田同乡会会长舒延平经手的第七批医疗物资，包括口罩、防护服、护目镜、医用手套、消毒液、红外线体温计等。保守估计，多批物资加起来有 30 吨重。

如今，物资筹集完便能及时运送。半个多月前，运输却是令舒延平头疼的问题：“第一批物资在仓库里放了一周才通过南方航空运到目的地。”他意识到，需要尽快打通更加便捷的物流渠道。

荷兰中国贸易促进会会长周建波请缨分忧。作为佳成国际物流荷兰分公司股东，他提出，公司会保障物资陆地运输，并承担荷兰和目的地的仓储清关费用。然而，空中运输问题依然存在。

焦急之时，中国驻荷兰使馆经济商务参赞张国胜的一通电话了却了舒延平的心事。在使馆的安排下，航空公司免费运送捐赠物资。

2 月 6 日的夜令舒延平最为难忘。“机场仓库晚上 8 点关门，可是这批物资各项手续还不齐全，物流公司无法及时赶到送货。”情况紧急，舒延平赶忙和同事一起租了两辆大货车，将 12 个托盘共 3 吨多重的货物装车。两人亲自驾驶货车，火速赶往机场。到了机场，一看表 8：01，舒延平忐忑不安。幸好，负责对接的地面工作人员走了出来，其中一位中国人对舒延平说：“一定等到你们来，我们才下班。”

“听到‘等你’这句话，我心里一股暖流就涌了上来。灾难面前，中华儿女真团结。”舒延平感慨。他希望，政府部门不断协调，医护用品工厂加大生产，治疗药物尽早研制，“阻击疫情，需要集结更多智慧和力量。”

“我们已经‘调整’到国内时间了”

2 月 5 日，土耳其一架波音 737-800 客机在伊斯坦布尔萨比哈·格克琴机场滑出跑道，机体严重损坏，折成三截。得知这一消息，张钦伟的心提到了嗓子眼儿。

“当时第一反应就是，我们的货不会就在这架飞机上吧！”张钦伟是阿联酋广东商会会长，他说的“货”，是 855 箱运往国内救急的 N95 口罩，这是当地侨胞捐赠的第二批物资。

从 1 月 27 日开始，阿联酋广东商会就发起了支援国内抗“疫”的行动。作为会长，张钦伟给大家分了工，有人负责捐款，有人负责采购，有人负责运输，有人对接国内了解物资需求，还有人实时传达国内抗击疫情的最新进展。

“大家的反响非常热烈，一下子就行动起来了。”张钦伟回忆说，从沙特阿拉伯、摩洛哥、巴林到阿曼、叙利亚，侨胞们火速采购，1 月 27 日、28 日采购的第一批物资，30 日就运抵国内了，“每一天都在行动，没有断过”。

可第二批物资的运输就一波三折了。先是在沙特航空、阿联酋航空、土耳其航空之间多次辗转，其间还滞留在机场数日。如今又遇到土耳其客机滑出跑道的意外。

“了解到物资安全后，我们稍稍舒了口气，但紧接着又担心机场会不会暂缓开通或者封锁起来，耽误了物资运输。”回忆当时的心情，张钦伟一连用了三个“很着急”来形容：“我们其实一直都在密切关注国内的情况，现在物资紧缺，真的很想早一点把这些口罩运送回去。”

2月8日，载有第二批防疫物资的飞机在广州白云国际机场缓缓降落，张钦伟悬着的心也总算落地了。

随即，这批物资被发往湖北、广东等多家医院。“可以好好睡一觉了。这个春节其实侨胞们基本都在熬夜，以前我们的生活作息是看迪拜的时间，现在我们已经‘调整’到国内时间了。”张钦伟笑道。

“亲身经历过之后，我深深感受到，在祖国需要的时候，海外侨胞发自内心的深情。”张钦伟感慨道。目前，他一方面继续通过商会号召侨胞支援抗疫，一方面以个人名义开始了第三批捐赠，物资已经在2月15日通过快递运抵国内。

“尽早将这些物资送到需要的人手中”

接通电话的前一秒，李先秋正在与航空公司沟通，争取能尽快将新一批的防护物资运送回国。这是大半个月来李先秋一直忙碌的事情。

“物资从德国运回，需要在北京清关。之后又如何运往湖南呢？”德国湖南同乡会暨德国湘商总会会长李先秋在接受本报采访时，提出了捐赠遇到的难题——物资运输。

此前，他曾协调了多批在德医疗物资运输回国，并将这些物资定向捐赠给长沙市第一人民医院、湘雅医院等地，解了当地物资匮乏的“燃眉之急”。这背后，是李先秋及在德华侨华人的不懈努力。

“一开始，我们找乘客‘人肉’将物资带回国。”李先秋回忆，运输第一批物资回国时，他发动了同乡会几百人的力量。最后找到一名从德回国的长沙游客，让他以行李托运的方式将物资带回国。但问题来了，普通乘客在飞行中只能携带一件行李，这么多物资该如何托运呢？

为此，李先秋找到了一家中国航空公司的朋友，向他请求“特事特办”。为保证这批物资顺利上机，朋友拿着相关证明向总部申请了一个多小时的航班延误。最后通过这样的方式，50多箱防护物资顺利运抵湖南。

万事开头难，有了第一次的经验，李先秋在处理后续物资运输的问题上顺手了许多。

但是，没多久，前往中国的航班停航。这下难倒了李先秋，积压在德国的大批医疗物资该怎么运回国呢？

幸运的是，国内有关部门在得知该情况后，协调了一架包机派往德国，专门负责运输这批物资。

包机来德的消息一夜之间传遍了整个欧洲。“那天晚上我一点都不敢眨眼，生怕错过相关来电。”李先秋作为包机的总联络人，回忆起当晚的情景仍历历在目，“法国、荷兰、罗马尼亚、西班牙、意大利、比利时、匈牙利……各个国家的华人华侨都联系我，说他们那里有亟须捐赠的医疗物资，希望搭这架包机运回国。”

“平日里交往不多的众人因为捐赠、运输物资走到了一起，大家都只想着尽早将这些物资送到需要的人手中。”李先秋如是说，“中国人的团结一心最为可贵。”这些天来，他熬过了许多不眠之夜，但“只要物尽其用，再辛苦也是值得的”。目前，还有一批医疗物资等待从德国运回，李先秋仍在为此奔波中。

（2020年2月19日，来源：《人民日报·海外版》）

6　海外商会全球采购支援抗疫

在此次疫情防控阻击战中，众多境外异地商会和海外华商商会利用资源优势、信息渠道优势迅速行动，通过动员倡议、医疗物资定向邮寄、定点支援等方式为抗击疫情捐款捐物，贡献力量。

据全国工商联不完全统计，截至2月17日，共有183家境外异地商会或海外华商商会积极响应，捐款总计2032.78万余元，捐赠并协助筹集各类口罩1021.68余万个、医用手套96.42余万副、医疗防护服13.49万余套、护目镜4980余副、消毒液500余吨。

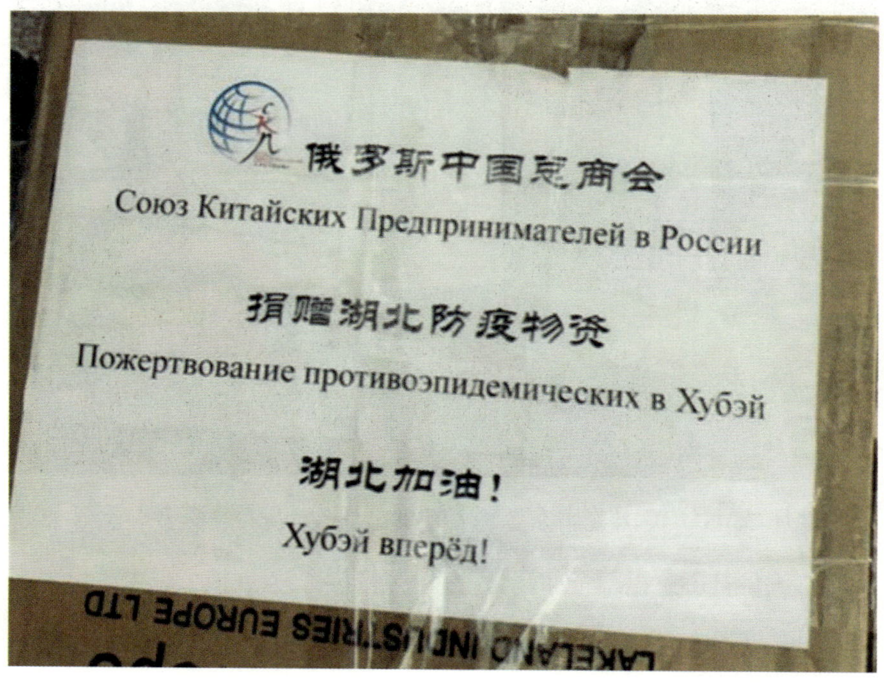

“庚子春节本该充满欢声笑语，祖国却笼罩在新冠肺炎疫情的阴霾之中。”加拿大湖北同乡会会长王为告诉记者，为了助力抗击疫情，1 月 24 日，加拿大湖北同乡会、加拿大湖北商会、华中科技大学北美校友会、武汉大学加拿大校友会等协会组织共同发起“加油武汉——加拿大联盟”，吸引了大量华人社团加入。

联盟成员、加拿大湖北商会会长陆跃峰表示：“目前，联盟已确认打通物资生产商、物流运输以及接收主体的正式官方通道，通过联盟网站的捐赠一定会顺利送到武汉人民的手中。”

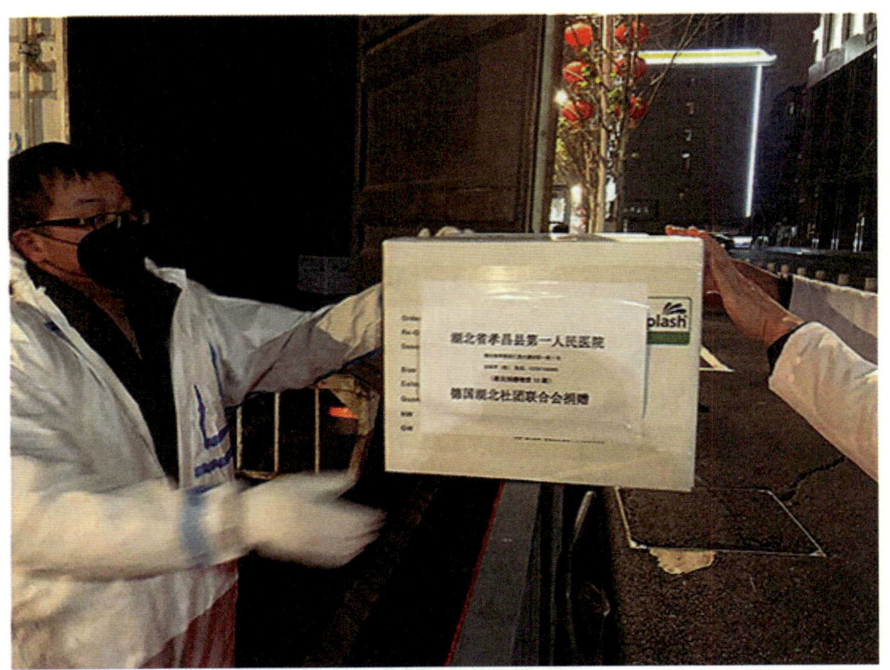

1 月 26 日，美国美中东盟总商会联合广西华侨爱心基金会，发动美东广大侨社侨胞以及全球桂籍海外侨胞为武汉捐款捐物。

美中东盟总商会会长韦家伟在多个会长群发出为武汉医护人员筹

集 15 万只口罩的募捐信，并率先捐出 1 万美元。美国广西同乡会荣誉会长莫虎、美国广西社团总会理事长崔勇、美国广西总商会会长李央、广西华商会会长赖郁尘、美国广西同乡会原会长韦诚、美国美中文化经济协会主席陈隆魁等一大批广西籍的侨领纷纷解囊，掀起了一股为武汉医护人员捐款捐物的热潮。

“我们已向美国企业落实了 2700 箱 16200 套医用防护服，要赶紧运回中国。”美国当地时间凌晨 1 点多，美国佛罗里达州湖南商会会长范小方还没有入睡，她正忙着协调沟通，争取尽快将这批物资送到抗击新冠肺炎疫情第一线。

同样没有入睡的还有加拿大温哥华湖南商会会长罗筱丹、新西兰侨领联合会会长陈水珍等 10 多个国家 30 多个侨社团的海外湖南乡亲，他们自发组织防护服采购群、募款群、发运义工群，争分夺秒购置紧缺医疗物资。

为了第一时间把抗疫物资运回国内，各地华商组织各显神通。

1 月 29 日早上 8 点，从莫斯科飞抵杭州萧山机场的国际航班缓缓降落，旅行商和俄罗斯华商在当地采购的 2 吨医疗物资随着旅游团队一起到达杭州。“我们商会收集了500多万只口罩支援国内。”物资捐赠方、俄罗斯浙江商会会长邓惠燕表示，由于防疫医用物资的专业性，商会还专门整理制定了中俄文版本的采购标准，以便大家精准“找货”。

菲律宾浙江总商会携手圆通速递菲律宾公司等单位，为侨胞慈善义捐提供积极协助，开通救援物资运输绿色通道，为在菲各大组织、机构及个人提供救援物资免费运输。

日本浙江总商会常务副会长唐升克，不辞辛劳在两国之间多次往返，完全靠个人力量运送商会会员捐赠的物资回国。

与唐升克一样，意大利华侨傅先生搭乘从米兰到温州的航班，托运了110件行李，里面有10万只口罩。

托付这批口罩给傅先生的是雷焦艾米利亚华侨华人联谊会会长陈增杰和维罗纳华侨华人总商会会长胡从炼。除了口罩，这批物资里还有文成籍侨领从各地购置的防护服、护目镜等。

这份托运110件行李的“最长托运单”凝聚了海外侨胞对家乡的浓浓情意。2月1日，这批物资已经送抵温州，运往抗击疫情的一线。

（2020年2月22日，来源：中国侨联官网）

7 “走，咱们回家！”——旅日闽籍侨胞刘丹蕻护送中国港澳同胞撤离“钻石公主”号

中国港澳同胞在大巴前合影（东南网特约记者黄汇杰 摄）

刘丹蕻在大巴横幅上写的这句话，经东南网独家报道后，在国内外网络引起了强烈反响，感动了无数人。这也是“钻石公主”号中国港澳同胞返乡心声的真实写照。

中国港澳同胞陆续上大巴（东南网特约记者黄汇杰 摄）

特殊使命连夜动员

2 月初，搭载 3000 多名乘客和船员的“钻石公主”号突发新冠肺炎疫情，消息如一石激起千层浪，受到全世界的关注。船上中国同胞的状况，牵动着中华儿女的心。

中国驻日本大使馆参赞兼总领事詹孔朝表示，从“钻石公主”号被海上隔离以来，在中央政府的统筹下，外交部驻港特派员公署、香港特区政府有关部门与中国驻日本大使馆一起紧密协调配合，齐心协力帮助船上同胞解决困难。

2 月 19 日，是“钻石公主”号上乘客完成 14 天隔离检疫的日子，病毒检测呈阴性的乘客开始分批下船。此前，因船上有300多名来自中国香港的游客，香港特区政府派出特遣队前往东京，并决定安排包机接香港居民回家。但把中国港澳旅客从横滨港码头运送到东京羽田机场的大巴迟迟无法租到。特区政府官员只好求助于中国驻日本大使馆。

刘丹蕻在日本经营久富观光巴士公司。2月15日，詹孔朝找到刘丹蕻，请她帮助安排组织接送车辆。随后，刘丹蕻四处寻找合适的大巴公司一起承担任务，但只有3家公司同意派出5辆大巴。

但到了17日，这3家公司也变卦，不愿承担运送任务。经过一番思想斗争，刘丹蕻“豁出去了”，独立承担了这个特殊的使命。

18日，她连夜召开的动员大会，来了20多位自愿参加的司机。但他们心里还是有些担心，大家议论纷纷，现场众声喧哗。

这时，年龄较长的司机们挺身而出。64岁的狩俣恭善入职公司17年，他说:“你们年轻的不要去，我们老司机上。毕竟我们没有后顾之忧。”65岁的田中豊入职14年，和刘丹蕻的公司同甘共苦。他深情回忆说，在2011年日本“3·11大地震”中“原田社长（指刘丹蕻，日文名原田优美）曾勇闯禁区，帮过我们日本人，现在中国人在日本有难，我们也应该帮助一衣带水的中国人”。

感动之余的刘丹蕻，便从年龄较长的司机开始，挑选出13位司机履行本次特殊使命。另有10位职员也选择义务帮助做好翻译工作。

任务完成后，刘丹蕻（右）向司机表示感谢（东南网特约记者黄汇杰 摄）

家国情怀心灵感应

护送车队领头的大巴上，挂着一条特制的横幅，写着："走，咱们回家！"背面则是"中国加油"。这条横幅是刘丹蕻 19 日凌晨连夜赶制的。

怎样让同胞方便找到自己的车，她想了很久。"大家撤离邮轮时一定归心似箭，我想用这几个字告诉他们，我们来接你们回家了！"这句话，她征求了詹孔朝的意见，双方一拍即合。

做横幅找不到红布，刘丹蕻想到了办公室里的两条红色围巾。这是 2017 年她在福州参加"远方的惦念"华人春晚时，中国侨联赠送的。平日里，围巾一直放在办公室，没想到能在这种场合派上用场。

“冥冥之中好像是注定的，‘钻石公主’号发生疫情以来，全世界都在关注。船上同胞的境况，也牵动着无数中国人的心，都想知道他们什么时候能回家。”刘丹蕻说，围巾上写有“远方的惦念”字样，正好应和牵挂同胞的心情。

旅居日本20多年，她也时常惦念着家乡福州。刘丹蕻说，中国人对家都有深厚的情怀，她能体会到被困同胞想回家的急切心情，相信他们看到标语后会感到亲切和温暖。“我就想让他们知道，我们都是中国人，大家的心是连在一起的。”

19日一早，日本司机看到横幅上的字，好奇地问是什么意思。刘丹蕻用英语说了句“Let’s go home”，司机们都会心地笑了，紧张情绪瞬间缓解。

在横滨港码头，这条横幅果然引起了同胞们的注意。一对香港夫妻还让工作人员帮他们合照留念，并比画了个“赞”的手势。他们笑着说：“能回家真好！”

“走，咱们回家！”和它背后的义举，经东南网独家报道后成为网络热词。刘丹蕻一个朋友看到相关报道后特地打来电话，希望她将这条横幅捐赠给博物馆展示，保留一段历史，引起更多人的共鸣。

网友们表示，简单的一句话，让受困邮轮的同胞感到了温暖。“很暖心，此时此刻体会到国和家的辩证。”网友“不会叫的猫咪哟”说，国家给予每个人的是有家可归，关键时刻国家出动，让所有人明白家国的重要。网友“言田月”说：“好感动！这些爱祖国的人，一直在发光发热！”

撤离之路惊心动魄

回家路并非一帆风顺。从 2 月 19 日至 22 日，刘丹蕻前后完成了三次“摆渡”任务，每次都忙到次日凌晨才能回家，中间还多有周折。

第二架返港包机原定 20 日 23 时起飞，但其他国家的撤侨行动导致中国香港旅客暂未下船。刘丹蕻当天调度的 11 辆大巴整整待命了一天。接到任务取消的通知，她感到心情沉重。

特别是 21 日执行第二批接送任务这一回，18 名中国港澳旅客被日方误认作密切接触者，经反复核对才获准离开，但未能搭上包机。原定 18 时许起飞的包机，也延迟到 22 时许才起飞。

旅日闽籍侨胞刘丹蕻运营公司所属的大巴车队（东南网特约记者黄汇杰 摄）

回忆这次的“乌龙”事件，刘丹蕻连叹“惊心动魄”：“每个人都很紧张，我面对着排山倒海的压力，特别担心司机们的安全。”她透露，在机场，日方一度不许司乘人员下车，旅客却催着要下车，导致司机也被困数小时。

担心司机安全，刘丹蕻打电话给司机队长道歉。没想到，司机队长反而安慰她不要太担心，并一一联系安抚其他司机。事后，司机们表示，我们现在做的是行善之事，吉人自有天相，天助有心人。这让刘丹蕻感动不已。

执行任务时，司机们都处于艰苦的环境中。因为穿着防护服，为了不上厕所，司机们长时间没喝水，刘丹蕻给每个人提供的饭团，他们也不吃。虽然通知不断变化，但司机们都非常敬业，默默配合。

刘丹蕻在福州参加“远方的惦念”华人春晚戴着红色围巾（刘丹蕻供图）

“员工们都无怨无悔，默默奉献，他们都很伟大。”为了让员工们不会有太多担忧，刘丹蕻把防护装备留给司机。

刘丹蕻团队的工作受到了各方的支持和肯定。每次执行任务前，詹孔朝都会为刘丹蕻和她的团队加油打气，并表示感谢，还为司机们找来了防护装备，叮嘱他们要注意安全，保护好自己。

“这次接送任务重，而且时间紧急，充分体现久富公司担当的精神，团队的战斗力也是第一的。”詹孔朝称赞说，这次的善举和勇敢，中国人民一定能看到。

“手足情深！”香港特区政府保安局副局长区志光在返港前的记者会上，也特别感谢了刘丹蕻的付出。

不少福建网友也纷纷为这位老乡点赞。“虎纠人！我为你感到自豪！”网友“风吹着秋叶”称，刘丹蕻是“巾帼英雄”，大爱无疆，了不起的炎黄子孙！

2月23日，记者再度连线刘丹蕻。她感谢大家的关注和鼓励，依然是那么低调。“我仅是履行了一份社会责任，及时送上一份爱心。更何况，他们都是我们的亲人。”她说。

（2020年2月24日，来源：东南网）

8 海内外侨界青年积极参与抗击新冠肺炎疫情

2020年伊始，在党和政府的领导下，中国人民坚定信心、团结奋战，打响了疫情防控的人民战争、总体战、阻击战。中国侨联青年委员会成员与广大侨界青年争分夺秒、全面动员，心往一处想，力往一处使，积极响应中国侨联倡议，以实际行动给予祖（籍）国和家乡人民有力支持。同时，积极向国际社会介绍中国为抗击疫情所做的努力，传递中国人民的战“疫”的信心，加深了国际社会的理解和支持。

与疫情赛跑，爱比病毒更快，侨青在行动

在亚洲，老挝、菲律宾等国的青委们与当地广大侨界青年一道，发动和参与侨界募捐活动。特别是发挥自身作为侨团骨干的作用，团结侨界青年筹集抗疫物资和资金，与疫情赛跑。所捐物资和款项于1月下旬起陆续抵达疫区。

在欧洲、大洋洲，德国和澳大利亚等国的青委们，通过自己担任负责人的侨团发出倡议，成立向疫区捐赠医疗物资筹备委员会，组织侨胞在线下和线上采购医用物资和筹集资金，安排物流线路，向国内运送。

凝心聚力总动员，侨青与祖（籍）国在一起

在南美洲、北美洲和非洲，阿根廷的青委们积极参与旅阿全侨“助力武汉·平安中国”筹委会工作；美国的青委广泛动员侨团成员和社会各界人士共同募捐；在塞内加尔，一群“90后”侨界青年，虽与祖国相距万里，脉搏与祖国同振，心灵同武汉共鸣；韩国的青委通过自己创办的华人、留学生社区网站呼吁全韩华侨华人团结在一起，得到在韩华侨华人、留学生的广泛响应与支持。

中外携手，民心相通，侨青讲述真实的抗疫故事

“我们始终和中国站在一起。”自新型冠状病毒肺炎疫情暴发以来，国际社会积极评价中国为抗击疫情所做的努力，很多国家政要、国际组织负责人、专家通过各种方式，积极评价中方为抗击疫情所做的努力，表达对中国打赢疫情防控阻击战的信心。但一些国家也出现了歧视

华人的现象，中餐业等受到不公正对待。海外华侨华人青年自发行动起来，告诉当地民众发生在中国的真实情况，努力消除当地民众的误解，携手当地民众共同做好防范疫情工作。

西班牙的青委陪同当地主流电视台和报社的记者10余人去中餐厅聚餐，告诉西班牙全国民众“中餐可以吃”，“以实际行动为中国加油！”美国休斯敦侨界青年积极参与当地侨团和亚裔团体活动，邀请当地政府部门召开说明会，做好社区流行病防控，向各族裔社区传递正确资讯，消除其他各族裔社区的疑虑和恐惧。澳大利亚侨界青年通过接受多家主流媒体访问，用事实讲述中国抗击疫情的真实情况，使世界了解到武汉人同舟共济、自我牺牲的精神，以及面对疫情肆虐中国的大国担当与决心。在意大利，侨界青年自发开展“我不是病毒”活动，在当地民众中引发共鸣。

巴基斯坦和斯洛伐克等国青委和侨青们，除了支持祖（籍）国抗击疫情，还积极参与和组织疫情应对防控小组，做好近期回到当地侨胞的防疫隔离工作，避免在当地华人社区出现疫情，赢得住在国政府和社会的肯定和理解。

港澳同心，侨青满怀家国情

湖北疫情始终牵动着中国香港和中国澳门同胞的心，港澳侨界与各方密切合作迅速行动，除募集大量抗疫资金外，更急疫区之所急，发挥自身优势，广泛发动海外关系网络，在世界各地千方百计寻求抗疫物资货源，支持祖国内地疫情严重地区和港澳当地的抗疫工作，体现了港澳与祖国母亲心连心，港澳同胞与祖国内地人民携手同舟。

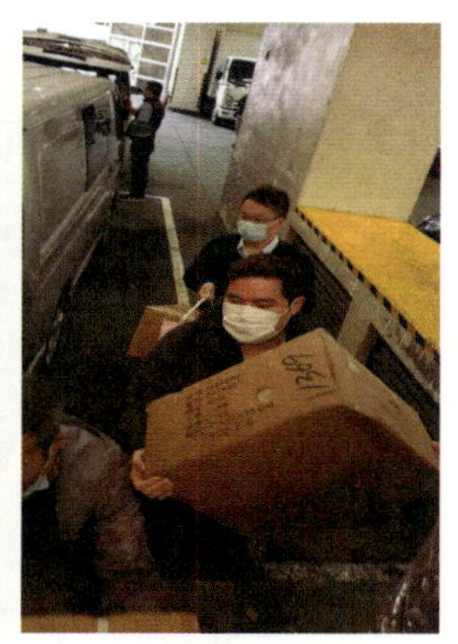

香港侨青委员和侨界主要团体青年委员会及香港侨社志愿者一道积极响应中国侨联发出的倡议，全力参与香港侨界开展的募捐活动支持内地疫区，同时购买大量医用防护物资捐献给特区政府，以实际行动支援奋战在抗疫一线的香港医护人员。澳门侨界团体与澳门红十字会密切合作、迅速行动，其中侨青委作为骨干勇于担当，充分发挥澳门归侨在海外华人脉络的优势，广泛发动海外关系网络购买抗疫物资，支援抗疫最前线。

（2020 年 2 月 24 日，来源：中国侨联官网）

9 智利侨界踊跃捐款捐物助力疫情防控

近日，为积极响应中国侨联号召，智利智京中华会馆、智利鹤山同乡总会、智利华人企业联合会、智利中华餐饮协会、智利江门五邑青年联合总会、智利广东商会、旅智华人同胞、智利义乌海外企业联合会共同发起捐款捐物倡议，智利全侨响应，为中国打赢疫情防控阻击战踊跃捐款捐物。

智利侨界通过多种方式、渠道向内地疫情严重地区捐款捐物，助力中国打赢新冠疫情防控阻击战。截至 2020 年 2 月 9 日，此次倡议活动共收到捐款总额：智币 116105396 比索（包含捐赠物资及运费金额）和人民币 24770.20 元，折合人民币共 1023956 元。

2020 年 2 月 26 日，倡议活动方通过 ZENGJINHE（曾锦和）个人向中国华侨公益基金会捐赠智币 66794940 比索和人民币 24770.20 元，折合人民币共计 599597.20 元，用于疫情防控工作。

2020 年 2 月 26 日中午，中华人民共和国驻智利大使馆徐步大使、张景恩武官、领事侨务部孙笑白主任接见了智京中华会馆主席李红光、中华餐饮协会会长陈桂陵、鹤山同乡总会常务副会长曾锦和、华人企业联合会常务副会长杨远忠、江门五邑青年联合总会会长胡百均、广东商会常务副会长陈钦宏等侨团侨领。徐大使向大家介绍中国防控疫情工作最新进展，感谢大家为抗击疫情筹集捐助物资。

智利侨界将持续动员，团结一心，众志成城，共同为抗疫工作奉献智利侨界的爱心和力量。

（2020 年 2 月 26 日，来源：中国华侨公益基金会供稿）

10 同心战“疫”海内外统促会在行动

泰国中国统促会共筹集四批次医用口罩，赠予中国政府抗击疫情
（中国和平统一促进会供图）

保加利亚中国统促会捐赠的一批物资正在装车，准备启程运往武汉
（中国和平统一促进会供图）

2020年春节来临之际，一场没有硝烟的战“疫”在中华大地悄然打响。

海内外中国和平统一促进会时刻关注疫情发展，广大海外侨胞、港澳台同胞纷纷行动，捐款筹物各尽其能，来自六大洲的爱心捐赠源源不断运抵抗疫前线。

与祖（籍）国并肩战“疫”的同

时，海外统促会及海外侨胞还自发参与侨居国的防疫工作：宣传科普、巡查走访、建言献策、严防严控，为守护侨居国卫生安全做出表率。

“祖国需要什么，我们支援什么。”

“离汉通道关闭。”

“口罩、防护服库存告急。”

……

疫情发生以来，身在美国的梁冠军一直关注着相关报道。看到武汉“封城”、防疫物资极度短缺，他再也坐不住了。

“不能再等了，马上行动起来！”

作为美东华人社团联合总会会长，梁冠军立刻牵头成立“抗疫紧急小组”，发动总会旗下221个侨团、商会成员筹集各类防护物资，全力支援武汉战“疫”。

医用口罩、防护服、护目镜……“祖（籍）国需要什么，我们就支援什么！”厂家供货量跟不上，梁冠军就动员同伴、亲属通过个人渠道订购口罩。“我向私人医生订购的1000只医用N95口罩刚刚到货。”如果货源紧张，他们就先订100只，几十只也可以，多跑几家医院。“积少成多，再成批发回国内”。

联系医院、寻找货源、加速报关，梁冠军和同伴们夜以继日，将第一时间购得的医用N95口罩紧急发往武汉，此后又向湖北、浙江、广东等地输送各类防疫物品。

得知前线防疫物资紧缺，肯尼亚华侨华人迅速行动，筹集口罩、体温仪等医用物品运往国内。由于负责承运的南航班机货舱全满，近期又无其他班次安排，机组人员决定破例将所有防疫物品摆放在机舱前部座椅上，将纸箱视作“乘客”运送回国。

“飞机即将起飞，请各位‘乘客’系好安全带。”2月3日，搭载着特殊“乘客”的“口罩航班”从肯尼亚首都内罗毕顺利起飞，奔赴抗疫一线。

刚果（金）中国统促会会长严义祥也想为抗击疫情贡献力量。他立刻联系其他侨领，呼吁当地侨胞侨商捐赠爱心，短短几天时间就募集了70多万元人民币，全部善款定向捐赠武汉抗疫一线。

“再大的困难也阻隔不了我们对祖（籍）国的爱。”土耳其统促会会长陈伟说，他们第一时间募捐善款并购买了一批医用防护口罩，2月1日即运抵北京。

“支援抗疫，我们义不容辞”

1月25日清晨，墨西哥的许多华侨华人都收到了一条微信消息：“焦美俊邀请你加入奉献爱心接力群。”

焦美俊是墨西哥中国统促会会长。疫情发生后，他第一时间组织在墨侨胞团体和个人成立“墨西哥后援团”，并通过微信群呼吁大家捐款集物，奉献爱心。

“墨西哥城口罩有货。”

“蒂华纳还能买到防护服。”

……

三天三夜，爱心群里的消息一直没断过。“后援团”兵分多路，网络买手在各大电商寻找货源，焦美俊和在墨各侨团会长则亲自出马，在各大商超和厂家之间协调购买、生产符合标准的防疫物品，足迹几乎遍布全墨。

短短几天时间，“后援团”就募集到一批总价值超过40万比索的物品。但由于中墨航运班次紧张，海运周期又太长，这批物品迟迟不能发出。

“花大钱，走快递！”焦美俊当即拍板，早发出一天也许就能多挽回一个生命。“一刻也不能等、不能耽误！”物品顺利移交，“后援团”又马不停蹄地开始了下一段爱心接力。

疫情不断蔓延，澳门地区中国统促会会长刘艺良的心也一直揪着。他第一时间向横琴海关捐赠8000只口罩以缓解珠澳口岸防疫压力，并协调澳门归侨总会与澳门红十字会将97.2万只医用口罩抢运交付抗疫最前线。

爱心人士中，少不了台湾同胞的身影。在当地9名台胞侨领的支持下，巴西中国统促会会长李锦辉发出捐款倡议，仅十多天时间就募集到300多万巴币（约合人民币500万元）。李锦辉还与当地台商侨领合作设立“专项捐赠基金”，用于购置防护服等紧缺医用物品，购得的物资目前已分批运抵武汉。

此外，泰国中国统促会共筹集四批次医用口罩，赠予中国政府抗击疫情；香港两岸和平发展联合总会捐赠10万港元、一批KF94口罩支援武汉前线……

截至目前，有近100个海内外统促会自发组织起来，通过各类渠道捐赠医疗物品1330余万件，募集资金和各类物品总价值约8500万元人民币。

“疫情来袭，我们携手迎战”

“请不要聚集，出现发烧、咳嗽等症状立即上报。”在埃及，一支由埃及中国统促会与埃及华人联谊理事会领导的“抗疫小组”自发开展当地侨社疫情防控工作。

“疫情来袭，我们要一起携手迎战！”在会长陈建南的带领下，小组成员“全副武装”，定期走访当地侨社了解返埃华人情况，并督促他们主动居家隔离。“我们为中国返埃人员准备了一些防护用品。”陈建南介绍，一旦有隔离人员出现症状，小组将立即上报本地卫生机构，并为患者就医提供必要帮助。

在葡萄牙北部地区最大的华商聚居地维拉贡德市，葡萄牙中国统促会会长周一平受邀向当地警察、卫生等相关部门介绍中国政府在防疫工作中可借鉴的措施与经验。

“希望大家要正确认识新冠病毒肺炎疫情，不要恐慌。”目前，里斯本等地已设立隔离点，帮助从中国返葡的侨民进行隔离，以降低社区传播的风险。周一平还呼吁葡萄牙政府提供必要协助，保障华人社区的正常生活及商业活动。

虽然相隔两季，澳大利亚新州统促会委员彭小仕和保加利亚中国统促会会长曾子平却不约而同地当起了防疫科普宣传员。

顶着高温，彭小仕走上悉尼街头向当地市民派发自制的防疫指南，让大家了解新冠肺炎疫情的基本常识和防控要点；曾子平则放下自家商店生意，冒着严寒在社区内挨家挨户普及防疫知识，帮助大家科学应对疫情扩散的风险。

……

此时此刻，还有许多中华儿女正在世界各地为抗击疫情而奔波忙碌。“所有的牺牲与奉献都将被世人铭记”，菲律宾中国统促会会长张昭和相信，只要大家同心聚力，我们就一定能打赢这场防疫攻坚战！

（2020 年 3 月 2 日，来源：《人民日报 · 海外版》）

11 侨界青年，用热血筑起战“疫”长城

“战‘疫’天团”战“疫”记

“今晚注定是个不眠之夜！‘高温青年’志愿者已经做好 24 小时接力的准备！”北京时间 3 月 8 日晚上 8 时许，浙江温州高温青年社区发起人倪考梦在接受本报采访时，语气略显疲惫。

整理捐赠意大利的医用防疫物资、设计捐赠信息表单和物资归类整理编码、翻译中意双语捐赠手续、与中意双方相关政府部门沟通对接……倪考梦和数十位志愿者忙得热火朝天。

7 个时区之外，意大利都灵，当地时间下午 1 点，中意青年会会长陈铭刚结束和倪考梦的语音通话。他已经在线上忙碌了 6 个多小时。

“今天，我们要把温州捐赠的 2600 副护目镜送到意大利皮埃蒙特大区应急物资调配中心，还要对接下一批捐赠物资中意双方手续。”作为一名在海外的“高温青年”，陈铭为中意两国的战“疫”整日奔忙。

何为“高温青年”？“高能、温暖之青年。”倪考梦解释说。

而“高温青年社区”——一个由几位温州市青年发起成立的民间志愿者组织，成立于今年 1 月 18 日。当时，谁也没想到，“高温青年社区”会迅速成为战“疫”天团，爆发出惊人能量。

春节前夕，疫情大考突如其来，温州面临严峻考验。“高温青年”

们立即应战。

1 月 26 日，倪考梦在线上发布“驰援温州计划”。倡议一出，应者云集。

坐拥侨乡的资源优势，温州“高温青年”的号召力，不仅声震海内，更远扬海外。

全球采购、捐钱捐物、并肩接力、从 100 多个国家人肉带货……温州籍华侨华人为支援家乡战“疫”不遗余力。战“疫”物资从世界各地涌向温州。

“高温青年”的队伍也像滚雪球一样迅速壮大，吸引了海内外各行各业上万名志愿者参与。

随着国内疫情缓解，2 月 6 日，“高温青年社区”发布停止认捐公告。战“疫”第一阶段收官：共完成直接捐赠 305 万元，协助落地物资价值超过 5000 万元。

而随着海外疫情蔓延日渐成势，“高温青年”的战“疫”行动进入新阶段：驰援海外。

2 月 24 日，一封中、英、意、西、法、德、俄、日、韩 9 个语种的《驰援海外温州人倡议书》在线上发布，号召全世界温州人驰援海外战“疫”。

意大利疫情加重的消息牵动人心。“意大利温州籍华侨华人有 20 多万人，占在意华侨华人 70% 左右。”2 月 25 日，《温州驰援意大利倡议书》发布，给意大利温州籍华侨华人吃下“定心丸”。

向意大利捐赠防疫物资、分享防疫和救治经验、向当地人分发防疫口罩……“高温青年”们的援助范围早已超出海外华侨华人。倪考梦介绍：“目前，我们已经协助完成对意大利地方政府的近 20 笔物资援助，对日本、韩国、希腊、伊朗和美国的援助也在同步进行中。”

跨国多线作战，如何做到忙而不乱？

“高温青年”们蹚出一条线上团队作战的高效之路：一个微信群就是一个作战单元，一个在线协作文档就是一份作战地图，一次语音会议就是一次前线指挥，一幅漫画就是一场全球动员，还有机器人助理协助做好志愿者社群管理。

“社交网络附魔‘高温青年’。”倪考梦总结说。

“附魔”一词出自一个网络游戏，是一种用魔法增强武器装备效果的技能。倪考梦认为，线上协同合作，把海内外的“高温青年”们的能量加倍激发出来了。

用童真画作传递爱与希望

许多支箭从四面八方射出，将一群形态各异的病毒团团包围。画的上方有一行笔迹稚嫩的中文：“加油武汉！”

有的医生举着针筒刺向病毒，有的医生正在挂着气球的病床边照顾患者。画的下方用彩笔写着一句英文：“医生们，谢谢！”

近日，上海青少年国际交流中心微信公众号推送了一组生动的少儿画作。它们来自南半球，绘画者是生活在澳大利亚悉尼的一群华裔孩子，最大的不过 10 岁出头，最小的还在上幼儿园。

这些画作的筹集人艾琳，在澳大利亚生活、工作已 15 年，是一名青年华人企业家，也是一名年轻的母亲。前不久，她偶然得知，上海青少年国际交流中心及国内多家机构为支援抗疫，向世界各地华侨华人青少年发起了一次公益书画作品征集活动。

“我们的孩子也可以参与！”艾琳时常推荐华人社区的孩子们参加国内外公益绘画、才艺大赛等活动。这次，她又萌发了带领孩子们参与这个活动的念头。

其实，2 月中旬，艾琳就曾在华人社区召集邻里朋友的孩子们，一起给武汉的小伙伴画画、鼓劲儿。

那个南半球的夏日夜晚，一群天真可爱的华裔孩子聚到一起，在父母的陪伴下，涂抹斑斓色彩。有的孩子画了一群医生拿着针筒正在消灭病毒，有的孩子画了黄鹤楼边盛开朵朵樱花，有的孩子用中文在画旁写下：“武汉，会好的！”

闻讯前来的澳大利亚宋庆龄基金会执行主席张敬看完画作，感动地说：“太珍贵了！等疫情结束，我们希望邀请孩子们带着这些画去武汉，开画展，登黄鹤楼！”

艾琳相信，孩子们还有更大的创作力，也能向中国传递更多的爱与力量。虽然得知消息时已临近截稿日期，她依然抱着试一试的念头，将征集公益书画作品的帖子发到微信中的“妈妈群”里：“要不要晚上陪孩子们画画？”

让她吃惊的是，当晚，几名妈妈便发来了孩子的画作。短短一个周末之后，十余幅童真画作漂洋过海，从悉尼传回上海。

“我多想乘着风的翅膀飞到中国小朋友的身旁，同他们一起玩耍。

或者也请他们来我的家，带他们看海豚、鲨鱼、考拉、袋鼠、海港大桥，还有悉尼歌剧院上空绽放的烟花……”爱好写诗的艾琳，用诗句串联起这些纯真爱意。她笑称，这是一个无心插柳的有趣故事。其实，在她与其他年轻华人父母的用心栽培下，一株株心系故土的小苗已在这群华裔孩子的心中悄然萌芽。

反歧视，“华二代”在行动

“我代表‘华二代’参加‘7人小组’，为反对歧视华人发声！”1997年出生的孔程前在荷兰出生、长大，是地地道道的华裔新生代。2月10日这一天，对他意义非凡。

当天，作为荷兰57个华人社团开会商讨成立的“7人小组”代表之一，他和另外6位华人代表一起，带着征集的华人意见和法律函件，与荷兰广播电台交涉。

“新冠肺炎疫情发生后，荷兰广播电台10频道（Radio10）把一首荷兰歌曲改编成侮辱华人和中餐馆的歌词。这严重刺痛了华人的心！”孔程前和身边的“华二代”朋友们很愤怒：“我们是荷兰公民，但也是炎黄子孙。我们遵守荷兰法律法规，积极融入当地社会，也希望捍卫自己的民族尊严。在地球村，华人是和所有民族的人一样平等的人。我们为华裔身份深感骄傲，因此坚决反对种族歧视。”

团结“华二代”力量、借助法律手段理性维权、在社交平台转发中荷双语抗议书、参与网上签名请愿活动、积极在荷兰主流媒体发声……荷兰“华二代”们在抗议歧视活动中的表现，令老一代华侨华人刮目相看。

“看到了未来的希望！”作为在荷兰打拼了25年的“华一代”，荷兰青田同乡会会长舒延平感慨：“华人在海外扎根实属不易。学会为维护华人正当权益抗争，是‘华二代’们必修的一课。”

这不是孔程前第一次参与反对歧视的活动。2019年5月，他和几位荷兰的“华二代”发起成立了一个小组，名为“寻求团结的亚裔”，组员有100多人，“通过在荷兰主流媒体上发声，介绍中国的文化、艺术和历史，反对种族歧视”。

“‘华二代’的优势是对新媒体技术操作熟练、精通荷兰语和当地的文化习俗，和当地人沟通更方便。”孔程前表示，时代已经发生很大变化。“华二代”要把握机会，为荷兰的华侨华人创造更好的生活环境。

“反歧视，‘华二代’一定要和‘华一代’多沟通，团结合作。”孔程前一直虚心向老一辈华人学习：“‘华一代’的生活阅历和经验很丰富、很全面，值得青年一代学习。他们在异国他乡打拼，从零开始，用勤劳实干赢得荷兰当地人的尊重。对他们，我们心存感激、满怀敬意。”

最近，新冠肺炎疫情在荷兰加剧。舒延平将一批医用物资转赠荷兰当地医院，孔程前则通过各种方式向荷兰朋友们介绍疫情防护知识。

“中国人是一个很了不起的群体！”孔程前说，“无论多少代，华人诚实善良、乐于助人的品质没有变！我们要用行动赢得尊重！”

（2020年3月11日，来源：《人民日报·海外版》）

12 尼日利亚侨团、中资及华人企业爱心集结，积极捐款捐物抗击疫情

2020 年 1 月，国内暴发新冠肺炎疫情。面对祖国异常严峻的疫情防控形势，尼日利亚侨胞、侨领们身在非洲，心系祖国，积极捐款捐物表达拳拳爱国之心。在中国驻拉各斯总领事馆的支持下，尼日利亚华侨华人联合总会常务副会长、尼日利亚最大的华人企业李氏集团的李晓峰总裁和尼日利亚华星艺术团团长、尼日利亚中国商贸企业协会会长、《西非华声报》的董事长倪孟晓两位侨领通过《西非华声报》公众号及尼日利亚各华人微信群等途径发出紧急倡议，号召举行为抗击武汉新冠肺炎疫情爱心募捐活动。两位侨领的倡议，很快得到尼日利亚华侨华人联合总会、尼日利亚中国商贸企业协会、尼日利亚华助基金会、尼日利亚华侨华人妇女联合总会、尼日利亚华商青年会、尼日利亚福建同乡总会、尼日利亚粤港澳同乡总会、尼日利亚中国木材协会、尼日利亚华星

艺术团等十多家侨团（社）、侨领和旅尼华人同胞们的积极响应。

尽管尼日利亚医疗物资相对匮乏，华侨华人自身生存压力也很大，但侨胞们纷纷慷慨解囊，奉献爱心，捐款赠物，驰援祖国战“疫”，涌现出了不少感人事迹。侨胞穆瑞红一家三代人，老小齐上阵，大人踊跃捐款，小儿子也将自己的压岁钱全部捐出来，支援国内抗疫，还特别录制了视频为武汉加油，给中国加油！

据统计，中土集团尼日利亚公司西南区经理部、中国远洋海运、中海油、葛洲坝集团、陕西建工、三一重工、第七化建、中材国际和奥贡自贸区、李氏集团等公司以及尼日利亚华侨华人联合总会、中国商贸企业协会、华助基金会、华商青年会、福建同乡总会、粤港澳同乡总会、中国木材协会、华星艺术团、安徽商会、山东总商会、华侨华人妇女联合总会、拉各斯华助中心、江西联合商会、拉各斯孔子学院等单位已通过中央统战部、中国侨联和中国驻拉各斯总领馆等机构向国内捐款1.47亿奈拉（约合人民币279万元）和64万元人民币、81万只口罩、1万多件防护服。

募集的部分善款购买了防疫工具和物资驰援国内对抗疫情。目前有关物资正紧锣密鼓地分别落实物流、通关等手续。其余善款以现金方式汇往国内不同疫区，其中50万元人民币定向援助中国华侨公益基金会湖北疫区，10万元人民币定向援助统战部中国华文教育基金会河南疫区，10万元人民币定向援助浙江省侨缘公益互助促进会，10万元人民币定向援助温州红十字会，10万元人民币定向援助广东省仁爱基金会，10万元人民币定向援助福建省红十字会等。

2 月底，最后一笔捐款 3435 万奈拉，折合人民币约 66.7 万元汇往国内，定向用于湖北等疫区，支援当地采购医疗防护用品。

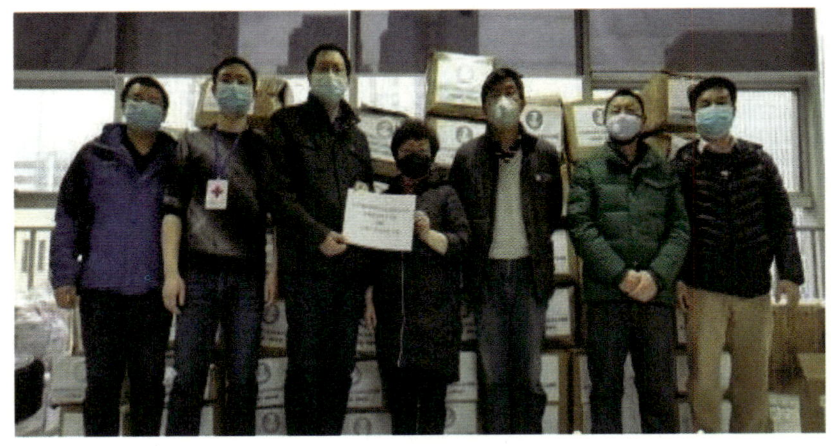

尼日利亚华侨华人妇女联合总会捐赠的 10.955 万只口罩

尼日利亚华侨华人支援祖（籍）国抗疫

中国驻拉各斯总领馆总领事储茂明会见中资企业及华侨华人代表
（驻拉各斯总领馆供图）

尼日利亚（卡诺）华商联合会先后两轮通过中国华侨公益基金会等慈善机构捐款，并跨越重洋购买口罩定向驰援中国抗击疫情

尼日利亚普通民众也通过各种形式表达对中国抗疫斗争的支持，曾留学中国的尼日利亚华星艺术团青年演员吉米一直受中国文化熏陶，对中国有着很深的感情，也想为中国抗疫贡献自己的一份力量。吉米团队紧急创作了一曲《祈祷中国》MV，吉米自己谱曲，华星艺术团团长倪孟晓填词，融合了中国全民抗疫战场和尼日利亚华人驰援祖（籍）国抗疫感人至深的视频片段，吉米和尼方演员深情献唱，用音乐为中国祈福，表达了尼日利亚友人和在尼华侨华人对祖国的挂念，视频在尼日利亚华人圈中迅速传播。

让我们心与心相连，共同关心武汉、关心中国抗击疫情，祈祷战“疫”早日结束；只要伸出大家的援手，贡献每一份力量，这场战役，我们一定能打赢！

（2020 年 3 月 12 日，来源：中国侨联官网）

13 赤道几内亚华侨建筑企业联合会为祖国抗击疫情捐款

2月11日，中国华侨公益基金会接到赤道几内亚华侨建筑企业联合会的捐赠咨询，表示祖国正在经历着“新冠肺炎”，赤道几内亚华侨建筑企业联合会各位同仁积极响应中国侨联倡议，共筹集善款8万元人民币，希望通过中国侨联专项用于抗击新型冠状病毒肺炎疫情。

联合会的成员们表示，大家身在赤道几内亚，心挂亲朋故土，作为中华儿女更有一份责任在肩。联合会成员们共同在此向奋战在抗疫一线的医护人员、工作人员致敬！赤道几内亚华侨建筑企业联合会愿与祖国同舟共济、共克时艰。相信祖国一定能战胜疫情。武汉加油，天佑中华！

（2020年3月19日，来源：中国华侨公益基金会供稿）

14 防疫阻击战，哈萨克斯坦陕西商会总动员

新型冠状病毒肺炎疫情在蔓延，疫情发展形势危急，抗疫医疗物资告急，每天国内联防联控的进展，都让在哈萨克斯坦的陕西商会会员们牵挂和揪心。大家积极响应国家防疫阻击战号召，希望贡献自己的一份力量。在会长何诚的带领下，1月29日（大年初五）就组建了商会抗疫物资募捐小组，向在哈陕籍侨胞发出倡议，号召大家积极捐资捐物支援国内第一线，并得到会员们的积极响应。

到目前为止，已募集转交中国华侨公益基金会33300元人民币。同时，商会会员充分发挥个人能力，联手在哈中资企业和兄弟商会，收集医疗物资共63万只医用口罩、2万只N95口罩、12500套防护服，在中国使领馆的协调调度下，分批运送回国，分别捐助到湖北、陕西、广西等地，有力地支援了抗疫第一线的工作。

何诚会长说："我们这些捐款和物资数量微不足道，但这是我们对祖国家乡的一份心意，希望能在救援一线发挥作用，只要我们在各条战线上一起努力，定会早日战胜疫情！武汉加油、中国加油！"

（2020年3月19日，来源：中国华侨公益基金会供稿）

第五篇

有国才有家

1　侨企争分夺秒战“疫”情

神速攻关，拿出试剂检测盒

“到武汉去，和家乡父老共进退！”1月19日，刚刚开完公司年会的左威下了这样的决心。

左威是湖南圣湘生物科技股份有限公司国内营销中心总监。公司董事长为著名分子生物学家戴立忠，他曾在美国生活工作近20年，2008年回国创业。

疫情当前，圣湘员工充分发挥了专业技术优势。左威这次回到阔别多年的家乡武汉，肩负着特殊使命。

1月14日，圣湘生物成功研制出新型冠状病毒核酸检测试剂盒。为保障产品质量和生产供应，公司所有生产线满负荷工作，24小时不间断加班加点。一批批援助物资源源不断地涌向抗疫前线。

1月25日，圣湘生物向中国红十字会总会捐赠全自动核酸提取仪、新型冠状病毒核酸检测试剂、配套耗材等价值1000余万元应急物资。当天深夜，第一批捐赠物资从长沙抵达武汉。入库、卸货、发货、客户服务……这些细碎的工作，落在了几天前主动奔赴疫情防控前线的左威身上。

圣湘生物科技股份有限公司研发人员在做实验
（图片均由受访企业提供）

“只有往前冲，尽快将疫情防控急需的物资带到前线，才能让患者早诊断、早治疗。”每天从清晨开始，左威便穿梭在湖北各大医院之间，跑仓库、跑医院，确保运送物资第一时间送达医院。“越来越多的医院装备了圣湘生物新冠病毒检测系统，减轻了临床医生的工作压力。这段时间的辛苦没有白费。”

深入疫情一线，与医者同行，左威被同事们亲切称为“左将军”。他也正是这场“KO-nCoV”战役的前锋将军。“KO-nCoV”战役——圣湘的员工们这样形容自己的工作，即“打倒新型冠状病毒”战役。

对研发人员来说，战斗的号角吹响得更早。

新冠肺炎疫情暴发初期，以戴立忠领衔的圣湘应急技术攻关小组成立。“那些天，我们做了上百次实验，有时候做实验做到凌晨，整个园区只有研究院的灯还亮着。除了吃饭，几乎没有踏出实验室。”研发小组的一位成员回忆说。

从实验室到抗疫前线，兵贵神速。

1月28日，圣湘生物新型冠状病毒2019-nCoV核酸检测试剂盒（荧光PCR法）通过国家药品监督管理局审批，获得医疗器械注册证书。据戴立忠介绍，该试剂盒根据当前疫情控制痛点难点进行设计，采用圣湘生物独创的“RNA一步法”技术，可适用于不同应用场景，操作简单，检测耗时短，能够有效助力识别疑似病例特别是隐性感染者，快速分流患者，防止交叉感染，服务疫情防控。

“必须保障产品供应，让诊断试剂成为临床医护人员的眼睛，防止疫情进一步扩散。”公司生产副总监袁亚滨坚定地说。

“不为困难找理由，只为成功找方法！”作为圣湘生物抗击疫情应急专项小组负责人，公司副总经理、生命科学研究院副院长范旭接到任务后，全身心扑在抗疫工作上，每日睡眠时间不足4小时。

“当人们恐惧疫情时，我辈必须主动担当，守护国人健康。”范旭在朋友圈这样写道。

援建“火神山”，17年后再出征

2月9日下午，武汉火神山医院开始收治新冠肺炎危重症患者。移动工作站、远程会诊车、抢救车、治疗车、送药车……当天，看着新闻镜头里一台台熟悉的ICU病房设备，李陶薇振奋极了。

“天奥的产品能得到火神山医院一线医生的认可，我们打心眼儿里高兴！”她在朋友圈中写道。

2009 年，李陶薇从英国回国。目前，她担任南京天奥医疗仪器制造有限公司总经理，并任江苏省侨联青年委员会委员。对她来说，今年的复工，从除夕夜开始。

南京天奥医疗仪器制造有限公司车间内，工人在生产医疗设备

“武汉版小汤山医院急需医疗设备！”1 月 24 日除夕夜，来自武汉国药系统的一个电话，让李陶薇和公司马上进入了“战斗状态”。当晚，公司管理骨干都收到了消息。大年初一一大早，天还没亮，各部门负责人全部集结在公司。

“清点现有库存，马上向武汉发货”“大年初一车间开工生产”……公司工作群里，一条条信息发布，天奥上上下下动起来了。

1月25日下午5时许，首批手术室、急诊室、护理部需要的1187件医疗物资发往武汉。1月26日晚8时，支援物资到达火神山医院仓库，这也是火神山医院接收的首批医疗物资之一。

员工们的复工积极性让李陶薇既欣慰又感动。“浦口当地员工第一时间赶到公司，一些参与过2003年北京小汤山医院建设工作的老员工也来了。从部门负责人到一线员工，大家义无反顾，迅速到岗。”

大年初二、初三，公司为加班的员工们发了红包。大家在工作岗位上，共同度过了一个难忘的春节。

“在这场没有硝烟的战争中，医护人员冲在最前面。我们要做好保障工作，把更多医疗设备送到一线，这是我们的本职工作，也是企业对社会应尽的责任。”李陶薇这样给自己，也给公司员工加油鼓劲，公司上下拧成了一股绳。

如何进一步打通上下游供应链，保证生产顺利进行？李陶薇马不停蹄地忙前忙后。协调原材料供应商、联系政府相关部门帮忙动员，一批上下游企业也迅速复工，李陶薇松了一口气。“只依靠我们自己库存的原材料，公司是不可能迅速恢复生产的。”

从1月25日开始，公司发货单上一个个增加的数字背后，是李陶薇和公司员工夜以继日忙碌的身影。数千套治疗车、ICU探视系统、无线移动医疗车等设备陆续发往火神山、雷神山医院。

“17年前，公司参与北京小汤山医院建设时，主要捐赠了钢塑的医用家具。此次供应武汉抗疫前线的医疗设备更加高科技和智能化。”李陶薇说，“ICU探视系统设备是其中的亮点产品。该设备通过网络连接实现信息流的不接触传输，使医护人员或患者家属实时看到病人的状态，避免人与人之间的接触感染。”

“火神山、雷神山医院迅速建成投用，离不开千千万万勤劳善良的中国人、许许多多企业的辛勤付出，充分体现了中国在物资生产、调配、供应等环节的惊人力量。能够成为其中的一分子，我们非常骄傲。”李陶薇说。

从大年初一到现在，公司的生产线没有停过。“我们要充分做好备库准备，24 小时待命，随时等候前方的召唤。”李陶薇说。

八百里加急，捐赠空调抵武汉

“3 天之内向武汉火神山医院发货！”1 月 24 日，接到医用净化空调紧急发货通知的杨诚坐不住了。作为南京天加环境科技有限公司成品储运部经理，他明白，这是一个异常艰巨的任务。

医用净化空调对空气温湿度、净化等级、换气次数、颗粒物浓度等维度的控制有严格要求。同时，每套医用空调系统还会根据医院各个区域功能不同，进行定制化设计。通常情况下，货期一般在 25 ~ 30 天。

压力之大，前所未有。

1 月 25 日，在公司董事长、南京侨商联合会会长蒋立的领导下，“武汉新建医院紧急工作组”迅速成立，全面负责火神山医院、雷神山医院、黄石医院等在建医院净化空调设备的方案制订与设备供应，并对方案设计、选型协调、供货调试等工作进行明确分工。

武汉火神山医院施工现场，天加环境科技有限公司工作人员正在调试医用净化空调室外机

在公司紧急冻结各大区域所有库存设备后，杨诚开始了紧张的统计工作。他逐一联系所有分公司，统计出全国范围内可调用的设备数量，汇总详细参数。

1月26日，杨诚将统计清单反馈给火神山项目组。他一刻没有松气，立即着手联系同事，联络物流，为发货工作做好准备。

1月27日是3天发货“军令状”期限的最后一天。这天凌晨，杨诚接到了火神山项目组确认设备参数的回复。

“我提前联系了几位同事，大家从老家开车赶回南京，27日在工厂集合，开始了货物的清查、调配与装货工作。”杨诚说。

人有了，物流成了最大的难题。“大年初三，大型设备的物流基本上停了，发往武汉的物流更是难上加难。”杨诚打了整整一上午的电话，终于找到了一家愿意发货的物流公司。“八百里加急，直达武汉！”

1 月 28 日凌晨，天加捐赠的首批 6 台套医用净化空调设备顺利到达武汉火神山医院现场。

3 天发货，4 天交付，任务完成！

杨诚来不及兴奋，又投入雷神山医院的设备调配与发货事宜中。2 月 1 日，从南京、天津、成都多个工厂发货的第二批捐赠设备，抵达武汉雷神山医院。

物资抵达后，要在几天内安装完毕，人手不够怎么办？南京天加总部基地指令武汉分公司——“管理层全部上阵，不惜一切代价确保设备安装万无一失”。

“那些天，武汉大街小巷空空荡荡，但火神山、雷神山工地上热火朝天。”公司大区经理张海峰说，“大家团结一心，谁有困难，需要搭把手，别人总会帮上一把。大家都明白，工程进展得越快，疫情就能控制得越好。”

又是忙碌的 3 天，经过 20 名工作人员每天 15 个小时的奋战，设备安装任务圆满完成。

目前，在火神山、雷神山两家医院的 ICU 病房、负压病房、检验室等核心净化区域，由天加捐赠的 14 台套专业医用净化空调设备一直在顺利运转。

临危受命，再开一条生产线

“等宁德新生产线正式开工后，生产的第一批 100 万只民用口罩将全部捐赠。”接受本报记者采访时，安发国际控股（新西兰）集团公司总裁、MEO 健康呼吸科技有限公司董事长高炜语速很快，语气很急，2 月 14 日，从海外购置的生产口罩机器调试完成，正式启动生产。

连日来，为了在福建省宁德市紧急筹建一条日产 15 万只民用口罩的新生产线，高炜在宁德和厦门之间来回奔波：“生产口罩必需的无纺布、熔喷布（过滤纸）等生产原料很紧张，需要四处联系货源。”

在 MEO 健康呼吸科技有限公司车间内，工人在生产口罩

“家乡亲人们的健康平安是我最大的牵挂。宁德有 300 多万人口，每天口罩的需求量大约是 120 万只。此前，宁德市只有一家口罩生产企业，每天的生产量只有 2 万只左右，缺口很大。”为解燃眉之急，受宁德市委委托，高炜临危受命。“现在，口罩是比黄金还宝贵的东西。日产 15 万只口罩，虽然离宁德市的总体需求还相差很远，但我们想尽自

己的一份力。”

高炜的忙碌不是从这两天才开始的。高炜生产口罩的公司在厦门，年前因为口罩供不应求，他和公司员工一起加班，打包发货，一直忙到大年三十下午才回家过年。

“兄弟姐妹们，新年好！因为疫情加重，社会民用口罩紧缺，非常时期，我想尽快复工，支援防疫，希望大家支持！”1月25日，大年初一上午，高炜在公司微信群里以这样的方式拜年。很快，他得到了大家的热烈响应。

“我可以马上回公司！”“我可以从宁德赶回厦门帮忙！”公司员工的热烈响应令高炜感动不已。大年初一下午2时许，高炜在厦门的口罩生产公司正式复工，生产机器飞转，客服热线不断。

“大家三班倒，加班加点赶制，但每天5万只口罩根本供不应求。”高炜说：“各地对口罩的需求量都很大。我现在一天接到的订购电话比过去一个月都要多。一听到‘口罩’两个字，我的心就揪在一起。”

“坚决抵制涨价，尽一切可能供给中国市场。”高炜的爱国情怀，感动着每一位在车间里忙碌生产的工人。

在企业生产极度紧张的情况下，高炜的热心捐赠也一直没断过。

2月3日，福建省宁德市古田县吉巷乡坂中村村委会主任高已德收到一个快递。他知道：“高总捐赠村里的500只口罩到了！真是雪中送炭！”

收到口罩的远不止坂中村。春节期间，高炜的企业先后向宁德市的乡村和吉林侨商联合会各捐赠5万只、3万只KN95口罩。

“农村的疫情防控条件相对简陋，但绝对不容忽视。”在海外 20 多年，高炜始终没有忘记自己出发的地方，“这次疫情牵动着每一位华侨华人的心。将防护口罩送到家乡人民的手上，是我们应尽的责任。希望通过我们企业小小的善举，带动海外侨团，共同为守护社会安宁和人民健康尽一份力。”

（2020 年 2 月 17 日，来源：《人民日报·海外版》）

2 正大集团捐资捐物 5000 万元支援国家抗击疫情

1 月 26 日，正大集团根据疫区需要，决定响应中国侨联关于海内外侨胞为抗击疫情捐赠款物的倡议，捐赠 3000 万元现金和 2000 万元物资，支援国家抗击新型冠状病毒感染的肺炎疫情。其中，1000 万元捐款用于与中国医学科学院、北京协和医学院共同设立科研基金，支持新型冠状病毒研究工作；2000 万元捐款通过中国侨联所属中国华侨公益基金会，用于救助抗击疫情的需要；2000 万元物资以正大食品和疫区急需的医疗防护用品为主，捐赠给湖北疫区有关主管单位配发给战斗在一线的医护工作者、工作和救援人员、病患人员等，由正大集团在当地的企业负责联系和对接，积极做好捐赠物资的落地和发放等工作。

正大集团资深董事长谢国民、董事长谢吉人表示，作为一家有社会责任感的外商投资企业和华商企业，正大集团将全力支援疫区，并将根据抗击疫情的需要，进一步做好公益慈善工作，为打赢抗击疫情的攻坚战贡献力量。

近年来，正大集团始终秉承“利国利民利企业”的经营宗旨，积极参与社会公益事业、履行社会责任，在 2003 年非典疫情、2008 年汶川大地震、2010 年玉树大地震、2013 年雅安大地震之际等，正大集团均于第一时间捐款捐物，根植中国 40 年来，公益慈善捐资捐物总额超 16 亿元人民币。

据悉，2020 年 1 月 25 日，正大集团即紧急启动驰援湖北抗击疫情行动。当天，正大集团把下属企业现有库存的 33 吨价值 120 万元的消毒剂物资全部捐赠给湖北省，通过湖北省红十字会配发给相关医院和单位使用。

（2020 年 1 月 27 日，来源：中国侨联官网）

3 世纪金源集团捐赠 1.2 亿元抗击新型冠状病毒感染肺炎疫情

疫情危急，众志成城。

新型冠状病毒肆虐荆楚大地，并继续蔓延，牵动全球华侨华人的心。一方有难，八方支援。1 月 27 日，中国公益慈善领域知名企业世纪金源集团，响应中国侨联关于海内外侨胞为抗击疫情捐赠款物的倡议，通过中国华侨公益基金会捐赠 1.2 亿元人民币，助力新型冠状病毒感染肺炎疫情抗击与防控，这笔善款将主要用于疫情所需的各种紧急救助，为一线提供坚强的物资与资金支持，也将持续关注疫情进展，一部分资金对有可能发生的次生灾害以及受困者群体，予以进一步关怀和资助，为疫情后期问题处理或社会其他需要提供帮助。

世纪金源集团成立于 1991 年，为综合性跨行业国际集团，秉承“诚信创业、造福社会”的企业宗旨，在中国大陆已投资 2580 亿元人民币，缴纳各项税金已达 447 亿元人民币，十三度荣登“中国企业 500 强”排行榜。自创业以来，世纪金源致力于支持公益慈善事业，已累计捐赠 60 亿元人民币，连续 16 年荣登“中国慈善排行榜”前十。

本次疫情发生后，世纪金源集团迅速响应侨联号召，捐赠巨额善款支援疫情防控，心系疫区人民以及奋战在一线的医护人员，在祖国和人民最需要的时候，积极承担社会责任，为疫情防控贡献力量。在企业内部，中共世纪金源集团党委迅速响应党中央号召，积极行动，全力以赴，充分发挥基层党组织作用，并专门成立疫情防控工作小组，按照政府有关要求，全面落实疫情防控的各项工作，对其旗下地产、酒店、购物中心、物业、文旅、教育、儿童、健康、养老等产业项目，制订了全面疫情防控方案，以严谨、扎实的工作，严格防控疫情，对宾客负责，对业主负责，对员工负责，对社会负责。世纪金源集团坚信在党中央的坚强领导下，全国人民必将万众一心，众志成城，取得抗击疫情的全面胜利！

（2020 年 1 月 28 日，来源：中国侨联官网）

4 新加坡华联企业有限公司董事长李棕先生捐赠100万美元支持抗击疫情

为坚决响应中央决策部署，打赢疫情防控阻击战，新加坡华联企业有限公司（OUE LIMITED）响应中国侨联倡议，董事长李棕先生于2月20日表示通过中国华侨公益基金会捐款100万美元，用于抗击新冠肺炎疫情。

新型冠状病毒肺炎疫情对中国造成很大影响，也牵动着新加坡各界人士的心。华联企业有限公司董事长李棕先生一直关心中国的公益事业和教育事业，对此次中国抗击新冠肺炎疫情更是高度关注，虽然企业在此次新冠疫情中也受到很大影响，但是仍然积极参与到捐助抗疫的行动中。李棕先生希望此次捐赠的100万美元由武汉防控疫情指挥部统筹使用，能为疫情一线快速构建起抗疫救灾服务产业链提供保障支持。

李棕先生说："五千年华夏历经风雨华彩依然，如今，有强大的中国共产党的领导，有全球华侨华人风雨同舟，有中国人民众志成城，有一线工作者科学防治，相信疫情很快会过去，经济发展的春天很快会到来。"

（2020年3月6日，来源：中国华侨公益基金会供稿）

5 益海嘉里集团捐赠 3000 万元支援国家抗击疫情

湖北武汉等地陆续发生的新型冠状病毒肺炎疫情，牵动着海内外中华儿女的心。为响应党中央决策部署、支持武汉地区抗击疫情，中国侨联向海内外侨胞发出向疫区捐赠款物的倡议，并得到了积极响应。

著名华侨企业益海嘉里金龙鱼粮油食品股份有限公司表示，将通过“金龙鱼公益慈善基金会”向“中国华侨公益基金会”捐赠总值 3000 万元人民币的款项和物资，其中 2000 万元为现金，1000 万元为救援物资，支持湖北省抗击新型冠状病毒肺炎疫情。

面对来势汹汹的疫情，益海嘉里此前已经积极参与到抗击新型冠状病毒肺炎疫情中。1 月 25 日，益海嘉里紧急采购的 10 万只医用口罩运抵武汉，截至 28 日中午，益海嘉里已累计向武汉捐赠医用口罩 23.6 万只。同时，益海嘉里作为国内最大的粮油供应商之一及时启动了应急保障工作，保障粮油供应，稳定市场价格，全力满足人民群众需要。该集团承担的武汉市地方粮油储备已完成备货，可随时调运。

当前，疫情防控工作形势依然严峻，益海嘉里坚信，全国人民在党中央的坚强领导下，坚定信心，同舟共济，科学防治，精准施策，一定能够取得抗击新型冠状病毒肺炎疫情斗争的伟大胜利。

武汉加油！中国加油！

（2020 年 3 月 19 日，来源：中国华侨公益基金会供稿）

6 千方集团 2000 万元驰援一线支援国家抗击疫情

1 月 28 日，千方集团根据疫区需要，响应中国侨联关于海内外侨胞为抗击疫情捐赠款物的倡议，捐赠 2000 万元的现金和医疗防疫物资，支援抗击新冠肺炎疫情。其中，1000 万元防疫物资通过中国侨联系统下发到国内疫区，1000 万元现金专用于抗击新型冠状病毒肺炎疫情的需要。

此次捐赠的现金及相关医疗防疫物资已经陆续抵达湖北等国内疫情严重地区，用以保障一线医护人员的生命健康安全等一系列抗击疫情的相关工作。

千方集团董事长夏曙东表示，面对全国多个地区发生的新型冠状病毒肺炎疫情，集团将积极响应并配合疫情防疫相关部门的工作开展，在党和政府的坚强领导和周密部署下，全体千方人将与全社会勠力同心，携手打赢这场防疫硬仗。

与此同时，千方集团已与武汉市疫情防控指挥部对接，向正在建设中的武汉雷神山医院无偿捐助建设所需的监控系统及设备，并组建专项行动组确保设备安装调试的顺利进行，助力武汉雷神山医院尽快建成并投入使用。

（2020 年 3 月 19 日，来源：中国华侨公益基金会供稿）

7 金辉集团捐赠1000万元支援国家抗击疫情

1月27日，金辉集团响应中国侨联关于海内外侨胞为抗击疫情捐赠款物的倡议，通过中国华侨公益基金会金辉爱心基金捐赠1000万元人民币，支援国家抗击新型冠状病毒感染的肺炎疫情。该笔捐款将全部用于救助抗击疫情的需要。

金辉爱心基金是由金辉集团董事长林定强先生发起，在中国华侨公益基金会设立的专项基金。多年来，金辉集团致力于推动国家慈善事业，参与发起多项扶贫济困、兴学助教、环保、创业、文化等多项公益行动。

作为一家有社会责任感的房地产开发企业，金辉集团将与员工，以及全国金辉项目的业主们一起，在防疫期间守护家园，共抗疫情。同时，也将始终心系疫区人民与奋战在一线的医护人员，密切关注疫情进展，随时准备履行企业公民责任，为打赢抗击疫情的攻坚战贡献力量。

金辉集团相信，在党中央的统一领导下和全国人民的共同努力下，一定能打赢这场没有硝烟的防疫之战。

（2020年3月19日，来源：中国华侨公益基金会供稿）

8 响应侨联倡议，无限极通过思利及人公益基金会向湖北武汉疫区捐赠500万元善款

湖北武汉等地陆续发生新型冠状病毒感染的肺炎疫情，疫情的发展和同胞的安危牵动着全国人民以及海内外侨胞的心。一方有难，八方支援。为坚决响应党中央决策部署，支持武汉地区抗击疫情，打赢疫情防控阻击战，中国侨联于2020年1月26日晨，倡议海内外侨胞向疫区捐赠款物。

这一倡议很快得到了侨资企业的积极响应。无限极（中国）有限公司第一时间联系中国侨联，宣布通过“思利及人公益基金会”向“中国华侨公益基金会”捐赠500万元人民币，作为抗击此次新型冠状病毒感染肺炎疫情的专用款项，定向捐赠给湖北武汉疫区。

武汉以及全国各地医务人员为打赢这场防疫防控战正奋斗在一线。面对紧张的疫情阻击战，无限极高度重视，第一时间成立新型冠状病毒疫情应对小组，密切关注疫情发展，及时调整各项生产经营安排。无限极方面表示还将继续关注疫情的发展，为抗击疫情提供更多力所能及的帮助。

经历过多次重大自然灾害和疫情的侵袭，中国人民都凭借强大的民族凝聚力，同心协力、不畏艰难一次次走出危机。我们相信，在党和

政府的领导下，在全国人民的众志成城下，我们一定能同舟共济、共克难关，取得抗击疫情的最终胜利！

（2020 年 3 月 19 日，来源：中国华侨公益基金会供稿）

9 德迈集团捐款120万元助力疫情防控阻击战

2020年1月26日，中国侨联常委、中国侨商联合会监事长、中国华侨公益基金会理事、德迈国际产业集团董事长施乾平先生，积极响应中国侨联的号召，为疫情防护，通过中国华侨公益基金会爱心捐赠120万元人民币，支援国家抗击新型冠状病毒感染的肺炎疫情。

德迈国际产业集团简称“德迈国际”，是以高科技产业园区投资、建设、运营与管理为主的投资集团。涉及科技实业、产业孵化、商业运营、金融投资、物业管理、文化教育、国际医疗等相关领域。德迈国际产业集团多年来热心于公益事业，积极参与社会各类慈善活动，坚持长期向贫困地区捐资捐物，回馈社会。在疫情暴发以来，施乾平引领企业迅速行动，捐赠善款支援疫情防控，严格执行相关防控规定，以实际行动号召社会各界参与到疫情防控工作中。

一方有难，八方支援。作为一家有社会责任感的企业，德迈国际产业集团勇于担当、主动作为，与社会各界一起守护家园，共抗疫情。同时始终心系疫区人民以及奋战在一线的医护人员，密切关注疫情发展，在祖国和人民最需要的时候，积极承担社会责任，为疫情防控贡献力量。

德迈国际始终坚信，在党中央的坚强领导下，全国人民必将万众一心，众志成城，取得抗击疫情的全面胜利！天佑中华！武汉加油！祖国加油！

（2020 年 3 月 19 日，来源：中国华侨公益基金会供稿）

10 同呼吸 共命运 天行健 在行动

这不是一个人的战斗！

2020年伊始，新型冠状病毒疫情的迅猛来袭，牵动着全国人民的心，同时也让人民群众的健康面临严峻威胁。

“国家兴亡，匹夫有责”

万众一心，齐心抗疫

疫情面前，没有局外人

……

疫情期间，广东省天行健慈善基金会（以下简称“天行健”）勇于承担慈善组织的社会责任，为打好疫情保卫战不断提供着后援支持。虽然没有医护人员精湛的技术，不能在抗疫一线“冲锋陷阵”，但一定尽己所能，为抗击疫情战役出一份力。天行健在疫情期间对接物资驰援湖北武汉、孝感、荆州、黄冈，河南信阳，广东潮州、江门、佛山等地；与中国侨联、中国华侨公益基金会、广东省民政厅、拱北海关、珠海市红十字会、珠海市委统战部、珠海市侨务局、珠海团市委、珠海市青联、珠海市卫健局、珠海市妇联、香洲区红十字会、斗门区红十字会、南光报关、通宇物流等多家单位联动；对接海外捐赠物资捐至中山大学附属第五医院、珠海市人民医院、香洲区人民医院、珠海中西医结合医院、珠海妇幼保健院、遵义医科大学第五附属医院等各大医院；近40个海外物资捐赠对接群……处处能看到天行健默默为战役提供后援支持的身影。

广东省天行健慈善基金会接收海外捐赠物资并交付遵义医科大学第五附属（珠海）医院使用

疫情不容缓，侨胞在行动

疫情发生后，国内多地医疗防护物资告急，危急情况时刻牵动着全世界华侨华人的心，海内外侨胞迅速行动起来，以捐款、筹集物资等多种方式第一时间驰援祖国抗疫，一笔笔资金、一箱箱写有“湖北加油！中国加油！”的援助物资从世界各地满载着侨胞们的关切通过各种渠道发向国内。抗击疫情的爱心，没有山海的隔绝，没有地域的界限。华侨华人遍布在全球各地，他们用自己的双手创造着美好生活、为当地发展做出贡献，也始终热情支持祖国发展的各项事业。这是一群深怀爱国之情、坚定报国之志的同胞。对于中华儿女来说，不管人在哪里、无论走到哪里，只要祖国需要，爱国之心就不会缺席。

天行健作为一家涉侨基金会，这场突如其来的新冠肺炎疫情也引起了基金会华侨捐赠人的极大关注。疫情暴发期间，正值中国农历春节，海内外侨胞的驰援行动却丝毫没有因为节日或时差而延后。

大年初一，荣誉会长严海文打电话过来，急匆匆地说：天行健能不能想办法接收海外捐赠物资，我朋友从美国找的物资，疫情严重，我也不知道怎么操作……

大年初二，爱心企业金稻集团马虹总经理发来信息：我们金稻的员工要一起捐款给武汉，怎么办手续？

大年初三，爱心企业家黄伟生打来电话：天行健可不可以帮中大五院对接一批海外捐赠物资？珠海也缺少物资。

大年初四，创会会长蔡光、郑焕明在加拿大温哥华寻找物资，着急地说：太难找了，如果找到了马上空运回去。

大年初五，爱心企业广州信恒宋蕾总激动地发语音：有日本渠道的口罩，要不要？我另外捐 20 万啊！

大年初六，拱北海关、珠海市民政局、珠海市红十字会、珠海市财政局相关工作人员找到天行健：我们需要从拱北海关接收海外捐赠给珠海的物资，必须要省 5A 级……

作为珠海唯一的省 5A 级慈善组织，天行健勇于担当，义不容辞！

在开展抗击新型冠状病毒肺炎工作最吃紧的时刻，天行健加班加点地接收海外捐赠物资，过程中发生的感人事迹一幕又一幕。

全国政协委员、澳门特别行政区立法会副主席崔世昌先生通过天行健捐赠 30000 只口罩给家乡新会的敬老院，关切地询问敬老院的对接人联系方式，配合海关一遍遍地修改过关资料。为了能让口罩第一时间到达敬老院，他安排好过关后的物流帮助运输，直到确认物资抵达才放心。而在此之后他又陆续为家乡其他慈善机构进行了物资捐赠。

珠海市的友好交流城市哥斯达黎加埃斯帕萨市送来慰问和援助，旅哥中国和平统一促进会、旅哥珠海联谊联合总会、旅哥华人华侨联合总会通过天行健向珠海市捐赠了 12.6 万只口罩及相关物资。然而，这批承载海外侨胞拳拳赤子之心的口罩得来不易，且运送过程艰辛。会长古根和先生是位长期旅居海外的年届八旬的老人，在得知珠海抗击新型冠状病毒肺炎的医用物资紧缺后，发动哥斯达黎加华侨华人慷慨解囊、踊跃捐资，利用各自掌握的相关资源，了解购买口罩渠道，日夜奔走，亲自前往当地多家销售医用外科口罩的药店、医疗设备企业和机构，争分夺秒，多方筹措，找到 12.6 万只口罩的供应渠道。为了这批货物发运，他好几天晚上 9 点睡，凌晨两点起，以便在国内白天时间联系工作。在市委外办工作人员劝他多睡一会儿的时候，他最常说的一句话就是："物资一天没有发运，我睡不着。"

天行健的创会会长蔡光、郑焕明，在加拿大不断寻找物资。他们不仅捐款，还想尽办法买口罩、发物资，因为采购时不懂还造成多次买错退货的状况。后来呈现在人们眼前的是一张长长的支援祖国各地的清单，144 箱物资，每一箱都是加拿大华人的拳拳赤子心。蔡光会长说 44 ~ 45 号箱是给中大五院的防护面罩，一定要跟进查收啊。加拿大潮商会的庄晓爚会长一直细心地查询快递单，直到这两箱面罩抵达中大五院。

旅哥中国和平统一促进会会长古根和先生向国内捐赠防疫物资

加拿大华侨捐赠防疫物资抵达中山大学附属第五医院

像这样心怀家乡抗疫的华侨华人还有很多很多……前些日子一张飞机前舱的照片感动全网，一排排座位上，坐的不是客人，而是一箱箱口罩！在这样的无妄之灾下，我们无数次被海外华人对祖国的热爱感动到泪流满面。在各方努力下，广东省天行健慈善基金会已顺利接收海外物资捐赠 39 批次，价值人民币近 820 万元，各批捐赠物资顺利运抵各指定捐赠单位。

这些地方，都有天行健的身影

在接收海外捐赠物资工作开始之前，天行健早已开始对接各种资源支援一线医护。在广东省民政厅等上级单位的指导下，广泛发动社会各界爱心资源，竭尽所能地筹集医护物资和善款，为坚决打赢这场防控疫情攻坚战贡献力量。疫情暴发伊始，广东建星集团、珠海浩业集团等

13 家爱心企业和爱心人士就自发捐款 397.18 万元用于抗击疫情。天行健更是做足了工作，把每一分善款都努力用在一线人员身上。

湖北省 · 黄冈市

1 月 30 日，广东省天行健慈善基金会首批善款 200 万元通过中国华侨公益基金会捐赠给黄冈市罗田县，根据湖北省罗田县医院一线医护人员的需求，用于采购防护服、口罩、消毒液等医疗防护用品，帮助医护人员更加安全地救治病患。

湖北省 · 孝感市

1 月 31 日，基金会临时发起成立了武汉周边地区抗击疫情的志愿者队伍，积极对接湖北孝感地区的实际需求，从寻找物资到送去一线医院，基金会秘书处与武汉理工大学天津校友会的志愿者们齐心协力、联络配合，将 1.8 吨纯度 75% 的医用酒精安全送到了孝感地区的各需求医院。同时，基金会还为孝感一线 3100 名医护人员送去维生素 E 修护霜，解决面部因长期佩戴口罩造成的皮肤损伤。

广东省 · 珠海市

1 月 23 日，广东省启动重大突发公共卫生事件一级响应，中山大学附属第五医院作为珠海市唯一一家定点收治医院，担负起疫情防控重任。随着珠海确诊人数的不断增多，一线医护人员数量也在增加，很多医护人员来不及准备生活用品就投身病区，开始了隔离战斗的日子。天行健与医院办公室对接，为一线医护人员多次采办生活用品，并捐赠免洗手消毒凝胶。虽然天行健的小伙伴们从未出现在捐赠现场，但医院院办的医护们已经对天行健的名字很熟悉了，医院的志愿者队伍主动承担了帮助天行健运送市内捐赠物资的任务，爱心接力，共克时艰！

2 月 16 日，广东省天行健慈善基金会与珠海市侨务局联合，采购抗抑菌消毒产品 450 套，为珠海市侨界困难群众提供健康保障。在全球疫情暴发之后，天行健又与侨务局联合开展了珠海华侨“爱心防疫包”活动，为支持珠海海外华侨贡献一份力量。

湖北省 · 荆州市

2 月 20 日，16 吨化橘红、番石榴、红阳桃等当季水果，伴随着广东人民满满的爱心顺利发车运往湖北荆州，用于发放给一线医护人员。这是广东省天行健慈善基金会积极与共青团珠海市委员会联合，在定点扶贫地区广东化州与其他爱心企业共同采购产业扶贫产品，用爱心产品支持抗疫前线。

3 月，1000 件防护服、5000 件隔离衣、400 瓶消毒液带着天行健的爱陆续发往湖北武汉及武汉周边一线医院，助力疫情防控阻击战役。像这样的行动，天行健在持续不断地进行着。疫情不散、奋斗不止！在这场疫情中，虽然有过错漏，但我们更多看到的是医者仁心，是人性的光芒，慈善的力量跨越了江河湖海，并且总能跨越一切阻碍，去到最需要它的地方。

（2020 年 6 月 2 日，来源：广东省天行健慈善基金会供稿）

11 侨企扬新生物积极研发助力新冠病毒检测

经过连日的加班加点，2 月 17 日晚，张家港市侨资企业——江苏扬新生物医药有限公司将赶制出来的新型冠状病毒抗体检测试剂盒捐赠给武汉、山东等地进行新冠肺炎的一线临床研究。这是自 2 月 10 日以来，扬新生物捐赠的第 10 批抗疫物资。

自新冠肺炎疫情发生以来，能够快速检测病毒的试剂产品至关重要。作为基于疾病早期发现和精准诊疗的创新型诊断试剂企业，江苏扬新生物医药有限公司在第一时间组织最尖端的研发力量，紧急启动新型冠状病毒胶体金和荧光检测试剂的研制工作。

1 月 31 日，在公司团队联合国内病毒专家、教授和研究机构的连日攻坚下，专门检测人传人疫情的胶体金、时间分辨荧光新型冠状病毒 IgM/IgG（即免疫球蛋白 M/ 免疫球蛋白 G）抗体检测试剂盒成功下线，并向国家药品监督管理局递交应急审批申请。眼下，产品已陆续发往各地医院进行临床验证。

扬新生物质量技术总监李静表示，新型冠状病毒免疫 IgM/IgG 抗体快速检测试剂，可打破目前临床核酸 qPCR 检测操作烦琐、耗时长、需要集中送检等限制，优势在于操作简单、反应快速，只需滴一滴血，10~15 分钟就能显示结果，适合大规模筛查，可广泛应用于基层医院、发热门诊、社区检测、机场、车站、学校、企事业单位的风险筛查。此外，扬新生物还拥有 PCT、CRP、SAA、IL-6 等系列炎症感染因子快速检测试剂，为基层发热门诊提供全套解决方案。目前，公司仍在持续研发，努力进一步缩短试剂盒的检测时间，提高准确性、有效性。

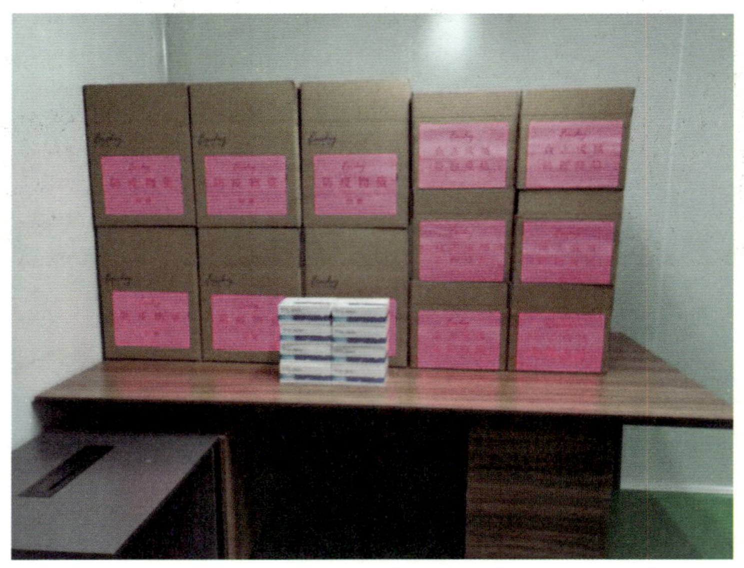

全国各地对新型冠状病毒抗体检测试剂盒需求量巨大，为保障检测试剂盒的产能，扬新生物召回了绝大部分员工进行生产。公司总经理、张家港市侨联委员胡文波说：“我们团队从初三开始每天工作到晚上 10 点多，元宵节也加班工作。团队成员都是一群有担当的‘80 后’，我也被他们感动了。”

在扬新生物办公室墙上，贴着一份新型冠状病毒检测试剂盒捐赠战报。截至 2 月 18 日，扬新生物已陆续向湖北武汉、山东省、江苏省、广东省、江西省等 9 个地区捐赠了价值近 80 万元的物资。此外，扬新生物还联合北京扬新科技有限公司，向奋战在疫区一线的医护人员捐赠了 1000 瓶维生素 C 含片，助力忙碌疲劳的医护人员渡过难关。

在这场没有硝烟的抗疫阻击战中，扬新生物既慷慨解囊，又主动作为，展现了侨资企业应有的社会责任担当。

（2020 年 2 月 27 日，来源：中国侨联官网）

12 鑫桥公司以实际行动响应国家号召尽快复工复产

2月19日，习近平总书记主持召开中央政治局常委会议。会议强调，要统筹做好疫情防控和经济社会发展工作，坚定不移贯彻新发展理念，全面做好“六稳”工作，发挥各方面积极性、主动性、创造性，把疫情影响降到最低，努力实现全年经济社会发展目标任务。作为金融服务行业，鑫桥联合金融服务控股集团有限公司在坚决做好科学防控的同时，更要积极为国家经济复苏和社会稳定发展加油助力，这是金融服务行业的责任，也是鑫桥公司的担当。为积极响应国家复工复产号召，在抓好科学防控疫情的同时，集团于2月10日全力组织所属各公司复工复产，并采取多种措施确保疫情防控与公司运转两不误。

一、在做好疫情防控的基础上，建立一套特殊时期行之有效的公司管理运行机制

疫情当前，做好疫情防控、保证复工安全仍是首要任务，这也给公司各部门工作的开展增加了一定难度。公司积极落实北京市防疫防控的要求，制定出“关于新型冠状病毒肺炎疫情防控预案”，预案中明确了防控工作目标、防控组织架构、职责到人的要求、预防与预警的条例及十项具体措施和对员工的五项具体要求。公司各基层部门积极落实，通力合作，齐心协力，建立起特殊时期的高效工作机制，采取线上线下

工作机制无缝对接，保证了公司各部门协调合作过程中分工明确、目标一致、流程清晰、沟通顺畅，使公司业务在推进过程中的每一个环节快速、准确、无遗漏。有效确保甚至提高了部门间合作的工作效率及公司与客户的沟通效率。

二、温暖同心、倾力合作，与客户和合作机构建立起一套远程服务模式

受疫情影响，各地复工复产时间及防控措施各不相同。公司在复工后的第一时间，积极与全国各地的客户和合作机构取得联系，详细了解其受疫情影响的情况及经营发展目标要求，协调建立起远程服务联系机制，利用多种通信手段和方式与客户保持即时联系和沟通，以最快速度全面了解和支持客户的融资需求，及时讨论和调整更新融资方案。

三、积极沟通，创新模式，借助高科技远程可视技术支持项目签约及放款工作

在迅速建立起疫情期间的对内、对外新的工作机制后，公司各项业务推进有条不紊、快速高效。公司根据现有防疫的要求，积极与客户和金融机构探讨签约和放款方式和机制，在与各合作方达成共识的基础上，首次采取“无接触”高科技可视频签约认证的方式，完成了与客户、金融机构的签约认证工作，确保了首批 14.1 亿元人民币资金顺利放款，以最快速度、尽最大努力支持国家西南部地区交通运输建设和发展。

集团董事局主席李然表示：“这是全体公司同仁、客户、合作机构

精诚协作的重要成果，是防控疫情和经济发展两手抓的重要体现，也是我公司贯彻‘只争朝夕　不负韶华’精神的重要实践。疫情当前，能够发挥公司服务于中国实体经济的专业经验，为国家经济恢复和发展出一份力，是我们的责任与骄傲。”

金融服务是国家经济社会发展最重要的支撑力量。鑫桥公司将会紧紧围绕国家经济建设发展的中心任务，特别是在此次疫情中需要加强的重点行业和领域，发挥融资租赁兼具融资和融物的独特功能，利用丰富的行业服务经验和金融创新能力，积极参与国家科技创新、公共卫生体系进一步完善的战略发展，继续为经济社会发展做出努力和贡献！

（2020 年 3 月 3 日，来源：中国华侨公益基金会供稿）

13 多策并举，精准发力——怡海集团扎实做好疫情防控工作

1 月 20 日，中央做出疫情防控工作部署后，作为承担着全国怡海社区近 10 万人、怡海教育集团 18 所教育机构万余名师生以及怡海商业的防疫防控工作的责任人，董事长王琳达迅速召开怡海集团管理干部关于疫情防控紧急会议，部署集团旗下的各单位快速建立起排查、监测、疫情报告、隔离、消毒等一系列防疫防控管理制度。

第一，反应迅速，及时部署。根据中央做出的疫情防控工作部署，1 月 21 日，怡海集团第一时间成立“怡海疫情防控领导小组”，同时怡海全国各地分别设立了 10 余个应急小组。统一指挥、落实责任、制订方案，建立各地疫情日报制度并根据政府发布的疫情信息和各地实况及时调整应对策略，有序展开疫情防护工作。

第二，保障供应，助力防控。在防护物资方面，由于疫情发生后，国内外防护物资都十分紧缺，董事长王琳达时刻关注国内外市场，经过多方努力，目前已批量购得口罩、护目镜、防护服、测温枪等防护物资，并通过北京怡海公益基金会送达武汉、广西、北京、长沙等防疫一线。在生活物资方面，怡海绿园超市克服疫情期间运输困难、货源紧张等问题，经多方努力，确保粮油及厨房调料等货源稳定充足，蔬菜水果食材新鲜和品种多样，商品始终保质保量，价格稳定合理，每日严格执

行消杀方案。针对不方便出门顾客，超市推出“绿园三结义”蔬菜套餐，居民可开通线上订货，产品配送到绿园超市，由绿园工作人员通知领取，避免人多交叉感染。

第三，联防共治，严防死守。怡海物业、街道、社区、侨联、党员志愿者联动，由党员带头，社区两委一站工作人员、社区警务人员、物业人员、侨联工作者、居民志愿者积极投身到社区疫情防控战斗中，每日对公共区域全覆盖、无死角消杀，对废弃口罩专门收集处理。定时定点值守、严格检测车辆、人员 24 小时无缝对接，严把社区入口最后一道防线。

第四，团结一致，同心同行。疫情仍处于最吃紧的时候，虽然社区防控及时升级，但社区居民隔门不隔心，理解支持物业防疫工作，主动配合防控工作的各项安排。在防疫物资仍然紧张的情况下，经常有居民为物业防疫人员送来口罩、医用酒精、板蓝根、暖足贴等物品，表示对集团防控工作的充分肯定。

第五，创新方式，加强宣传。各学校成立了以校长和机构负责人为首，以各年级组、各班班主任为单位的疫情防疫领导小组，启动《防控新型冠状病毒肺炎应急预案》，制订了各校的《新型冠状病毒肺炎疫情防控工作方案》。多次组织各学校和教育机构负责人研究师生居家防疫策略，通过网络开展形式多样的德育教育活动，关注居家学生心理状态，要求教师积极引导，让家长放心。老年大学在公众号和微信群宣传正能量，班主任随时在班群里与学员沟通，答疑解难，鼓励大家积极响应党的号召居家隔离，并组织学员用诗歌、书画等形式歌颂党、歌颂社区的好人好事。大家齐聚一心，在各自的角色上努力做好防疫工作。

集团负责人表示会继续全面加强社区疫情防控及保安全、保供应工作，将怡海社区打造成疫情防控的坚强堡垒，打造成每个怡海人最安全的港湾。

（2020 年 3 月 3 日，来源：中国华侨公益基金会供稿）

14 生产防疫两不误 温暖送到千万家

赛得利员工在为产品做物检（赛得利集团供图）

“一手抓疫情防控、一手抓生产发展”。自疫情发生以来，为抗疫情、保生产、稳物价，广大侨商会员企业纷纷响应中国侨商联合会关于“加强疫情科学防控，有序推动恢复生产”的倡议，在做好防控的基础上复工复产。

复工保供 为民生保驾护航

发动专业采购团队，去各大市场采买生鲜蔬菜；派车直抵厂家仓库，提货完毕后第一时间分发到各门店；货品打包，无接触配送至小区门口……自疫情发生以来，正大集团旗下北京卜蜂莲花超市从未中断营业。

"'保质量、保物价、保供应'是北京卜蜂莲花超市对消费者的承诺，而'保供应'的关键在于备货和配送。"新业态发展部负责人孟庆松在接受本报采访时说。

同样为消费者持续供应民生商品的还有正大优鲜。"疫情防控期间，蔬果销售量涨至平时的4~5倍。"正大集团正大优鲜负责人刘骝在接受本报采访时指出，"单个门店每天可能都要销售出上吨的蔬果。"

如此庞大的销售量意味着不可小觑的风险。进店前测量体温、控制店内顾客人数不超过10人、收银处专人引导顾客排队间隔1米以上……严格的消毒防疫措施是门店正常运营的必要条件。

与此同时，大批工人也走进工厂，在生产线前为民生商品保供奋战。据悉，除湖北之外，正大集团的种植、养殖、饲料、屠宰、食品加工等企业都已复工，生产能力已基本恢复。

除了肉菜蛋奶，米面粮油也不可或缺。2月4日，位于武汉的益海嘉里（武汉）粮油大米加工厂正式开机。作为粮油生产企业，益海嘉里在特殊时期发出了"粮管够"的积极信号。

"粮油是关系国计民生的重要物资。"该集团公共事务部负责人在接受本报采访时指出，疫情防控期间，民众曾大量囤积粮油，益海嘉里意识到复工生产刻不容缓。

该负责人提到，由于各地采取了隔离措施，一些员工无法及时返岗。为了解决这一难题，当地员工亲属及经销商伙伴积极申请支援一线，帮忙打包装箱。截至目前，益海嘉里集团分布在全国23个省份的50余家粮油生产企业已全面复工。

科学调度 医疗卫材稳定生产

正月初一，中翰盛泰生物技术有限公司接到浙江省衢州市人民医院的电话，对方在电话里提出需要 Jet-iStar3000 免疫分析仪及相关试剂。该公司董事长周旭一意识到，昨晚才停产的工厂恐怕又要忙碌起来了。

2 月 6 日，公司正式复产，数百名一线生产工人、设备工程师、技术研发人员纷纷到岗。“为了保证设备正常装机使用，我们有 70 多名客服工程师分布在全国各处，随时待命。”周旭一在接受本报采访时说，“该分析仪已在全国 350 多家疫情定点医院中用于新冠肺炎患者和发热病人的快速筛查与诊断，检验全程不开盖，保护检验人员免受生物安全风险。”

医疗防护卫材生产供应也是社会关注的焦点。作为国内无纺市场三大供应商之一，赛得利致力于为包括医疗卫材在内的无纺布生产提供原材料。然而，由于上游开工不足，硫酸锌等原辅料短缺，给工厂复工带来困难。

“供应链部门想方设法开辟新的供货渠道，政府也帮助协调采购了其他企业的闲置原辅料。大家都各司其职，为尽早恢复满负荷运营出力。”该集团九江地区企业资讯经理甘怒在接受本报采访时说。在各部门的努力下，赛得利集团 5 家工厂于 2 月 10 日全面复工，不间断地生产和供应无纺纤维。

送人温暖 全力做好生活保障

在武汉世茂锦绣长江社区里，有一群人抱着蔬菜冒雨奔波于各楼宇之间。“70 栋的业主请注意，我们已经将蔬菜运到 70 栋楼下了，马上就挨家挨户给你们送上去。”武汉城市公司客服主管肖英在业主群里发出这条消息。这是一次免费派发蔬菜的活动，活动覆盖了武汉世茂旗下的四个社区。76 吨蔬菜，两天内被派发给了 8732 户家庭。

“我们担心业主蔬菜储备不足，影响正常生活，所以想尽快将这些菜送到他们手上。”负责本次活动的武汉城市公司物业总经理周曦在接受本报采访时说，“希望能缓解业主的压抑情绪，给他们关心和信心。”

在艰难时刻，给予他人温暖彰显了世茂人的赤诚之心。与这类似的还有武汉世茂希尔顿酒店的工作人员。

凌晨 4 点，徐亮就起床了。他是武汉世茂希尔顿酒店的副厨师长，酒店在疫情防控期间接待了驰援武汉的解放军医疗队。“医护人员们清晨 5 点半就要赶往医院，所以我们必须在 5 点前把早餐准备好。”徐亮在接受本报采访时提到，厨房每天要准备 600 多份盒饭。徐亮已经习惯了这样的忙碌，从大年三十到现在，他已经在岗位上工作了一个多月。“我是土生土长的武汉人，别人过来帮助我们，我们自然要把人家招待好。”徐亮说。

像徐亮这样的厨师，该酒店目前有十几位。加上前台、客房等人员，共有 40 多位员工正在岗位上，为入住酒店的援鄂医疗队提供安心的后勤保障。

春意渐浓，各侨企以最好的状态投入生产。从民生商品、医疗卫材到后勤服务，无论是负责决策调度的侨企负责人，还是一线员工，都在为抗疫复工做着努力。

（2020 年 3 月 4 日，来源：《人民日报·海外版》）

15 献爱心抗疫情　78 岁侨眷手写请愿书

2020 新年伊始，新型冠状病毒感染的肺炎疫情牵动万家。武汉乃至全国各地医务人员为打赢这场防疫防控战正奋斗在一线。疫情的蔓延和同胞的安危同样牵动着海内外侨胞的心。1 月 26 日，江苏省华侨公益基金会发出倡议：江苏籍海内外侨团和海外侨胞、归侨侨眷行动起来，为疫区捐赠款物，特别是医用耗材、防护用品等。

疫情之下，生命重于泰山。一场由江苏侨商、侨企和海内外侨胞共同开展的爱心接力赛拉开序幕，以侨界之力共抗疫情。

78 岁宜兴侨眷加入抗疫医疗队伍

“我自愿加入抗击新型冠状病毒感染肺炎赴武汉支援医疗组后备梯队，不论生死，不计报酬……”1 月 26 日上午，78 岁的宜兴侨眷邓君朴将一封手写的请愿书交到了宜兴市中医医院。

邓君朴是江苏省知名中医，出身于中医世家，自 1963 年起一直在宜兴市中医医院工作，从医近 60 年，2003 年退休后被医院返聘，至今仍工作在临床一线。1 月 25 日下午，邓君朴小女儿邓理看到医院招募志愿者的通知后，立即发微信告诉父亲，自己想报名赴武汉支援。

邓君朴对女儿的决定表示赞成，与此同时，邓君朴也做出了一个决定，他要和女儿一起报名，去武汉支援抗疫。他认为，目前对于新型冠状病毒，西医还没有特效药，而中医药治疗病毒性肺炎有一定优势。邓君朴老人说，面对疫情，每一位医护人员都没有理由退却，也没有资格逃避，我们多一分勇敢、多一分努力，就可能带给更多人健康。

多国华人、侨企捐款捐物驰援武汉

四海一心，众志成城。在这场疫情防控战役中，无论是身在远方的海外侨胞还是国内的各级侨联组织与侨界群众均通过商会、基金会募捐、个人募捐等多种形式进行捐款捐物，从发起倡议到募集资金，从自发转账到调集物资，一呼百应，有条不紊，井然有序，一场爱心接力在海内外侨界传递。

在加拿大，善行义举温暖人心，加国华人情牵疫区，加拿大爱心慈善基金会、加拿大扬州同乡会等侨团纷纷行动起来捐钱捐物，累计捐款 200 人次，总金额超 60 万元，采购急需医用消毒液 1 万瓶；加拿大江苏华人联合总会徐凌联合长江医药集团在海外发起募捐行动，短短的两天，就办妥募捐、寻找医护用品、开通东航在洛杉矶的航空绿色通道等事宜。

在德国，德国江苏总商会会长王荣虎以及各位理事发出捐款捐物倡议，并提供欧元、人民币、物品三条捐助渠道。在安哥拉，各种应急物资从海外源源不断地送回国内。

在菲律宾，江苏商会会长谭志向盱眙县捐赠 5000 只口罩。

在日本，旅日华人中岛毅在朋友圈一看到省华侨公益基金会的倡议，就立即通过微信转账 1000 元。

在巴西，巴西巴中经贸交流会方激女士，第一时间捐赠 10000 元……还有很多来自加拿大、美国、日本、巴西、安哥拉、埃及、肯尼亚等国的江苏籍海内外侨胞纷纷来电咨询、接洽捐款捐物相关事宜。

在江苏，江苏省华侨公益基金会副理事长，苏州中文基置业顾问有限公司董事长顾文彬捐款 10 万元；省侨联原副主席镇翔组织南师大地理系同学捐款近 3 万元；南京市侨联 20 名工作人员累计捐款 62000 元，人均捐款超过 3000 元；伯利兹科技园侨联及侨归桥大家庭成员通过微信群自愿捐款 5 万余元；江苏富有集团董事长陈宽有捐款 3000 元；瞳欣公益基金团队短短时间内发动近百人为疫区捐款……这些不断增长的数字背后是绵长不尽的同胞深情。

一方有难，八方支援，江苏侨界用实实在在的行动架起了爱的桥梁。

（2020 年 1 月 28 日，来源：中国侨网）

16 海外华文学校募捐：因为“有国才有家”

新型冠状病毒感染的肺炎疫情发生后，中国华文教育基金会联合海外华文学校捐款捐物抗击疫情。不少海外华文学校的老师告诉记者，募捐过程中的许多温暖小事令他们感动不已。

零花钱发挥大用处

募捐活动发起后不久，希腊雅典中文学校的孩子们就纷纷来到学校。2 欧元、5 欧元、10 欧元……他们用一双双稚嫩的小手将自己的零花钱投入募捐箱。

据校长李芳介绍，一位约 8 岁的女孩从红包中掏出压岁钱。“她一手拿着一张 20 欧元的钞票，一手拿着一个 50 分的硬币。思索片刻后，将 20 欧元投进了募捐箱”。

“你把 20 欧捐了，这 50 分够用吗？”老师问。女孩子眨眨眼，肯定地说：“20 欧我平时用不到，在学校买一个芝麻圈，50 分还用不完呢！”

“老师，这 50 欧是我圣诞节唱圣诞歌挣的”“老师，这是我的 2 欧元，我可以下星期再买面包吃”……李芳说，还有很多孩子没来得及到学校，用微信发来红包。

“这是我的零花钱，只有 5 欧，但我希望可以帮助有需要的人多买几只口罩，让病毒不要再伤害他们。”有一位学生说。

多出一个零

疫情发生后，西班牙十几家华文学校发出联名募捐公告。西班牙博思语言学校便是其中之一。

据校长潘丽丽介绍，家长们都很热情，积极寻找物资。一位浙江籍的家长一次性捐助2万只口罩，却不肯留名。

“还有家长直接转账。”潘丽丽说，家长嘉琪一次性转账2000欧元，她开始以为对方转错了，就问是不是多打了一个零，对方干脆地回答道:“就是2000欧。只想尽力做点什么，希望疫情早日过去。”

30分钟内收到第一笔捐款

据意大利中意学校介绍，爱心募捐活动刚发出不足30分钟，学生家长蔡先生就送来了第一笔捐款500欧元。

“这是学校第一次在校内组织大规模捐款活动，说实话心里没底。”校长傅文武说，在如此短的时间内，他们就收到第一笔捐款，“心里暖暖的”。

幼儿园小班的陈诺才3周岁，也拿着自己的压岁钱献了爱心。

6岁孩子说“有国才有家”

疫情发生后，迪拜“你好教育”发起的募捐活动得到师生、家长的积极响应，不少家长更是在夜间主动帮忙查验物资。

嘟嘟是学校的一位6岁小朋友。募捐活动中，他把自己的压岁钱捐了出来。据学校欧阳老师介绍，捐款当日问他是否舍得捐压岁钱，孩子立马回答“舍得”，因为“有国才有家”。

“这是他的原话，我们感到很震撼。”欧阳老师表示，相信海内外中华儿女齐心协力，一定能够渡过难关！

（2020年2月7日，来源：中国新闻网）

17 在日本回收易拉罐华人夫妇为武汉捐赠 2 万只口罩

身在日本，他们用自己的行动感动中国（图片来源：日本《关西华文时报》）

2 月 9 日，日本大阪东住吉区“航明株式会社”的公司创办人张志刚告诉日本《关西华文时报》记者：“自己当初低价进的货现在不卖，夫人非常支持，卖的话，不说绝对挣多少钱吧，肯定赚钱。但是，不说咱有多大力量，起码有颗爱国的心。”

没有鲜花，没有横幅，没有标语，这里正在举行着一场没有仪式的“捐赠仪式”——航明株式会社代表取缔役张志刚，把他当初为了在日本网上销售从而进货存着的 2 万只口罩，全部捐给中国武汉！日本《关西华文时报》总编丛中笑作为协助者，和日本再生资源企业联合总会副会长兼秘书长李佳宝一起，前来接收和搬运。

在大阪从事再生资源行业的张志刚专注回收易拉罐

张志刚，中国黑龙江省方正县人。在国内做过出租车司机的他，于1996年来到日本，此后一直就住在大阪东住吉区。在日本，他先后做过建筑公司的架子搭建工人，也在日本的工厂开过大卡车，与陆续跟随来的夫人和在日本出生的孩子过着平实而普通的生活。2013年，他瞅准时机开始创业，并把目光放在了再生资源领域。幸运的是，他现在用的位于东住吉区的货仓和加工工厂，是他创业不久就从朋友那里转租过来，一直用到现在。当时，那位同是来自中国黑龙江省方正县的朋友因为去别的地方发展，就以不到400万日元的价格转让给了张志刚。等条件成熟后，张志刚再投资了四五百万日元，增添了叉车、压罐机等设备，经营至今。

由于东住吉区不属于工业区，周围没有大的工厂，同时也考虑到场地问题，因此张志刚的业务只专注于其中一项：回收易拉罐！一般是客人直接送过来，有的大客户或者遇上老人、路途较远的，他就开车上门收取。虽然谈不上多大规模，但由于他的态度和服务好，赢得了周围日本人的信任，也让他顺顺利利地经营了 7 年。

在从事再生资源产业的同时，因为本身的工作需要大量口罩，张志刚觉得不妨也在日本的网上销售口罩，就在最近的两年陆续购进大量的货。但因为工作繁忙，网上的销售其实一直没有认真打理。当他看到中国武汉发生新型冠状病毒肺炎疫情后，心里格外焦急，立即就想着把这些口罩捐给正急需的武汉。在经过打听和确认之后，他联系上了自己加入的日本再生资源企业联合总会副会长兼秘书长李佳宝，并委托李佳宝来帮着把这些口罩运回到中国武汉。

与其他同行相比，张志刚的企业规模算是小的，与其他捐赠者相比，或许他捐的口罩不是最多的。但他和他的爱人的这一番行动，他们在接受采访中那些朴实而真切的话语，就像所有为武汉捐款捐物的在日华人一样，是最令人感动的海外华人中的一员。

（2020 年 2 月 10 日，来源：中国侨网）

18 中国加油！“寻根之旅”夏令营营员自发捐款献爱心

自新型冠状病毒肺炎疫情发生以来，新闻报道每天都在滚动播出中国各地正在进行的疫情防控阻击战。这场没有硝烟的战斗时时刻刻牵动着大洋彼岸曾经参加过“寻根之旅”夏令营的同学们的心。为此，他们自发组织了爱心捐款活动。近日，满载着老师和孩子们爱心的捐款汇到了中国华侨公益基金会。

来自世界各国的华裔师生通过“寻根之旅”夏令营活动，使他们有机会了解祖（籍）国的发展改革成就，有机会学习祖籍国的优秀传统文化，寻找到他们的“根”，让他们全面、清晰地了解到祖籍国的风土人情和历史文化。黑龙江黑河的瑷珲历史陈列馆、江苏淮安的张纯如纪念馆以及陕西秦始皇兵马俑博物馆等，都给这些在海外成长的孩子们上了一堂生动的历史文化课，祖（籍）国在他们纯洁的心灵上留下了深深的烙印。在祖（籍）国困难时刻，在同胞蒙难之际，孩子们毫不犹豫地伸出了援手，献出了爱心。

在加拿大 BC 省中文协会“寻根之旅”夏令营领队老师和家长们的有序组织分工下，大家进行了微信捐款活动。短短一天时间，随着手机屏幕跳跃的数字，59 人次的同学和老师以及家长已累计捐款人民币 53886 元。同学们纷纷把自己的压岁钱悉数捐出，营员家长们也用不同的方式表达了对祖（籍）国的关切之情。有的同学把筹款倡议翻译成英文，在社交媒体发布，向不了解情况的本地同学朋友宣传中国人民抗击疫情的感人故事。有的无法微信转账的同学家长甚至开车赶来，把善款送到负责此项工作的老师的手上。

同心勠力，共克时艰。冬天已去，灿烂在前。海内外华人一起携手努力，共同支持祖（籍）国同胞战胜病毒瘟疫！

“寻根之旅”夏令营的同学们

“寻根之旅”夏令营的同学、老师及家长为祖国加油

温哥华北京中文学校为抗疫战斗加油

加拿大BC省中文协会为祖国加油

（2020年2月11日，来源：中国华侨公益基金会供稿）

19　81 名美国华裔儿童捐出压岁钱助武汉抗疫

当地时间 2 月 10 日，美国华商会收到了一份特殊的捐款。当天下午，华裔主持人王早早来到华商会捐赠物资接收临时办事处，将早知道学习中心 81 名华裔孩子捐赠的 8000 余美元，交到了华商会会长邓龙手中。

日前，早知道学习中心的孩子们的《ABC 的时尚新潮流》节目，刚在 2020 年中国少儿春晚上获奖。返回纽约，就被突发的疫情吓了一跳。作为孩子们的老师，王早早决定帮助这些孩子们正确地认识和了解这次疫情，号召他们献出一份爱心，于是发起了募捐倡议书。

倡议一出，孩子们不仅踊跃捐助，还发动身边的朋友一起加入。最终，共有 81 名孩子捐赠了 8000 多美元（约合 5.6 万元人民币）。这些孩子中最小的仅有 2 岁，最大的也不过 17 岁。他们有的捐出了自己的压岁钱，有的则捐出了自己表演所得的演出费。

“也许和很多商会、组织相比，他们所捐的金额并不大，但我们在这群生长在美国的华裔小朋友身上看到的，是对于祖（籍）国和中华民族的认同感，这也是我们千万海外华人共同的情感维系！”邓龙表示。

当天傍晚，华商会常务副会长及主要创始人之一的管必红博士，代表宾夕法尼亚州世界华人精英联合会，向华商会寄来了其会员们募集的 1.6 万余美元。管必红表示，华商会领头创立的联盟能够高效、准确地完成募集、采购、运输、对接等一系列救灾捐赠活动，希望能够有更多人加入这个联盟中来，共同为抗击疫情贡献自己的一份力量。

美国华商会在1月24日发起倡议，号召全美华侨华人、华商及中资企业向中国捐赠，并带头建立“全美华商各界支援武汉行动联盟”。截至目前，联盟已经向中国运送了5批次、累计超过100万只的医用口罩及各式救援物资，募集的善款超过200万美元（约合1396万元人民币）。

（2020年2月11日，来源：中国侨网）

20 海外侨胞：只要祖（籍）国需要，我们竭尽全力

这个春节注定会让海内外中华儿女刻骨铭心。国内，疫情防控形势严峻，防护物资四处告急；国外，拉网搜索不计代价，海陆空运奔向中国。

“只要祖（籍）国需要，我们竭尽全力。”庚子鼠年伊始，海外侨胞的心声澎湃成歌，飘扬在神州大地；海外侨胞的行动幻化为诗行，书写在蓝色星球。

这是一次海外侨胞总动员。200多个国家和地区，6000多万名海外侨胞，不约而同，自发组织。从捐款到捐物，他们希望国内兄弟姐妹能拿到急缺物资。从对防护物资一无所知到对照标准精准购买，他们笑言自己学成了“专家”。从全力驰援武汉到支援全国各地，他们的捐赠一拨接着一拨。“身在海外，我们真的想为祖（籍）国做点事情。”他们说。

这是一次不计代价的付出。他们电话打爆，直奔厂家，尽可能直接锁定货源。他们跨越国境，寻找符合标准的物资。他们万般遗憾，早期能买到货的时候买得不够多。他们顾着为祖（籍）国捐赠，忘了自家工厂需求。他们看着涨了5倍甚至10倍的价格，眼睛都不眨一下，只怕自己买不到。他们为了尽快把物资送到中国，不惜使用高价快递。“不问价格，国内所需就是我们的目标。”他们说。

这是一次与时间的赛跑。国内疫情，来势汹汹。争分夺秒，他们

几天几夜连轴转，不断刷新物资从购买到抵达的用时纪录。疫情蔓延，运输告急。想方设法，他们搭上“末班机”，拿出“史上最长托运单”。航班停飞，他们四处奔波，包机货运。“生死时速，只为国内一线人员能更好地保护自己。”他们说。

这是一次爱心的传递。一批批捐赠物资从海外到国内一线人员手中，战线长，环节多，环环相扣，缺一不可。每个人都在努力为疫情防控贡献一份力量。在泰国，除了中国的航空公司，华人经营的航空快递公司也免费承担起运输任务。在意大利，侨胞舍弃陪伴家人的机会，主动承担带货使命。在中国，无论是海关还是清关公司，无论是慈善机构还是涉侨部门，无不迅速行动，加快流程、加班加点保证捐赠物资顺利接收。“积极主动，每个人都很给力。”他们说。

海内海外，血浓于水。海外侨胞用自己的竭尽全力强化了千万人的防护，也温暖了亿万人的心。那些刷屏的故事饱含记录者的感动，而每一次转发都是一次情不自禁。

病毒无情，人间有爱。海外侨胞用自己的竭尽全力赢得了住在国民众的尊重。日本邮局快递员的鞠躬和一句“希望中国能早点好起来”让人泪目。意大利佛罗伦萨街头戴着口罩蒙着眼睛的中国男孩得到的每一个拥抱都让人的心更加柔软。

那些走过的路、吃过的苦，终究会成就更好的自己。个人如此，国家亦如此。海外侨胞的竭尽全力让我们更加坚信：没有一个冬天不可逾越，没有一个春天不会到来。

（2020 年 2 月 11 日，来源:《人民日报・海外版》）

第六篇

抗疫无国界

1 跨越万里的关爱——丽水市倾心服务丽籍海外侨胞抗疫

在国内新冠肺炎疫情逐渐趋于平稳的时刻，海外疫情却日益严峻，尤其是在丽水籍华侨旅居地意大利、西班牙等国，每日新增病例攀升，侨胞的身体健康牵动着家乡人民的心。

“把对华侨华人的关爱，送到万里之外！”早在 2 月 25 日，丽水市委、市政府就急速反应，迅速集结，快速驰援，让丽水籍海外侨胞感受家乡贴心服务、祖国关切之情，增强抗击疫情的信心和决心。

海外疫情发展动态，家乡党委政府密切关注，通过市、县两级侨联组织，连续向海外侨（社）团、行业协会发出致海外侨胞的温馨提醒、告知书。一封封充满温度的关爱公开信，从国内传递到世界各地，第一时间送到海外丽水籍华侨的心坎上。

“家乡政府的温馨提醒，让我们海外侨胞懂得了科学防疫的知识，更增强了战胜疫情的信心！”意大利曼托瓦华人华侨总会名誉会长叶建毅说，协会积极响应家乡政府的号召，鼓励全体会员不要恐慌，做好居家隔离，不要冒风险盲目归国。

2 月 29 日，丽水市行政中心，境外来丽人员疫情防控专题部署会、研判会商会在紧张严肃的氛围中召开。会议决定：增设市疫情防控指挥部副指挥，第一时间成立针对海外华侨疫情防控及服务的专门工作组。

人员迅速集结，工作即刻行动。市、县抽调干部兵分三路，驻扎上海浦东、杭州萧山、温州龙湾等机场，迎接和服务海外归来的华侨，引导他们支持家乡政府工作，配合做好隔离措施。

“‘母亲’欢迎子女回家！但也通过大家向在外的广大华侨说一句：在自己家里最安全，真的没必要贸然跑回国！”在温州机场，青田县侨联党组书记张伟华临时发表的一番讲话，既有温度，又阐释了家乡政府的态度，在网络上深受好评，广为传播。

3 月 10 日，新抽调的 87 名干部，再赴厦门、成都、西安等机场，全国十个机场口岸均有丽水干部为入境丽水籍华侨提供接站服务。

海外侨领侨团，关键时刻要发挥关键作用。丽水侨务部门紧急连线海外 347 个丽水侨团，摸清底数、预防宣传、携手互助，凝心聚力、构筑“防线”、抱团抗疫，建立海外网格 347 个。在欧洲重点疫区国家成立防疫服务小组 70 多支，建立侨团、乡贤微信群 800 多个，覆盖 10 多个国家的 23 万多名侨胞，一张从国内延伸出去的防控服务网逐渐成型。

3 月 1 日，市疫情防控指挥部。一个特殊的视频连线，将丽水与意大利的时空连接在一起。“联系到了多少华侨同胞？你们有什么困难？……”来自家乡党委、政府的问候，让海外侨团抗疫信心更足。而在每天深夜，连线意大利、西班牙等欧洲国家侨领成为常态，通过视频“面对面”倾听回应侨胞心声，及时了解海外疫情态势，想方设法稳定侨胞情绪。

针对海外华侨担心的“看病难”，一座利用互联网平台搭建的“空中医院”迅速开张。市里三所三甲医院，成立专班医生整合呼吸、感染、心理等方面专家40余人，通过“微视频”、微信、热线电话等形式，在线解答海外侨胞关心的新冠肺炎、卫生防护问题，及时帮助诊疗咨询、心理援助。

同气连枝、同心发力。疫情面前，海内外丽水各界纷纷伸出援助之手，关心关爱海外侨胞。最近，向疫情最严重的意大利捐赠第一批物资已经起运；第二批捐赠物资正在办理海关出口手续。在家乡党委、政府的联系下，智利丽水青田同乡会紧急采购防疫物资，转赠意大利、西班牙、法国、德国等国的丽水侨团。丽水企业和人民慷慨解囊，捐赠首笔定向用于海外侨胞的100万元防疫资金、捐赠意大利侨团的75万元救助基金，已经到账。

跨越万里的关爱，让丽水人民与海外侨胞的心更紧密地连在一起。海外侨胞与家乡人民的携手互助，筑牢了一道保障侨胞身心健康、阻击境外疫情输入的坚固围墙！

（2020年3月11日，来源:《丽水日报》）

2 赞比亚华侨华人同心聚力，全力抗击新冠肺炎疫情

当前，新冠肺炎疫情在全世界蔓延，部分国家疫情加剧。随着海外确诊人数急速上升，非洲大陆的形势也变得十分严峻。

赞比亚公共卫生基础较为薄弱，面临的输入性风险也越来越大。在中国国内疫情暴发初期，中国第 21 批援赞医疗队在驻赞使馆领导下，配合制订了《中国驻赞比亚大使馆新型冠状病毒感染的肺炎可疑病例和疑似病例报告、评估和处理方案》《中国驻赞比亚大使馆国内回赞 / 来赞人员居家医学观察方案》等疫情防控方案，向华人同胞发放了《中国援赞第 21 批医疗队医疗建议书》，指导华人同胞科学防控，配合使馆承担中国返赞人员排查、可疑病人医学筛查、评估和医学指导工作。

针对华侨华人在疫情之初出现的各种不安情绪，医疗队开拓性地建立网络宣传培训平台——援赞第 21 批医疗队新冠防治群，积极开展科普教育活动，得到了华人同胞一致欢迎。通过两个微信群，医疗队向在赞华侨华人、中资企业就新型冠状病毒肺炎预防和诊治、传播途径、临床表现、口罩规范使用、居住地消毒等问题，开展在线微信健康大讲堂 14 场次，近千名华人参与到微信交流活动之中。医疗队还利用微信平台，及时提供专业的医学咨询和帮助，实时回应侨胞的疑问，辟除谣言，平复恐慌情绪。

援赞医疗队积极参加赞比亚当地媒体节目，通过电台、电视台、

报纸和社交媒体等，及时向赞比亚当地民众宣讲疫情防疫知识，培养公众正确认识新冠疫情，科学防治新冠病毒，避免不必要的恐慌和错误的抵制情绪。

同时，医疗队认真做好现有药品及防护器械盘点，在中国驻赞比亚大使馆、当地侨社、华人同胞的支持下，想方设法采购必要的防护装备，并积极落实防疫工作和防控流程，配合中国驻赞比亚使馆与赞比亚卫生部门联系，配合使馆做好赞比亚输入性疫情风险防范工作，努力促进赞方科学有序开展防控工作，建立符合要求的新冠肺炎病人隔离救治设施。

新型冠状病毒肺炎疫情时刻牵动着全国人民和全球华侨华人的心，在赞华侨华人和各侨社组织也不例外。当地侨团侨社、赞比亚华侨华人总会、赞比亚中国和平统一促进会、赞比亚中国妇女联合会纷纷捐款，用实际行动对中国国内相关医疗机构和在赞医疗队的抗疫工作提供了有力支持。

赞比亚华侨华人总会执行会长吴明呼吁在赞华侨华人遵守驻赞使馆的防疫工作要求，理解、支持、配合驻赞使馆和医疗队做好疫情防控工作，返赞华人在到赞14日内自觉做好自我隔离观察，努力把疫情挡在赞比亚之外。在赞华侨华人应密切关注世卫组织和驻赞比亚使馆发布的相关信息，不信谣、不传谣，广泛转发疫情防控科学知识，科学理性地防控疫情，如有任何疑问和健康问题，应第一时间跟使馆和医疗队沟通，做到早发现、早报告、早隔离、早治疗。

吴明会长对疫情期间在赞企业所面临的困难提出建议，疫情是危也是机，既给部分企业带来了短期的压力，也让部分企业迎来了机遇。疫情之下，各企业领导者要将危机视作学习的过程，在积极应对困难的同时，主动思考危机背后可能蕴藏的潜在机会，探索企业发展的第二曲线。各企业不要陷入等待，而需要创造性利用既有资源来想方设法解决当下的一些问题，将挑战转化为机遇。

（2020 年 3 月 11 日，来源：中国侨网）

3　“投我以木桃，报之以琼瑶”——伊朗“战疫”告急，苏州耀晨在行动

中国抗击新冠肺炎疫情初期，伊方紧急向中方提供了医疗物资。如今伊朗疫情全面告急，感染和死亡人数不断攀升，中国人民感同身受。“投我以木桃，报之以琼瑶”，中国在积极支援。在这场抗击疫情的斗争中，中伊两国共克时艰、守望相助。

苏州耀晨新材料有限公司（以下简称“苏州耀晨”）积极响应中国侨联号召，通过中国华侨公益基金会向伊朗紧急捐赠一次性使用 PP+PE 隔离衣 2040 套、纳米抗菌三防涂层隔离衣 1020 套，总价值人民币 63.75 万元。3 月 10 日，捐赠物资已送达伊朗伊斯兰共和国驻沪总领事馆，

捐赠物资整装待发

3月12日，捐赠物资搭乘马汉航空W5076航班运抵德黑兰，供伊朗抗疫使用。

中国华侨公益基金会携手苏州耀晨支援伊朗防疫物资从苏州启程

苏州耀晨坐落于中国纺织重镇——苏州盛泽。公司集研发、生产、销售、服务于一体，成功研究开发出各类功能性纺织材料，如阻燃类、环保再生类、纤维布袋风管类、抗病毒民用和医用防护类等。苏州耀晨拥有40多项自主知识产权，先后被评为“江苏省民营科技企业”“国家高新技术企业”。公司是中国产业用纺织品行业协会会员单位，江苏省产业用纺织品行业协会功能纺织品分会会长单位。公司以技术创新为核心，加强产、学、研紧密结合，开展各类天然系列、生态系列、健康系列的生物新材料，进行技术转化，服务社会。

苏州耀晨创始人黄光耀先生，在创业初期便与伊朗多家企业保持友好贸易往来，建立了深厚友谊；又因为早年的军旅生涯，深受“大爱无疆”的奉献精神所影响，在得知伊朗疫情恶化，伊朗“战疫”一线的工作人员因无保护措施而感染新冠病毒时，心急如焚。在得到中国侨联开通的援助渠道后，他紧急调集党员骨干员工投入隔离服的生产中去，全力驰援伊朗。

黄光耀（左二）受中国华侨公益基金会委托，带领相关人员将捐赠物资运抵伊朗伊斯兰共和国驻沪总领事馆

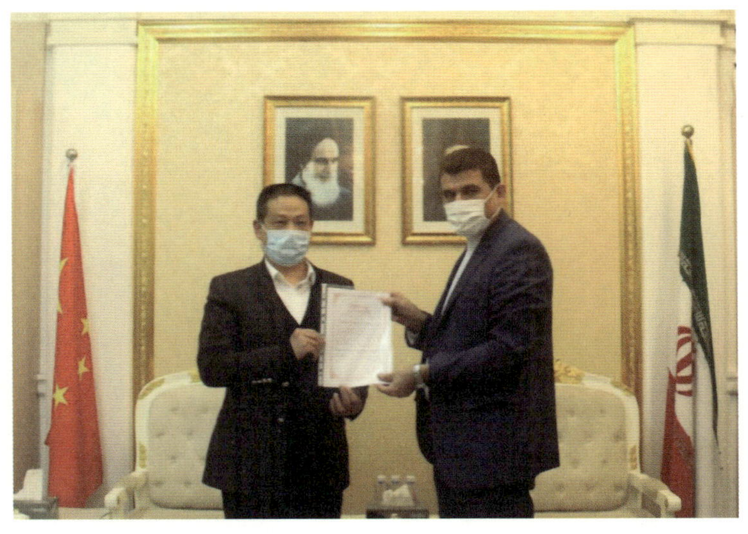

伊朗驻沪总领事拉马赞·帕沃兹亲切接见苏州耀晨创始人黄光耀

“患难见真情！在伊朗人民最困难的时候，你们送来了珍贵的抗疫物资，伊朗人民永远不会忘记这份情谊！”伊朗驻沪总领事拉马赞·帕沃兹先生对中国侨联、中国华侨公益基金会以及苏州耀晨的大爱义举非常感动。他有信心，在中国人民的帮助下，在伊朗人民的努力下，伊朗一定会取得抗疫的最终胜利。

“岂曰无衣，与子同袍”，中国始终与伊朗站在一起，共同抗击新冠肺炎疫情带来的挑战。

（2020 年 3 月 11 日，来源：中国华侨公益基金会供稿）

4　泰国中医师总会成立“中医抗疫专家组”

3 月 8 日晚参加会议的中医师们合影

泰国中医师总会 2 月 25 日由林丹乾会长率领泰国中医请缨团，到泰国卫生部拜会医疗服务厅长颂萨医师（Dr.Somsak Akksilp），主动请缨让中医抗疫救治上一线，希望为泰国抗击疫情贡献中医中药的力量。

经过一个月艰苦卓绝的抗疫之战，中国新冠病毒肺炎疫情出现拐点，疫情初步得到有效控制。然而，世界性的疫情暴发起来，全球 100 多个国家和地区发现新冠病毒肺炎确诊患者，蔓延趋势迅猛，情况不容乐观。

针对国际疫情不乐观之形势，3 月 8 日晚上，泰国中医师总会再次召集会议，宣布成立“泰国中医抗新型冠状病毒肺炎防治专家组”，会上当场接受中医师们的自愿报名。林丹乾会长强调：“当下泰国疫情摆在面前，我们中医要有勇气、有担当，报效泰国，服务民众，不落人后。然而大家也要明白，专家组成员随时准备进入救治第一线，进病房治疗确诊病患，也准备因接触患者而自己被隔离 14 天的可能。要有先锋队精神，就像中国医务人员抗疫上武汉第一线，集体写决心书按手印一样，我们需要大家自愿填表。”这份表格后面写着：本人为中医药抗疫提供的服务，属于公益性质，不收取报酬。

很快，一张张报名表呈递上来，一串串名字呈现出来：泰国中医师林丹乾、叶峰、刘民章、曹作军、张彬、黄联东、张永发、陈文河、宋该宋、贾红巧、蔡斌……资深中医师卢松盛、李金龙担任专家组顾问。大家均表示，随时待命，冲向一线。

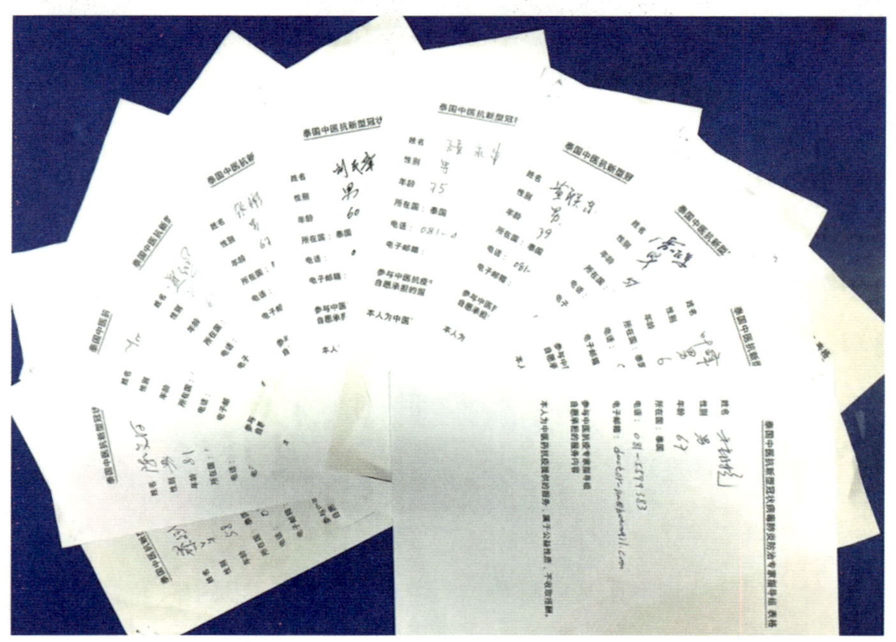

泰国中医抗疫专家组报名表

会上，常务副会长叶峰中医师谈道，此次成立专家组，为慎重起见，我们进医院诊断病人，由大家集体讨论决定给出的施治处方，一人一方。这次是一次集体智慧的合作，不以某位中医的个人名义，要体现泰国中医的整体水平和服务国家、民众健康事业的奉献精神。

会议由泰国中医师总会和泰国中医科学院联合主持。针对这次突发疫情，中医师们分析了中国疫情和泰国疫情的发病、发展异同，根据泰国政府的抗疫法规及卫生部治疗情况、防控措施，提出各自的见解。大家一致表示，在中医尚未获得卫生部批准上一线参与救治的当下，中医不能一味等待和袖手旁观，今年恰逢中医合法化 20 周年，中医更应该在服务国家和民众健康方面做出突出贡献。大家一致赞同，发挥中医“治未病”的优势，发挥中草药预防的强项，从预防入手，从外围配合，积极开展中医药对新冠病毒肺炎疫情蔓延的民间预防工作。

林丹乾会长指出，各家诊所可以利用各自防疫处方开展民间预防的医疗工作，可以在各家诊所门口免费供应预防药汤给附近居民，指导泰国民众明白中医治病和预防的医理，鼓励大家接受预防药汤，提高全社会的免疫力。

当下，泰国正要接收从韩国返回的 5000 多名泰籍劳工，政府在寻找军事基地给他们分别隔离 14 天。泰国中医师总会出面联系，以期使用中医预防药汤，给隔离者每天饮用，提高免疫力，避免交叉感染，而且不用卫生部支付费用，中医师总会包揽 5000 多人 14 天隔离期的预防药汤的供应。这是实实在在帮助国家抗疫排忧解难。

中医师们在会议上各抒己见

中医师们指出，中国国家卫健委公布的治疗处方“清肺排毒汤”，在临床运用中获得很好的治疗效果，然而，泰国不能完全照搬，应根据泰国的气候、发病特点、病患个体差异辨证施治、特殊处方，达到最佳治疗效果。张彬中医师指出，也要考虑泰国医药管理的法律，做出稳妥的治疗方案。

常务副会长陈景彬提出，争取与泰国兰实大学医学院合作举办抗疫情普及知识服务民众的活动，中医师们参与现场活动，可以传播预防为主的中医理念。年轻中医师庄炳文指出，泰国有 9 家大学开设了中医学院，我们也可以联合各家中医学院一起抗疫。

泰国中医师总会到泰国卫生部医疗厅请缨上治疗新冠病毒肺炎第一线

参加会议的中医师都积极发言，提出各自的建议。特别值得一提的是，王光荣中医师从清迈通过手机连线参加会议，表达见解；中医师宋该宋听到消息，专程从清迈赶来曼谷参会。参会中医师有林丹乾、叶峰、卢松盛、李金龙、陈景彬、张永发、黄联东、杨秀专、蔡斌、刘民章、张彬、曹作军、陈国苗、方志刚、蓝任泓、贾红巧、李丽儿、宋该宋、庄炳文以及媒体顾问吴小菡等。

（2020 年 3 月 11 日，来源：中国侨联官网）

5 欧洲华侨华人社团联合会向意大利民防部捐赠医疗物资

自 2020 年 2 月下旬，意大利的新冠肺炎疫情迅速蔓延，成为亚洲以外感染人数最多的国家。中国与意大利关系友好密切，意大利又是首个以“官宣”形式参与共建“一带一路”的 G7 成员国，在意大利有 30 多万名的华侨华人。人类是命运共同体，疫情面前，不分国籍，不分民族，不分地域。

欧洲华侨华人社团联合会
The European Federation of Chinese Organizations
Donate
IVECO
EY 800GV
DAILY

欧洲华侨华人社团联合会作为欧洲最大的华侨华人社团，我们认为应该在此时做出表率，彰显中华民族的大国侨领风范和形象，为中意友好往来添砖加瓦。欧华联会秘书长曹燕灵于2月24日组织欧华联会执委、常务理事、理事等欧洲侨领捐款助力意大利抗疫，欧洲各国侨领们积极响应曹燕灵秘书长的倡议，纷纷表示支持，由意大利蒋忠南执委、匈牙利林胜琴执委、捷克罗云标常务理事等侨领从世界各地采购口罩、护目镜和防护服等医疗物资运送到意大利。

蒋忠南执委受曹燕灵秘书长委托，于3月2日拜访意大利权威感染中心医院 OSPETALE SPALLANZANI，并与院长 Francesco Vaia 先生商量捐赠物品和疫情防控工作。3月3日与意大利民防部商议捐赠物品和物流运输等事宜。经意大利民防部的授意，于3月9日将医疗物资捐

赠给 Aziendaregionale Emergenza Sanitaria 拉齐奥大区医疗救援部。

意大利 REGIONE LAZIO 中心主任 Paola Corradi 女士对欧华联会的捐赠活动表示万分的感谢。她说，中华民族是个友善的民族，中国人是善良和智慧的。欧华联会是个有温度、有力量的社团。他们深深感受到了中国人民所传递的温暖和友爱。她希望全球人民能够一起打赢这场疫情，尽快结束疫情。

（2020 年 3 月 11 日，来源：中国侨联官网）

6 身若伏波，与子同海——浙江省第一批支援海外侨胞物资抵达意大利

“身若伏波，与子同海，若为落木，与子同枝，若为兰草，与子同室。”当新冠肺炎疫情在全球蔓延，家乡人民无时无刻不在牵挂着海外浙江儿女。并迅速组织物资，想尽一切办法，在第一时间运往疫情比较严重、浙籍华侨人数比较多的意大利。

在浙江防疫物资还比较紧缺的情况下，省慈善总会、省侨缘会等社会公益组织积极组织募捐；侨乡丽水青田县和温州鹿城区、文成县等地连夜组织运送物资到杭州；民间社会组织也竭尽全力帮助联系捐赠驰援物资……从发出指令到货物集结，两天时间，4556 箱 26.4 吨一次性口罩、N95 医用口罩、隔离衣、防护服、护目镜、乳胶手套等防疫物资连夜从丽水、温州等地运到杭州萧山国际机场货运中心，海关、物流、航空公司等各相关部门快捷服务，用最快速度完成通关装运。

守望相助　风雨同舟
浙江驰援意大利侨胞抗疫物资
Guardatevi e aiutatevi a vicenda
Materiali per l'epidemia per i cinesi italiani
d'oltremare nella provincia di Zhejiang
守望相助　风雨同舟
浙江驰援意大利侨胞抗疫物资

3月11日清晨，浙江省第一批驰援海外侨胞抗击新冠肺炎的物资，满载着家乡父老的牵挂与爱意，从杭州萧山国际机场起飞。

飞机起飞，大家悬着的心也跟着物资，无时差地一路起飞。在“援助意大利侨胞物资清关提货对接群”里，省外办、机场货站、中外运等各单位的同志在群里一个环节一个环节地无缝对接。

北京时间3月11日晚7时30分，物资抵达比利时列日机场转运货车，群里马上发来物资抵达和拆板转运的照片视频。“到哪儿了，到哪国境内了？”大家在群里盯着物资一路的动向，生怕路上出什么差错。

北京时间3月13日下午5时（意大利当地时间3月13日上午10时）左右，货车车队终于全部顺利抵达意大利都灵，开始卸货。

接下来，这批捐赠物资部分将捐赠给意大利皮埃蒙特大区政府，其余将交由当地侨团分发给海外浙籍侨胞。省侨办、省侨联倡议，在当下非常时期，希望海外侨团能够展现非常情谊，团结互助、相互关爱、公平公正，多照顾年老体弱和疫情严重地区有困难的侨胞，用好这批援助物资，帮助大家共渡难关。

“我们是同一片海中的波涛，同一棵树上的叶子，同一座花园中的花朵。”无论侨胞身处哪里，家乡的亲人永远在这里，与你守望相助，风雨同舟。

（2020 年 3 月 14 日，来源：中国侨联官网）

7 合理运用中国经验　湘籍华侨华人留守住在国抗“疫”

新冠肺炎疫情在全球持续蔓延，中国以外的120余个国家和地区累计确诊病例超过5万人，多国政府接连升级防疫措施。一直以来高度关注祖（籍）国疫情发展，并助力疫情防控的海外华侨华人，对疫情已有所认知，如今留守住在国抗“疫”，合理运用“中国经验”成为共识。

“我们组织发动20名湘籍志愿者，参与防疫宣传热线接听、人员排查登记、心理咨询、辟谣、临时救援等工作，志愿者电话保持24小时畅通。”接受记者微信采访时，巴西湖南同乡总会会长綦湘柏正忙着在圣保罗市中心成立志愿者组织。

綦湘柏说，当前巴西疫情形势日趋严峻，圣保罗确诊病例3天内升到137例，不断攀升的疑似病例和日趋紧张的信息传播难免令人心生不安。

除成立志愿者组织、提前采购10万只口罩分发给每一位乡亲外，巴西湖南同乡总会还在会所建立临时援助站，负责口罩、防护服等防疫物资的发放及同胞急需生活物资的临时采购等。

“祖国疫情得到了有效控制，得益于各项‘硬核’防控措施。”綦湘柏希望能借助“中国经验”，为近300名会员提供抗“疫”服务及保障，让大家消除恐慌，增强信心，共克时艰。

因中医药在预防和缓解新冠肺炎轻中症方面的作用在中国得到验证，在欧洲疫情蔓延之际，在荷兰开设中医诊所30年的中医博士、荷兰湖南同乡会会长邱学成立即行动起来，推出一张中医药方免费提供给留守欧洲各国的侨胞，助力抗“疫”。

英国湖南同乡会联系了8位在英定居的湘籍中医师，联合开设了新冠肺炎诊疗微信群，提供线上咨询和诊疗答疑；还紧急联系采购了一批口罩免费派发给在英留学生。“绝不能让过度的恐慌在病毒迫近之前就打乱了我们的阵脚。”英国湖南同乡会会长吴莉莉说。

祖籍湖南常德的澳大利亚ABC环球集团CEO袁祖文通过自媒体，撰写介绍中国相关防疫措施的文章。“一个城市，一个国家，在发展迅速不断奔跑的状态下，突然被按下暂停键，这是怎样的大胆和有魄力？”“我们都看到，中国花了一个月的时间，成功稳住了疫情，在第二个月的时间，疫情明显在好转。”他在《疫情下，如何摸着中国的石头，蹚过澳洲的河？》中如此写道。

自新冠肺炎疫情暴发以来，德国湖南同乡会微信群里，提醒类的相关信息几乎从未中断过。从一开始认知病毒的科普帖，到如今提醒大家做好防护的实用帖，总能引来会员们的讨论与转发。

“居家办公等‘中国经验’能及时指导大家进行有效的个人防护。”德国湖南同乡会会长李先秋告诉记者，随着德国确诊病例不断增加，一些在德中资企业和机构已进行居家办公，同乡会已号召会员尽量少出门。

尽管身边也有侨胞讨论要不要回国，李先秋认为中国疫情防控形势刚有所好转，现在回去不是最好的选择。“在做好个人防护、减少外出的基础上，理性看待疫情、遵守当地规定也尤为重要。”

（2020 年 3 月 15 日，来源：中国新闻网）

8 米兰“封城” 中国留学生收到华侨邻居的“大礼包”

一张手写纸条、一堆食物和日用品……邻家华侨大姐姐送来的“大礼包”温暖了几个身处异国他乡留学生的心。

网络截图

3月13日，一条“华侨邻居为中国留学生送食物和用品”的网络帖子引起热议。

当晚，小侨（ID：qiaowangzhongguo）联系到了网帖中提到的意大利米兰中国留学生孙雯，目前还在“封城”之下的她向记者讲述了事情的经过。

受新冠肺炎疫情影响，意大利政府于 3 月 9 日出台全国范围内限制人员出行的法令，10 日起正式实施。法令规定各地人员须留在家中，除因工作、健康、返家及其他紧急原因外不得出行。

孙雯是米兰布雷拉美术学院的学生，刚毕业没多久。

回想起当天（3 月 12 日）的事情，孙雯告诉小侨，起初听到门铃响，因为寝室里的人都在家，就没有去开门。

孙雯和室友们收到隔壁华侨邻居送来的食物和日用品（受访者供图）

后来，有一个室友刚好要外出，在阳台拿东西的时候，听到隔壁邻居喊话说:“我放了一些东西在你们门口，快去看一下。”我和室友们都感到很暖心，因为收到的物品里面除了一些吃的外还有较难买到的消毒水，孙雯说。

让孙雯和室友们感动的不仅仅如此，在一大堆物品上，她们还发现了一张纸条。上面写着：

“Hallo！我是你们隔壁的大姐姐，我们邻居那么久了，我只知道你们是留学生，在国内都是被爸妈捧在手心里的孩子，人在异国他乡一定要好好地照顾自己，怕你们这些孩子没买够吃的，我从家里拿了点东西给你们，在这种时候千万别让国内的亲人们担心，我们一起加油！”

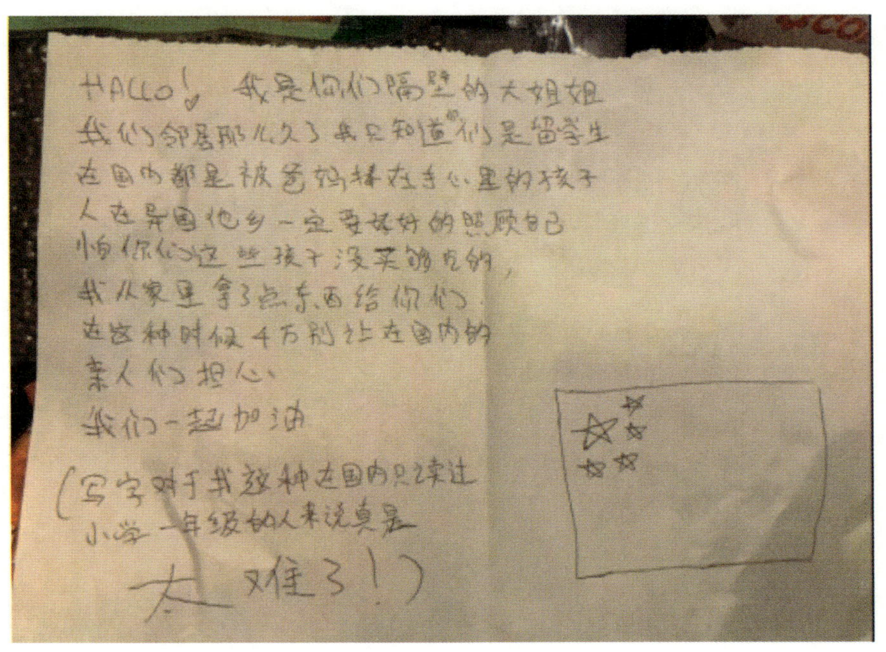
HALLO! 我是你们隔壁的大姐姐
我们邻居那么久了 我只知道你们是留学生
在国内都是被爸妈捧在手心里的孩子
人在异国他乡一定要好好的照顾自己
怕你们这些孩子没买够吃的，
我从家里拿了点东西给你们.
在这种时候千万别让在国内的
亲人们担心
我们一起加油
(写字对于我这种在国内只读过
小学一年级的人来说真是
太 难了!)

华侨邻居写给隔壁留学生的信（受访者供图）

纸条上还特意用括号标明：“写字对于我这种在国内只读过小学一年级的人来说真是太难了！”除此之外，纸条的右下方还手绘一面中国国旗。

孙雯说，知道邻居是华侨，平时也只是打个招呼而已，并没有很深地接触过，这次突然收到邻居送来的“礼物”真的感到很暖心。

“我们几个将食物和用品摆在桌子上，分别拍照发了朋友圈，被朋友看到后又发到了微博上，没想到有那么多人关注。”

很多网友在微博下留言，“我们国人在外互相帮助真是太暖了！”“真的是善良可爱的人。”还有网友感慨：中国人无论到了哪里，都能团结一心共渡难关！

孙雯感慨，能在异国他乡感受到来自同胞的温暖，自己和室友都特别感动。为了表达敬意，孙雯的一个室友还特意给邻居回了一封感谢信。

对于米兰当地的疫情，孙雯说，自从3月9日意大利总理孔特签署全国为红色隔离区的法令之后，当地公共设施全部关闭，所有幼儿园、中小学校和大学全部停课。超市会有排队的现象，但当地戴口罩的人越来越多，而且大家也都自觉地减少外出。

孙雯和室友在家中囤的食物（受访者供图）

孙雯介绍，米兰当地中国留学生自我保护意识很强，每天都会关注疫情进展，家中囤好了食物，没有特殊情况不会出门，即使出门也会做好防护。疫情暴发后，学校关闭的影响还是蛮大的，宅在家上学校的网课成为室友的日常。

在生活方面，孙雯告诉小侨，受到“封城”法令的影响，人们都尽量不出门，选择送货上门服务。也因此，目前网上快送比较紧张，外卖等的时间比较久。

尽管意大利目前疫情比较严重，孙雯和她的室友表示，暂时都没有回国的打算，因为工作和学习上还有很多事情要处理。“即使回国，也要等到意大利疫情结束之后，我们相信不会等太久。”孙雯说。

相信一切都会好起来的!

（2020 年 3 月 15 日，来源：中国侨联官网）

9　武汉大学法国校友会向巴黎急救中心总部捐防护口罩

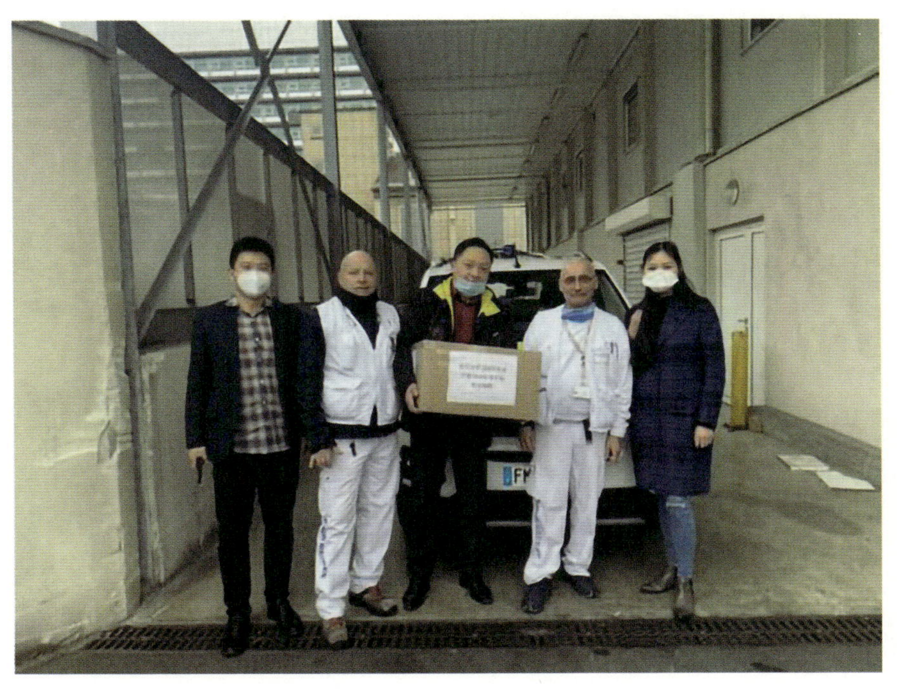

谌利、纳娜、徐文杰代表两单位向巴黎急救中心捐赠口罩（《欧洲时报》/ 黄冠杰 摄）

据《欧洲时报》微信公众号“向东向西”消息，近期，法国医疗防护物资紧缺。当地时间3月16日，在巴黎皮提耶－萨勒佩特里医院急诊科医生纳娜的介绍下，武汉大学法国校友会与巴黎EDAM学院联合向巴黎急救中心（SAMU de Paris）总部捐赠16000个医用防护口罩。巴黎急救中心主任皮埃尔·卡尔里（Pierre CARLI）教授代表中心接收捐赠并对捐赠者表示诚挚的感谢。

法国疫情发生以来，法国急救中心承担了新冠肺炎病人的甄别和输送任务。巴黎急救中心是法国最大的急救中心，从疫情发生以来，每天接到上万个电话。巴黎也是这次疫情的重灾区。据纳娜介绍，像巴黎皮提耶－萨勒佩特里医院急诊科是最早参与救治新冠病人的急诊科室，可是目前面临严重的防护物资不足。现在急诊科的医生和护士，大多数还是戴的一次性防护口罩，缺乏更专业的防护口罩，因此面临非常危险的境地。纳娜也是武汉大学法国校友会成员，校友会在了解到法国医院物资紧缺的情况后，决定发挥大爱精神，向他们捐献医用口罩，这个义举得到了巴黎 EDAM 学院的支持。武汉大学法国校友会也是最早发起向武汉捐助的单位之一。

3 月 16 日下午，武汉大学法国校友会会长谌利、校友徐文杰和纳娜一起将 16000 个医用防护口罩交给巴黎急救中心。巴黎急救中心主任卡尔里教授代表中心向他们表示诚挚的感谢。他说："你们这一义举令我们非常感动，这些口罩立刻就会派上用场。"

谌利表示，如果需要，在法华侨华人将继续寻找相关医用物资，捐赠给抗击新冠疫情的医院，为助法国抗击疫情尽一份力。

（2020 年 3 月 17 日，来源：中国侨网）

10 关爱侨胞共同抗击疫情——中国驻法国使馆委托巴黎华助中心派发医用口罩

据《欧洲时报》报道，当地时间3月16日，中国驻法国大使馆领事侨务处委托巴黎华助中心、法国93华人安全与融入委员会、法国美丽城联合商会和法国亚洲餐饮联合总会4家协会机构向当地华侨华人免费发放6000只FFP2医用防护口罩。

3月16日，巴黎华助中心主任董晓燕驱车前往巴黎三区、欧拜赫维利耶等华人聚集街区，分别将中国驻法大使馆领事侨务处委托派发的医用口罩发放到多家华商超市，通过商家向顾客免费发放口罩。

董晓燕介绍说，巴黎华助中心之所以选择通过超市商家发放口罩，是因为超市属于生活必需场所，在法国政府宣布关闭非生活必需场所和学校之后，前来超市购物的顾客非常多，而且侨胞“钟情”华人超市，所以，在超市免费发放口罩，能够将中国驻法大使馆领事侨务处对侨胞的关爱及时传递给每一个华人顾客。

记者看到，许多华侨华人纷纷领取口罩，大家感谢中国驻法大使馆的关心。在三区华商超市购物的王女士表示，口罩虽小，但是在疫情呈上升趋势的严峻时刻，中国驻法国大使馆此举无疑为旅居法国的侨胞送上了一份温暖，谢谢大使馆，谢谢巴黎华助中心。

当天中午，董晓燕还会同法国华侨华人会副主席胡振国，一起前往位于巴黎18区斯大林格勒街区附近的翁姓侨胞家中，看望了其遗孀及子女。

董晓燕和胡振国给翁妻与孩子送上慰问金和医用口罩，鼓励他们积极生活，注意疫情期间的防护，保重身体，祝愿孩子健康成长。

据悉，巴黎华助中心还将中国驻法大使馆派发的医用口罩，通过法国福州十邑同乡会、法国山东同乡会等发放给了需要口罩的侨胞，并向广大侨胞呼吁，“戴口罩，勤洗手，少外出”，齐心协力共渡疫情难关。

（2020年3月17日，来源：中国侨网）

11 中医插上“云”翅膀　授海外战“疫”智慧

“伸舌头给我看看。下面大声说‘一’，让我能听到喉咙的震动。最近咳痰多不多？”3月13日，在江苏省中医院7楼的互联网医院，专家陈小宁对着视频通话中的患者问诊。

“近期，像这样的新冠肺炎疫情‘云诊室’电话，从国内打到了国外，渐渐成了‘国际热线’。”江苏省中医院副院长吴文忠说，“我们与德国、荷兰、加拿大等海外中医机构的连线正在安排，还将开通海外中医从业者咨询新冠肺炎的交流平台，希望为世界战‘疫’提供中医疗法的选择。”

这条忙碌的国际战“疫”热线，源自“海外江苏之友中医惠侨基地”的平台搭建。

中医惠侨基地项目创始人之一、江苏省中医院药学部主任束雅春告诉记者，“海外江苏之友中医惠侨基地”由江苏省侨办、江苏省中医院联合成立，是全国首个中医惠侨基地。自2018年3月“云诊室”启用后，名中医亮相“云端”，与16个国家和地区的海外医疗机构开展远程医疗合作、远程教学，开出了百余张“跨洋”中医“处方”。

目前新冠肺炎疫情在全球持续蔓延，中国以外逾百个国家和地区累计确诊数量突破4万人。

中国战“疫”已持续一个多月。实践证明，尚无特效药时，中西医结合为治病救人、打赢疫情防控阻击战发挥了重要作用。当下，中医正插上“云”翅膀，“云诊室”向海外战“疫”传授中医智慧。

“英国当地有喝凉水的习惯，我们建议改喝温水。”“双黄连苦寒，不是每个人都适合服用。”“固表扶正，清化湿热，建议依据个人体质、结合当地药材对症下药”……2 月 7 日，一场跨洋“云会诊”在江苏省中医院的互联网医院进行。该院的名中医，与英国维多利亚学院华人中医专家视频连线，远程探讨了新冠肺炎“中医未病先防”“既病防变”的方案。“当时英国确诊病例还在个位数。”当天参会的江苏省中医院健康产业办公室副主任常诚向记者回忆。

处于“热线那头”的江苏省中医院国际中医远程医疗教学合作平台，分布在美国、加拿大、英国、澳大利亚、瑞士、奥地利、匈牙利、荷兰、巴西、智利、爱尔兰、泰国、新加坡等国家和地区。

相隔万里，“两头”的医生“碰面”总是面临时差。“但此时双方都会克服困难。”常诚说。

除了线上视频，线下中医香囊也很受海外欢迎。

记者了解到，江苏省中医院已分别向英国、德国、加拿大、荷兰合作的中医机构邮寄了中医香囊。“海外的需求比较大。”吴文忠说。

中医“走出去”机制步入常态化。束雅春介绍说，根据“海外江苏之友中医惠侨基地”三年行动计划，到 2021 年要实现“百千万”工作目标：联系对接 100 多个海外华侨华人中医诊所、医院、中医药学会、中医药研究机构，选择 30 家建立海外合作机构；培训 5000 多名海外侨胞提高中医技术；满足海外侨胞寻医问药需求，服务海外侨胞 30000 人以上。

（2020 年 3 月 18 日，来源：中国新闻网）

12 中国华侨公益基金会星炜爱心基金向韩国华侨华人及留学生捐赠 1 万只口罩

在新冠肺炎疫情肆虐全球之际，中韩两国守望相助。近日，韩国疫情加剧，很多旅韩华侨华人和留学生表示口罩紧缺，无处购买口罩，生活工作遇到了很大困难。

应中国在韩侨民协会总会请求，中国华侨公益基金会星炜爱心基金联系到厂家，经华侨基金会牵线，向韩国华侨华人及留学生捐赠 1 万只 KN95 口罩。

据悉，该批口罩将统一寄送至中国在韩侨民协会总会，中国在韩侨民协会总会将与奋韩网共同进行实名登记并筛选符合捐助条件的对象，让有真正需求的同胞及时收到口罩。

病毒无情人有情，我们相信只要大家同心协力，守望相助，我们一定能够战胜疫情。

（2020 年 3 月 24 日，来源：中国华侨公益基金会供稿）

13 中国华侨公益基金会协助京东公益向英国捐赠防疫物资

近日，刘强东夫妇和京东宣布通过中华慈善总会向欧洲疫情严重且华侨华人和留学生人数众多的英国捐赠500万只口罩、50台有创呼吸机及60余万件防护服、护目镜、医用手套等医疗物资，首批物资将于4月7日运抵英国。

这些物资将在中国驻英国大使馆、中华慈善总会、中国华侨公益基金会、英国中华总商会、伦敦华人社区中心、英国驻华大使馆、英国国家医疗服务体系（NHS）的协助下，送往英国政府及当地医院。其中，在英华侨及留学生可在英国时间4月10日10：00～4月12日12：00，通过京东APP参与免费领取口罩。

京东集团的相关负责人表示，刘强东夫妇和京东的这次捐助决定源自两个月前的渊源，当时国内疫情刚刚发生，在英的华侨华人和留学生团体通过京东物流向湖北地区捐赠了大量的口罩、消毒液等防护物资，为国内的抗击疫情做出了重要贡献。而今，当英国疫情蔓延肆虐之时，知恩图报、投桃报李，为海外华人提供力所能及的帮助，正是京东应该承担的社会责任。

自新冠肺炎疫情发生以来，京东集团第一时间就投入了抗击疫情的行动当中，截至目前，全集团已经累计投入了超过15亿元用于国内外防护和医疗物资捐赠、专线运力保障等。京东健康还面向海外 6000 万同胞提供了免费的在线问诊和心理疏导服务。

为英国捐助的这批物资大部分都来源于国内企业的生产供应，在抗击疫情的过程中，国内有大量的企业响应号召转产口罩、防护服等医疗物资，充分地保障了国内的需求供应。京东利用自身智能供应链和物流一体化的优势，迅速采购和调配了大量的救援物资发往海外，一方面帮助了国内企业复工复产、释放产能，另一方面为更多有需要的地区提供了及时的援助。

京东表示，在全球化的今天，面对疫情和灾难，没有哪一个国家可以成为“孤岛”，帮助海外疫情尽快得到控制，也是在帮助国内维护得之不易的抗“疫”成果。面对全球大流行的新冠疫情，只有凝聚全球智慧和力量，积极承担社会责任，才能共同战胜这次灾难。

中国华侨公益基金会协调对接英国中华总商会、伦敦华人社区中心，协助办理捐赠清关等手续，做好稳侨、助侨、暖侨工作。

（2020 年 4 月 2 日，来源：中国华侨公益基金会供稿）

14 中国华侨公益基金会联合各地侨联组织开展“侨爱心防疫包”活动

面对海外疫情日益严峻、防疫物资短缺的危急情况，囿于通航、清关、运输等的限制，大批量抗疫物资无法集中捐助至海外的困境，为了确保海外学子和侨胞做好个人防护，进一步做好稳侨、助侨、暖侨工作，中国华侨公益基金会联合各地侨联组织开展了“侨爱心防疫包”活动，通过“化整为零·蚂蚁搬家”的方式，向身在海外的侨胞和留学生提供点对点的防疫服务，与他们守望相助，共渡难关。

金光集团作为长期热心公益的侨资企业，不仅帮助支持国内开展抗击疫情工作，同时密切关注海外侨胞和留学生的安危，表示捐款1000万元用于支持华侨基金会通过全国各级侨联系统开展向海外侨胞赠送“侨爱心防疫包”活动。

全国各地侨联组织收到“侨爱心防疫包”活动通知后，根据实际情况向华侨基金会申请活动资助款，利用自身组织系统的优势，负责做好“侨爱心防疫包”的采购、存储、运输、邮寄等相关工作，确保海外侨团、侨胞和留学生个人能够及时收到防疫物资。

据悉，目前已有19个侨联组织收到了“侨爱心防疫包”活动资助，另有10余个侨联组织正在积极筹备中。小小的防疫包，承载着我们真诚的关心和深深的惦记，让我们同舟共济，携手战疫，必将打赢全球抗疫防控阻击战。

（2020 年 4 月 8 日，来源：中国华侨公益基金会供稿）